Rosi Nieder
Silvesterknaller

Ein Gruß aus
der Eifel

Rosi Nieder

RMV

RHEIN-MOSEL-VERLAG
Alf/Mosel
Bad Bertricher Straße 12, D-56859 Alf
Tel.: 06542-5151 Fax: 06542-61158

ISBN 3-89801-025-2
Satz: Cornelia Czerny
Umschlag: Arne Houben
Druck: TZ-Verlag & Print GmbH

Rosi Nieder

# Silvesterknaller

Vulkanausbruch in der Eifel 2010/11
Roman um Zukunft und Vergangenheit

RHEIN-MOSEL-VERLAG

## Silvester 2010 – Anne

Irgendetwas braut sich zusammen. Anne fühlt es. Es ist nicht greifbar, etwas Unerklärliches geht vor. Da sie aber mit Esoterik oder übersinnlichen Kräften nie etwas im Sinn gehabt hat, versucht sie, dieses merkwürdige Gefühl, das sie seit dem frühen Morgen nicht mehr loslassen will, zu ignorieren. Gerade heute, wo sie noch so viel zu tun hat, kann sie sich nicht von irgendwelchen Gefühlsduseleien einholen lassen. Sie muss zum Einkaufen fahren, das festliche Silvesterbuffet vorbereiten, ihre Hütte stimmungsvoll schmücken und die Schlafgelegenheiten für ihre Gäste herrichten.

Ihr Wochenendhaus, ganz aus Holz gebaut, steht wie eingekuschelt in einem Waldgebiet der Vulkaneifel, umgeben von einer gesunden Mischung aus Laub- und Nadelbäumen. Im Frühling, wenn die ersten Blätter sprießen, zeigt die Natur ein vielfältiges, nach dem langen Winter so wohltuendes Hellgrün, im Sommer bietet der Wald Kühle und Schatten und im Herbst lässt der Indian Summer alles in den tollsten Farben leuchten. Selbst im Winter sorgen Fichten und Tannen zwischen den kahlen Ästen der Laubbäume in der grauen Winterlandschaft noch für grüne Farbtupfer. Geht man den Waldweg, der an der Hütte vorbeiführt, ein paar Hundert Meter weiter bergauf, hat man eine wunderschöne Aussicht auf ein paar sanfte Hügel, ein Tal und einen Teil des nahe gelegenen Dorfes. Die Maare, die »Augen der Eifel«, sind nicht weit entfernt. Gleich drei davon kann Anne bei ausgiebigen Spaziergängen sogar zu Fuß erreichen. An schönen Tagen steigt sie manchmal auf den alten Dromketurm, genießt die herrliche Aussicht über weite Teile der Vulkaneifel und träumt von ihrer Kindheit in Unterfeldbach.

Es ist ein wunderschöner Platz hier inmitten der typischen Eifeler Naturlandschaft, und doch wäre es jetzt zur Winterzeit viel schöner, wenn es schneien würde, wie es eigentlich im Wetterbericht vorhergesagt worden war. Stattdessen hängen tiefe Nebelschleier über dem Wald. Ziemlich viel Regen ist in den letzten Wochen gefallen und sowohl der Waldweg vor dem Holzhaus als auch die zahlreichen Wanderwege im Wald sind mit rutschigen Schlammlöchern und Pfützen übersät.

Anne schüttelt die merkwürdigen Gedanken von sich, schlüpft in den topmodernen Wintermantel, den sie erst vor ein paar Tagen in ihrer Lieblings-Boutique in Düsseldorf erworben hat, schnappt sich ihren Einkaufskorb und nimmt ein paar hochhackige Schuhe aus dem Schuhregal. Die wird sie erst im Auto anziehen, damit sie sauber bleiben. Hasso, ihr reinrassiger Schäferhund, springt aufgeregt an ihr hoch, sicher möchte er mitfahren. »Hasso, lass das, ich kann dich nicht mitnehmen, komm leg dich auf deine Decke«, beruhigt ihn Anne. Sie schlüpft in die Gummistiefel, die sie sonst nur trägt, wenn sie draußen in ihrem Blumengarten arbeitet, läuft durch Matsch und Pfützen bis zu ihrem Auto. Wieder einmal nimmt sie sich vor, eine Ladung Kies zu bestellen, um den Weg zur Blockhütte wieder ordentlich begehbar zu machen. Früher hat sich Kurt um solche Sachen gekümmert. In all den Jahren nach der Scheidung hat sie sich immer noch nicht daran gewöhnt, solche Sachen selbst zu regeln oder das Auto rechtzeitig beim TÜV vorzuführen, Ölwechsel und Inspektionen machen zu lassen. Hasso bellt und stellt sich mit den Vorderbeinen ans Fenster. »Verrückter Hund, der ist doch sonst nicht so«, denkt Anne.

Vorsichtig bewegt sie ihren Mercedes im ersten Gang über den Waldweg bis zur befestigten Straße, um sich nicht in einem Wasserloch festzufahren. Obwohl Daun näher wäre, entscheidet Anne, ihre Einkäufe in der anderen Kreisstadt Wittlich, der Stätte ihrer Jugend, zu erledigen. Möglicherweise wird ihr ja noch jemand über den Weg laufen, den sie von früher her kennt. Sie fährt zu dem großen Shoppingcenter am Stadtrand von Wittlich und findet, wie sie sich das an diesem Silvester-Vormittag schon fast gedacht hatte, auf dem riesigen Vorplatz kaum noch einen Platz zum Parken. Nicht anders als zu Hause in Köln ist vor Feiertagen in den Einkaufszentren die Hölle los. Die Leute kaufen, als ob es wochenlang nichts mehr gäbe. »Vielleicht«, denkt Anne, »hätte ich mir doch ein fertiges Buffet vom Catering-Service liefern lassen sollen.«

Der Einkauf ist mühsam. Hätte Anne nicht ihre lange Einkaufsliste mitgenommen, hätte sie vor lauter Stress wohl vieles vergessen. Sowohl an der Wurst- und Fleischtheke, als auch an der Käsetheke und am Obststand haben sich lange Schlangen gebildet. Ungeduldige versuchen sich vorzudrängeln. Kinder, in ihrem Kindersitz eingezwängt in den Einkaufswagen, rufen nach ihren Müttern, die zwischendurch noch schnell etwas aus einem nahe gelegenen Regal holen. Heute ist sogar Andrang an der Fischtheke, die normalerweise viel weniger besucht ist als die Fleischtheke. Anne schiebt ihren Einkaufswagen durch die endlos langen Reihen und muss überall suchen, weil alles sich so verändert hat, seit sie das letzte Mal hier eingekauft hat.

Sie kann sich noch gut erinnern wie es war, als dieser Supermarkt eröffnet wurde. Damals, vor einer halben Ewigkeit, hatte sie noch in Wittlich gearbeitet. Seitdem ist er so vergrößert worden, dass er fast die Ausmaße einer amerikanischen Mall erreicht hat. Mittlerweile werden auch hier schon einzelne Abteilungen an Pächter abgegeben, so dass es hier auch bald so aussehen wird wie in den riesigen Einkaufszentren der Großstädte.

Einige Male wird Anne freundlich gegrüßt. Die Gesichter sind ihr von früher her bekannt, aber sie weiß nicht einmal mehr, woher. Zu lange lebt sie nun schon in Köln, so dass die Erinnerung an flüchtige Bekannte immer mehr verblasst. An einer der Kassen erkennt sie eine ihrer früheren Mitschülerinnen aus der Berufsschule. Deshalb stellt sie sich an dieser Kasse an. Doch über mehr als diese wenigen Floskeln: »Ach hallo, du bist es, wie gehts denn so?«, kommt man nicht hinaus, weil die Kassiererin angesichts der langen Schlangen vor ihrer Kasse einfach keine Zeit hat. Schade. Sie hätte gern etwas mehr erfahren.

Anne lädt Champagnerflaschen, Wodka, Zutaten für russische Gerichte und all die anderen guten Sachen, die sie zur Zubereitung des festlichen Menüs für ihre Gäste gekauft hat, in ihren Mercedes, bringt den Einkaufswagen zurück und dreht dann aus reiner Nostalgie noch eine kleine Runde durch die Innenstadt.

In diesen Straßen hier hat sie ihren Führerschein gemacht. Jetzt hat sich die gesamte Straßenführung verändert. Die Eisenbahnbrücke mitten in der Stadt ist verschwunden, ein riesiger Busbahnhof ist entstanden. Mitleidig betrachtet Anne im Vorüberfahren das alte Bahnhofsgebäude, in dem sie so oft auf den Zug gewartet hat. Es ist in einem erbärmlichen Zustand. Erinnerungen an ihre Jugendzeit werden wach. »Eigentlich sollte ich mich beeilen«, denkt sie, als sie an dem großen Parkplatz vorbeifährt, auf dem zur Wittlicher Kirmes immer die Buden, Schaukeln und Geisterbahnen standen. Sie fährt durch die Kurfürstenstraße in Richtung Autobahn und macht sich auf den Heimweg.

Wieder ist da dieses beunruhigende Gefühl in der Herzgegend. Was ist nur mit ihr los? Auf der Eifelautobahn herrscht reger Verkehr, sehr ungewöhnlich für diese Gegend. Für Anne, die den Verkehr von den rheinischen Metropolen her kennt – rund um Köln ist eigentlich nie ein Durchkommen und Staus sind an der Tagesordnung – ist diese Autobahn Koblenz-Trier, die mittlerweile Anbindungen nach Kaiserlautern, Luxemburg und Belgien hat, eine recht wenig befahrene Strecke. Wäre sie nicht in einem so jämmerlichen Zustand, dann könnte man hier einmal richtig Gas geben. So aber spürt sie selbst in ihrem komfortabel gefederten Mercedes die vielen Schlaglöcher in der Fahrbahn. Man merkt, dass hier in die Eifel kaum noch Gelder fließen, seit die Amerikaner die Flugplätze aufgegeben haben. Dabei, so denkt Anne, müssten die Politiker doch gerade jetzt, wo sich die Eifel ganz auf den Tourismus konzentrieren kann, darauf achten, dass die Zubringerstraßen in einem guten Zustand sind.

Der Nebel hat sich aufgelöst und es kommt ein leichter Wind auf. In der Bordcomputer-Anzeige des Autos sieht Anne, dass die Außentemperatur nur noch drei Grad beträgt. Sie kennt die Temperaturunterschiede zwischen dem Wittlicher Tal und der Eifel noch von der Zeit, als sie von ihrem Heimatort Unterfeldbach jeden Tag nach Wittlich zur Arbeit fuhr. Wenn es in Wittlich regnete, konnte es passieren, dass schon zehn Kilometer weiter Richtung Eifelberge Schnee lag.

Vielleicht wird es ja heute doch noch Schnee geben, denkt sie. Die Ginstersträucher, die im späten Frühling das »Eifelgold« verkörpern und hell leuchtend die Landschaft verschönern, stehen in tristem Grau rechts und links der Autobahn in Höhe Hasborn. Nur Fichten und Tannen zeigen noch ihr dunkles Grün. In winterliches Weiß gehüllt würde hier alles viel schöner aussehen. Besonders die sanften Hügel und die Gegend der Maare etwas weiter nördlich bei Mehren, wo sie die Autobahn verlässt und auf der Landstraße weiter fährt.

»Ob Jochen schon da ist?«, überlegt sie, als sie in den Waldweg zu ihrem Wochenendhaus einbiegt. Jochen, den Immobilienmakler, hat sie vor zwei Jahren kennen gelernt, als sie ihr Haus in Köln verkaufen wollte und dafür eine Drei-Zimmer-Wohnung in einem guten Wohnviertel suchte. Was sollte sie allein in dem großen Haus? In letzter Zeit verbringt sie vor allem im Sommer immer mehr Zeit in dem Wochenendhaus in der Eifel, also würde eine kleine Wohnung in der Stadt auch reichen. Jochen ist ein gut aussehender, charmanter, geschiedener Mann in den besten Jahren, und Anne hatte in diesen letzten zwei Jahren endlich einmal wieder das Gefühl, begehrenswert zu sein. Worte wie Liebe, Verliebtsein oder so etwas bringt eine Dreiundsechzigjährige, deren Ehemann sie vor sieben Jahren wegen einer wesentlich jüngeren Frau verlassen hat, nicht mehr so schnell über ihre Lippen.

Sie hatte gelitten, sie hatte sich eingeigelt und selbst ihre erwachsenen Kinder hatten durch die Scheidung ihrer Eltern noch so viel Schaden davongetragen, dass sie ihrer Mutter nicht das Maß an Trost spenden konnten, wie sie es gebraucht hätte. Es verminderte nicht ihr Leid, dass sie finanziell keine Sorgen haben musste, aber es erleichterte ihr doch das Leben alleine. Ihr Mann hatte sich großzügig gezeigt und ihr ein paar der Immobilien aus der Baufirma überlassen, die auch Anne mit aufgebaut und in die sie all die Jahre ihre ganze Kreativität und Schaffenskraft gesteckt hatte. Gefühle aber konnte er auch mit Geld nicht auslöschen.

Selbst heute, nach so langer Zeit, tut es noch weh. Besonders an Feiertagen wie Weihnachten, Silvester oder am Geburtstag kann Anne nie die Gedanken an die schöne gemeinsame Zeit aus ihrem Kopf verdrängen. Deshalb hat sie auch Jochen emotional nie so weit an sich heran gelassen, dass sie den Wunsch verspüren würde, mit ihm zusammenzuleben. Sie findet es in Ordnung, wenn sie sich am Wochenende sehen, ab und zu gemeinsam verreisen, aber weiterhin getrennt wohnen. Aber heute freut sich Anne, dass Jochen mit ihr das Silvesterfest in der Eifel verbringt, zu dem sie ihre alten Freundinnen aus Kinder- und Jugendtagen eingeladen hat, zu denen der Kontakt in der Mitte ihres Lebens eher auf Sparflamme gelaufen war.

Anne freut sich auch auf ihre Freundinnen. Regina wird mit ihrem Mann kommen, mit dem sie anscheinend immer noch so glücklich ist wie vor vierzig Jahren. Die beiden haben schon vier Enkelkinder, von denen Regina immer mehr berichten kann als von sich selbst, wenn Anne ab und zu mit ihr telefoniert. Monika, die andere Freundin, ist Single. Anne hat den Eindruck, dass Monika diejenige ist, die sich am meisten verändert hat. Monika, die Aktive, die Lebenslustige, die schon in den Sechzigern die Welt erobern wollte, die emanzipatorisch, politisch und sozialkritisch immer ihre eigene Meinung vertrat, die alles verkörperte, was man so als Achtundsechzigerin bezeichnet, ist heute eher ein wenig wehleidig, zurückgezogen, ja fast ein wenig ängstlich. Anne hofft, dass sie nicht im letzten Moment noch absagen wird.

Das Wiederaufleben ihrer Freundschaft hatte mit den jeweiligen Einladungen zum runden fünfzigsten Geburtstag begonnen. Seitdem trafen sie sich fast jedes Jahr einmal. Es hatte allen dreien so gut getan, diese Freundschaft noch einmal etwas zu beleben. Sie hatten gefühlt, dass die tiefe Verbundenheit aus Kinder- und Jugendtagen immer noch in ihnen schlummert und nur wieder geweckt werden muss.

Es ist schon eine eigenartige Bindung, denkt Anne. Mit Sicherheit würde sie sich nicht ausgerechnet diese beiden Frauen als Freundinnen auserwählen, wenn sie sie heute kennen lernen würde. Viel zu sehr haben sie sich auseinander entwickelt. Sie sind unterschiedlich in ihren Charakteren, in ihrer Lebensweise, ihrem Anspruchsdenken. Aber dieser uralte, gewachsene Zusammenhalt veranlasst wohl alle drei dazu, die Andersartigkeit der anderen zu tolerieren und zu akzeptieren. Demnach würden sie sich über längere Zeit wahrscheinlich nicht ertragen können. So wie es jetzt ist, ist es gut.

Anne hat die Freundschaft ihrer alten Schulfreundinnen als ganz besonders wohltuend empfunden in dem Jahr, als ihre Ehe in die Brüche ging. Da hatte sie, für die die dreißig Jahre davor wie im Zeitraffer-Tempo zwischen dem Aufbau der Firma, Familiengründung und Kindererziehung vergangen waren, noch einmal gemerkt, was eine gewachsene, wirkliche Freundschaft bedeutet. Ihre beiden Freundinnen hatten Seelenmassage betrieben, hatten ihr Selbstbewusstsein wieder aufgebaut. Anne fühlte sich damals so alleine.

Ihr Sohn, der einen guten Job bei einem Finanzberater in New York hat, war an diesem schrecklichen 11. September 2001 gerade so mit dem Leben davongekommen, indem er vierundzwanzig Stockwerke durch das angeschlagene World Trade Center hinunter gerannt war. Danach bekam er psychische Probleme, wollte aber trotzdem nicht nach Deutschland zurückkommen. Er heiratete und bekam eine kleine Tochter, von der Anne ein Foto in der Brieftasche hatte, die ihr ansonsten aber fremd war und zu der sie keine Chance hatte, ein Oma-Verhältnis aufzubauen. Nach ihrer Scheidung hatte Anne die junge Familie in New York besucht und nach einer Woche festgestellt, dass deren Leben ein durch und durch amerikanisches war. Früher hatte ihr Sohn sich gefreut, wenn Anne richtig gut kochte, und nun wurde sie belächelt, wenn sie Kartoffeln schälte und

Fleisch anbriet. Die junge amerikanische Frau lief meistens bis zur nächsten Straßenecke, um fertiges Essen einzukaufen, oder stellte irgendein Fertiggericht in die Mikrowelle.

Ihr Sohn hatte seine eigene Welt und die war nicht die ihre. Er wollte von der Scheidung seiner Eltern nichts wissen. Irgendwie sperrte er sich dagegen. Vielleicht hatte sein Psychiater ihm geraten, sich nicht auch noch damit zu belasten, und Anne wollte ihn auch nicht belasten. Sie war froh, als er sein Trauma vom 11. September endlich verarbeitet hatte. Zwei Wochen hatte sie es ausgehalten in New York. Die Stadt war ihr zu laut, dieses dauernde Geheule der Polizeisirenen, die Hektik und diese andauernde innere Anspannung ließen so ein klein wenig Heimweh nach ihrer gemütlichen rheinischen Metropole aufkommen.

Ihre Tochter war nach Köln gekommen. Sie hatte ihre Mutter umarmt, sie hatte geweint und ihrem Vater schwere Vorwürfe gemacht, aber sie liebte beide Elternteile und als damals siebenundzwanzigjährige hatte sie auch ihre Erfahrungen mit der Liebe gemacht und wusste, dass nicht immer alles so lief, wie man es wollte. Als freie Journalistin war die hübsche, groß gewachsene Jenny wie so oft nur auf Stippvisite zu Hause. Dauernd war sie unterwegs und die meiste Zeit nur in Hotels oder auf dem Handy zu erreichen.

In den ersten Jahren hatte sich Anne viel Sorgen gemacht um ihre Kinder, es konnte so vieles passieren. Sie wusste, dass sie irgendwann dieses mütterliche Gluckenverhalten ablegen musste, dass ihre Kinder ihr eigenes Leben führen wollten. Und so hatte sie sich mit der Zeit daran gewöhnt, dass Besuche und Anrufe immer seltener wurden. Anne wollte auch ihre Tochter nicht mit ihrer Trennung belasten, obwohl sie zu dieser Zeit schon mit ihr so richtig von Frau zu Frau reden konnte. Jenny hatte bei ihrem stressigen und abwechslungsreichen Journalistenleben sowieso nicht viel Zeit, darüber nachzudenken.

Da Anne keine Geschwister hatte und ihre Mutter schon seit zehn Jahren tot war, hatte sie von Seiten ihrer Familie ansonsten keine Stütze. Die befreundeten Ehepaare in Köln waren alle auch Freunde ihres Mannes und die überlegten sich in der folgenden Zeit, ob sie Anne oder deren Ex-Mann mit der neuen Freundin zu ihren Partys einluden. So war Anne ihren Eifeler Freundinnen sehr dankbar gewesen, als sie sich bei ihnen ausweinen konnte und als diese sie wieder so weit aufpäppelten, dass sich Anne zum Schluss selbst sagte, ich bin doch wer, ich habe etwas geleistet in meinem Leben, ich habe genug Geld und zwei schöne Wohnungen, ich kann in Urlaub fahren, so lange ich will, ich bin für mein Alter noch ganz ansehnlich, also was will ich mehr?

Es steht noch kein Auto vor dem Holzhaus, also ist Jochen noch nicht gekommen. Schade, nun muss sie wohl oder übel ihre Einkäufe alle alleine ins Haus schleppen. Anne zieht ihre Gummistiefel hinter dem Fahrersitz hervor, schlüpft hinein, öffnet die Klappe ihres Kofferraums und macht sich daran, die Kisten mit den Einkäufen ins Blockhaus zu tragen. Hasso stellt sich an, als sei sie eine Ewigkeit weg gewesen. Dauernd schwänzelt er um sie herum. Als sie mit der zweiten Kiste unterwegs ist, hat sie einen Moment so ein Gefühl, als ob der Boden unter ihr sich bewegt. Vielleicht kommen jetzt die ersten Alterserscheinungen, denkt Anne, vielleicht habe ich einen leichten Schwindelanfall und sollte mich erst mal ein wenig hinsetzen. Ein Gläschen Sekt wird mir sicher gut tun. Sie öffnet eine der mitgebrachten Champagnerflaschen, gießt ein wenig daraus in eine Sektschale und lässt sich in einen der gemütlichen Sessel fallen.

Hmm, einfach nur so einen gemütlichen Augenblick genießen, bevor sie sich an die Arbeit macht, alles für heute Abend herzurichten. »Komm Hasso, lass dich ein wenig kraulen, guter Hund!« Hasso ist auch nicht mehr der jüngste. Doch dieser Hund ist ihr ein treuer Lebensgefährte, mit ihm an ihrer Seite kann ihr nichts passieren.

## Silvester 2010 – Monika

7.46 Uhr zeigt der Radiowecker an. Zeit zum Aufstehen. Monika gähnt. Vor einer Stunde hat sie das letzte Mal auf den Wecker geschaut und ist dann noch einmal eingeschlafen. In diesen frühen Morgenstunden könnte sie so gut schlafen, wenn nicht Mutter in ihrem Bett schon ungeduldig auf das Frühstück warten würde. Einmal wieder eine ganze Nacht durchschlafen und morgens liegen bleiben, so lange sie will, wie schön das doch wäre!

Noch unter der Bettdecke macht sie ein paar Lockerungsübungen mit ihren Händen. Morgens sind sie immer ganz steif und die Gelenke tun weh. Auch ihr Kreislauf muss erst in die Gänge kommen. Manchmal, wenn Mutter nachts nach ihr ruft und sie dann ganz schnell aufstehen muss, wird ihr schwindlig und sie hat schwarze Streifen vor den Augen. Wenn es irgendwie möglich ist, bleibt sie daher vorsichtshalber noch ein paar Minuten auf der Bettkante sitzen.

Sie schlüpft in die molligen Lammfellpantoffeln, horcht angestrengt nach unten, ob Mutter noch nicht mit ihrem Stock gegen die Wand klopft, und geht erst einmal ins Bad. Im Spiegel erscheint ihr ihr eigenes Gesicht jeden Tag etwas mehr als das ihrer Mutter. Das Alter? Mutter vor fünfundzwanzig Jahren? Da war sie doch schon eine alte Frau! Wie sehr doch die Zeit alles verändert, denkt sie. Ja, das Gesicht hat ein paar Falten, die Knochen sind auch nicht mehr das, was sie einmal waren. Eine alte Frau möchte Monika nun noch nicht sein, obwohl ein paar besonders dreiste Schüler ihrer Klasse sie schon ab und zu mit Omi anreden. »Guten Morgen«, sagt sie sich im Spiegel und lächelt sich an. Das hat ihr einmal ein Psychologe empfohlen: man muss mit sich selbst zufrieden sein. Der Tag soll positiv beginnen. Ach ja, heute ist sie zur Silvesterfeier in Annes Blockhütte in der Vulkaneifel eingeladen. Ein Grund mehr, den Tag freundlich zu begrüßen. Ihr Herz klopft plötzlich viel schneller.

Unter der Dusche fühlt sie den kleinen Rettungsring um ihren Bauch, mustert ihre Krampfadern und zieht dann unwillkürlich den Bauch ein, streckt die Arme nach oben und merkt, wie sich ihre Brüste ein paar Zentimeter heben. »Lass dich nicht so hängen«, hat Anne bei ihrem letzten Treffen zu ihr gesagt. Das hatte sie zwar nicht auf den Körper bezogen, aber Monika weiß, dass Körper und Geist eine Einheit sind. Sie weiß, dass ihr Immunsystem ganz oft auf Ärger im Beruf reagiert. Sie weiß auch selbst, dass sie nicht mehr die starke, energische, lebenslustige Frau ist, die sie einmal war. Ja, sie lässt sich manchmal hängen. Die körperliche und seelische Belastung mit ihrer pflegebedürftigen alten Mutter und der Beruf als Lehrerin, in dem sie früher ganz aufgegangen ist, der ihr aber mittlerweile gar keinen Spaß mehr macht, in dem sie von Jahr zu Jahr mehr Frust erlebt, dazu der normale Alterungsprozess und auch eine gewisse Einsamkeit, das alles geht nicht spurlos an ihr vorüber.

Schleichend hat sich alles verändert. Die Kinder sind heute nicht mehr so wie früher. Monika kann sich nicht vorstellen, dass nur die hektische Umwelt, der Fernsehkonsum, und das viele Sitzen am Computer allein Schuld daran haben, dass viele Kinder heute so aggressiv, unruhig und unkonzentriert sind und Null Bock auf Schule haben. Immer wieder muss sie feststellen, dass die meisten Probleme der Kinder ihren Ursprung im Elternhaus haben. Da gibt es die vielen Extreme der überbehüteten Einzelkinder, die mit dem Auto bis zur Schule gebracht werden und deren Freizeit mit anspruchsvollen Hobbys ausgefüllt ist, und im Gegensatz dazu die Kinder, die morgens zu spät kommen, kein Frühstück hatten, da ihre arbeitsunwilligen Eltern nicht aus dem Bett kommen, weil sie sich abends voll alkoholisiert noch ein paar Sex- und Gewaltvideos reinziehen mussten.

Die Institution Familie funktioniert nicht mehr so wie früher. Horte, Kindergärten und Schulen müssen immer mehr Aufgaben übernehmen, denen die Kleinstfamilien nicht mehr gerecht werden. Mangels Geschwistern und Familienangehörigen kann zu Hause kein Sozialverhalten eingeübt werden, selbst gemeinsame Mahlzeiten haben Seltenheitswert. Immer mehr Familien brechen auseinander, die Zahl der Alleinerziehenden steigt von Jahr zu Jahr an und der finanzielle Druck wird immer größer, seit die Gehälter eher nach unten gehen und die Leute immer länger arbeiten müssen, um ihre Bedürfnisse zu befriedigen, die in den Zeiten der Hochkonjunktur immer höher gewachsen waren. Obwohl die meisten Eltern versuchen, ihren Kindern mit Urlaub, Handys, Computern und Edelklamotten immer mehr zu bieten, ist ihnen nicht bewusst, dass Kinder im Grund etwas ganz anderes brauchen.

Nein, Monika findet es nicht mehr schön, Lehrerin zu sein. Es gibt Tage, an denen sie schon morgens mit erhöhtem Herzschlag und mit schwitzenden Händen das Schulgebäude betritt. Das kommt nicht davon, dass sie morgens, bevor sie in die Schule fährt, schon ihre Mutter gewaschen und angezogen und ihr das Frühstück gemacht hat. Das kommt davon, dass sie – je nachdem, welche Klasse sie hat – fast ein Angstgefühl verspürt, sich vor die Schulklasse zu stellen. In manchen Klassen empfindet sie unglaublichen Frust, einen Lehrstoff vermitteln zu wollen, während die Schüler mit ihren Handys SMS-Nachrichten verschicken, das Fernsehprogramm laufen lassen, mit Gegenständen herumwerfen oder sich einfach zwischendurch unterhalten. Sie hat als Lehrerin kaum eine Handhabe, konsequent einzuschreiten. Verbote werden einfach ignoriert, handgreiflich darf sie nicht werden. Einmal riss Monika einem Schüler ein Handy aus der Hand, weil er dauernd damit störte. Prompt hatte sie eine Strafanzeige am Hals, weil der Schüler später behauptete, sie hätte ihm einen Finger verletzt, worüber er auch noch ein Attest von einem Arzt vorlegte. Monika war fassungslos, entweder hatte die Verletzung des Fingers eine andere Ursache oder der Arzt hatte irgendetwas attestiert, ohne es sich anzuschauen. So weit war es also schon gekommen.

In Konferenzen und vielen Gesprächen mit Kollegen wird immer wieder dieses Thema angeschnitten, werden Gesellschaftsanalysen gemacht, wird überlegt, wieso die Kinder heutzutage machen, was sie wollen, keinerlei Respekt mehr vor Erwachsenen und Lehrpersonen haben. Monika war zu Beginn ihrer beruflichen Laufbahn Ende der sechziger Jahre den Schritt der antiautoritären Erziehung eine ganze Zeit lang in gemäßigter Form mitgegangen, hatte aber schnell erkennen müssen, dass Kinder Grenzen kennen lernen müssen. Kinder schreien sozusagen nach Grenzen und es ist sehr schwer für sie, sie selbst setzen zu müssen.

Als kurz nach der Jahrtausendwende die Pisa-Studie besagte, dass die Deutschen im Bildungsniveau ganz weit hinten lagen, standen die Bildungsexperten Kopf und es wurden jede Menge Experimente gemacht, um herauszufinden, wie man diesen Rückstand in kurzer Zeit aufholen konnte. In dieser Zeit hatte sich Monika beruflich sehr viel eingebracht, war Mitglied einer Lehrbuchkommission in Rheinland-Pfalz und legte oft lange Anfahrtswege zurück, um in kleinen Gremien neue Ideen für die Unterrichtsgestaltung im Fach Deutsch zu entwickeln. Die Enttäuschung war jedoch groß, als sich später herausstellte, dass sich dieses Gremium die ganze Arbeit umsonst gemacht hatte und keine dieser Ausarbeitungen je im Bildungsministerium berücksichtigt wurde. Monika war sauer, all die Überlegungen in den späten Abendstunden, die Stunden im Auto und auf den Sitzungen, alles hätte sie sich sparen können.

Gäbe es jetzt noch die Möglichkeit, wie noch vor etwa zehn Jahren, vorzeitig in den Ruhestand zu gehen, würde Monika diese Chance sofort ergreifen. Sie merkt manchmal selbst, dass mit der angeknacksten Psyche auch ihr Körper krank wird. Immer öfter gibt es Tage, in denen sie depressiv wird und sich am liebsten den ganzen Tag heulend im Bett verkriechen würde. In den neunziger Jahren war es noch leicht gewesen, frühzeitig in Pension zu gehen, aber bereits 2006 hatte die Regierung beschlossen, das Rentenalter auf siebenundsechzig Jahre zu setzen. Und so wird Monika wohl oder übel noch weitere vier Jahre aushalten müssen und kann nur hoffen, dass sie dann auch wirklich ihre Rente bekommt. Sie findet, dass Lehrer nicht älter als fünfzig sein sollten, denn ab diesem Alter geht es mit der Belastbarkeit der Nerven rapide nach unten. Es sei denn, die Kinder wären wie vor dreißig Jahren, würden schön lieb in ihren Bänken sitzen, würden mitmachen und sich höflich und ordentlich verhalten. Da das Bundesland kaum noch Mittel hat, werden immer weniger neue Lehrer eingestellt und so ist die Lehrerschaft hoffnungslos überaltert und die Schwierigkeiten zwischen Kindern und der Oma / Opa-Lehrergeneration wachsen immer mehr an, weil das gegenseitige Verständnis fehlt.

»Lass dich nicht so hängen!« Wie oft hat sie jetzt schon an diesen Ausspruch gedacht. Unwillkürlich zieht sie ihre Schultern nach hinten, streckt die Wirbelsäule durch. Nein, Anne, heute lasse ich mich nicht hängen! Monika verspürt wieder ein leichtes Herzklopfen. Vorfreude? Seit langem hat sie keinen gemütlichen Abend mehr mit ihren alten Freundinnen verbracht.

Mutter! Es wird Zeit! Mutter wartet sicher schon ungeduldig auf ihr Frühstück. Achtundachzig Jahre ist sie jetzt alt. Obwohl sie schon seit ihrem fünfzigsten Lebensjahr dauernd irgendwelche Krankheiten hatte und in ihrem Leben an keiner harten Arbeit vorbeigegangen ist, hat sie Vater, der nie krank war, nun schon um Jahre überlebt.

Monika kocht Kaffee, macht ihrer Mutter ein Brot mit Frischkäse, steigt mit dem Tablett in der Hand die schöne alte Holztreppe hinab, die sie von einem Fachmann hatte abbeizen lassen, die jetzt in ihrer Naturfarbe erst richtig zur Geltung kommt und ein Schmuckstück für den ganzen Flur darstellt. Im Untergeschoss des Hauses sieht es noch fast so aus wie früher. Nur dort, wo früher das Wohnzimmer war, steht jetzt Mutters Bett und ein Kleiderschrank. Mutters körperliche Krankheit ist das kleinere Problem. Sie ist von Rheumatismus geplagt, hat Herz- und Kreislaufprobleme, kann aber noch aufstehen und am Stock gehen. Das weitaus größte Problem besteht darin, dass sie alles vergisst. Sie weiß zwar noch alles von ganz früher, kann aber abends nicht mehr sagen, was sie mittags gegessen hat und nervt Monika fürchterlich damit, die gleiche Frage fünf bis zehnmal hintereinander zu stellen oder ihr immer wieder die gleichen Geschichten von früher zu erzählen. Jeden Morgen nimmt Monika sich vor, einfach nur geduldig zu sein und wenn es sein muss, zehn Mal die gleiche Antwort zu geben. Aber immer wieder kommt es vor, dass sie irgendwann doch die Geduld verliert und Äußerungen macht wie: »Ach Mutter, das hast du doch schon fünf Mal gefragt«, oder: »So, nun ist es aber genug, jetzt denk mal an heute.«

Es gibt Tage, an denen Mutter in die Rolle eines Kindes schlüpft und in Monika ihre eigene Mutter sieht. Das ist schlimm. An diesen Tagen muss Monika oft weinen. Es widerspricht der Natur, die eigene Mutter wie ein Kind behandeln zu müssen. Eine Mutter ist doch die Person, zu der man aufschauen möchte, von der man nicht nur das Leben geschenkt bekam, von der man auch das Leben gelernt hat. Wie oft schon hat Monika für sich selbst gewünscht, lieber zu sterben, bevor Körper und Geist verfallen. Und doch kann sie ihrer alten Mutter nicht den Tod wünschen. Sie hat Angst davor, dass Mutter irgendwann stirbt, und sie weiß jetzt schon, dass in ihrem Leben dann eine tiefe Leere entstehen wird.

Mutter ist heute Morgen ziemlich unruhig. In wenigen Minuten hat sie ihr Frühstück verspeist und möchte aufstehen. Monika stützt sie bis zum Bad und achtet darauf, dass sie richtig auf der Toilette sitzt. Manchmal muss sie rechts und links der Kloschüssel aufwischen, weil Mutter nie ruhig auf der Toilette sitzen bleiben will. Das sind dann die Tage, in denen Monika mit leerem Magen in die Schule fährt, weil sich ihr dann regelmäßig der Magen umdreht und sie kein Frühstück mehr hinunter bekommt. Waschen und Zähneputzen erfordern auch einiges an Zeit, mittlerweile ist es schon zur Routine geworden. Mutter erzählt immer allen Leuten stolz, dass sie noch alles alleine kann. Bis zu ihrem achtzigsten Lebensjahr konnte sie das auch noch, ab dann ging es rapide abwärts und als Monika 2002 nach Unterfeldbach zurückkehrte und ihr Elternhaus umbauen ließ, da konnte sie Mutter noch vormittags alleine lassen, bis sie aus der Schule zurückkam. Als dann aber 2004 die volle Ganztagsschule eingeführt wurde und Monika als Konrektorin täglich außer freitags von acht bis sechzehn Uhr anwesend sein musste, war sie zunächst ratlos, wie das mit Mutter weitergehen konnte.

Zwei Jahre lang wohnte dann eine Polin mit in ihrem Haus, die Mutter pflegte, die aber dann einen deutschen Mann fand, schwanger wurde und wegzog. Monika war damals kurz davor, ein Pflegeheim zu suchen und war dann sehr froh, dass im Nachbarhaus, das eine Zeit lang leer gestanden hatte, eine deutsch-russische Aussiedlerfamilie einzog. Die Frau sprach zwar nicht sehr gut deutsch, hatte aber ein gutes Herz und kümmerte sich zuerst stundenweise um Monikas Mutter. Später hatte man eine Regelung gefunden, wie diese Frau sich ganztägig um sie kümmern konnte.

Gewaschen, angezogen, frisiert und mit ein paar Duftwässerchen betupft sitzt Mutter in ihrem Sessel vor dem großen Fenster, durch das sie einen Blick in den Garten, auf zwei Nachbarhäuser und ein Stück der neu gepflasterten Seitenstraße hat. Nun verzieht sich Monika für eine Stunde in ihr Atelier, bevor sie Mutter zu ihrer Schwester Hanna in den Hunsrück fährt.

Monika war damals nicht begeistert von dem Vorschlag ihrer Geschwister, dass sie wieder in ihr Elternhaus einziehen soll, als es Mutter immer schlechter ging und man sie nicht mehr allein im Haus lassen konnte. Die Geschwister, von denen keines in Unterfeldbach geblieben war, machten es sich einfach. Sie argumentierten, dass sie ja Familien hätten, arbeiten gehen mussten, dass Mutter sicher nicht aus Unterfeldbach wegziehen wollte usw. Arbeiten musste Monika auch, aber sie war die einzige ihrer Geschwister, die allein stehend war und nach niemandem zu fragen hatte. Es war für sie keine einfache Entscheidung, zu ihrer alten Mutter ins Haus zu ziehen. Sie war es gewohnt, ihre Freiheit zu haben, fühlte sich jedoch auch verpflichtet, ihre Mutter in dieser Situation nicht allein zu lassen. Ein Platz in einem Altersheim war kaum zu bekommen. Dafür musste man vorher jahrelang auf einer Warteliste stehen.

Also hatte Monika ihre Wohnung in der Nähe von Trier aufgegeben und ihr Elternhaus so umgebaut, dass es nun jeweils eine Wohnung im Ober- und im Erdgeschoss hatte. Sie ließ die alte nutzlose Scheune abreißen und pflanzte sich dort einen kleinen Blumengarten an. Im Obergeschoss des Hauses richtete sie sich ihre Wohnung ein und aus dem Speicher, auf dem in früheren Zeiten die Körner aus der Getreideernte gelagert worden waren, ist ein wunderschönes Atelier geworden. Die jeweiligen Giebel bestehen jetzt ganz aus Glas, so dass genügend Licht einfällt, die Dachschräge ist ganz mit Holz verkleidet.

Monika hat sich in dieses Atelier verliebt, hier verbringt sie jede freie Minute, hier kann sie abschalten von den beruflichen Belastungen, ja sogar von den tagtäglichen Sorgen um ihre alte Mutter.

Sie hat genug gespart im Laufe der Zeit und kann es sich leisten, die Wohnung komfortabel auszustatten. Mit ihrem Gehalt als Konrektorin kommt sie gut über die Runden und in den letzten Jahren, seit sie bei der Mutter lebt, hat sie sowieso nicht mehr viele Gelegenheiten, Geld bei Reisen, Konzerten und Veranstaltungen auszugeben, weil sie kaum noch von zu Hause wegkommt.

Ihr Leben ist ruhig geworden. Männer sind für sie kein Thema mehr. Den Tod von Pierre, ihrer großen Liebe, hatte sie lange nicht verwunden und es dauerte Jahre, bis sie wieder für eine Beziehung offen war. Sie hatte es versucht, aber die Männer, die ihr über den Weg liefen, konnten dem Vergleich mit Pierre in keiner Weise standhalten. Sogar ihr alter Schulfreund Herbert, der schon im Jugendalter in Monika verliebt war und dessen Frau früh gestorben war, hatte versucht, sie jetzt endlich für sich zu gewinnen. Der Gedanke daran, wie es wohl wäre, auch ohne die großen Gefühle mit einem Mann zusammenzuleben, holte sie schnell wieder auf den Boden der Tatsachen.

Sie bleibt lieber alleine, hat jedoch in Herbert einen treuen Freund gefunden, mit dem sie gut reden kann und für den ihre Tür immer offen steht. Im Dorf wurde natürlich schnell geredet, in dieser Beziehung hat sich nichts verändert gegenüber früheren Zeiten. So ein Dorf hat immer noch seine eigenen Gesetze. Außenseiter fallen aus dem Raster. Wenn sie also nichts mit Herbert anfängt, dann ist sie eben eine alte Juffer. Aber Monika ist das nicht, sie hat alle Erfahrungen gemacht, die eine Frau machen kann. Sie war immer sehr weltoffen, hat viele Reisen gemacht in alle möglichen Länder der Welt, sie hat Männer gehabt und sie hatte sich auch beruflich immer voll eingebracht. Nur – nun ja, die guten Zeiten sind vorbei.

Endlich hat sie jetzt Weihnachtsferien. Monika merkt, dass sie jetzt nach einer Woche Ferien schon viel ruhiger ist. Gestern Abend erst hat sie das Bild fertig gemalt, das jetzt noch auf der Staffelei steht und das sie als Geschenk heute Abend zu der Party bei Anne mitnehmen will. Auf diesem Bild hat sie die riesige, etwa fünfhundert Jahre alte Eiche verewigt, die auf einer Kuppe am Ortseingang von Unterfeldbach steht, in deren Schatten die drei Freundinnen schon vor fast sechzig Jahren gespielt haben und die nach aufwendigen

Erhaltungsmaßnahmen heute noch dort steht. Sie hofft, dass sich Anne darüber freut, und findet selbst, dass ihr das Bild wirklich gelungen ist.

Klar, in Sachen Kunst ist Anne mittlerweile verwöhnt, im Haus ihres Ex-Mannes hing sogar ein echter Miro. In den Kreisen, in denen Anne in ihren besten Zeiten verkehrte, wurde man laufend zu Vernissagen eingeladen. Anne hatte ihr einmal erzählt, wie schwer es ihr am Anfang gefallen ist, den zu solchen Anlässen üblichen Small-Talk zu führen. Die aufgeplusterten Gänse der so genannten besseren Gesellschaft dachten wunder, welchen Kunst-Sachverstand sie besaßen, wenn sie nur die üblichen Allgemeinphrasen faselten, die man in jedem Buch aus dem Genre »wie stelle ich mich gut dar?« nachlesen konnte.

Sorgfältig macht sich Monika daran, ein passendes Passepartout zu suchen und das Bild einzurahmen. Mittlerweile hat sie Übung darin. Seit sie ihr Talent zum Malen entdeckt hat, sind schon so viele Bilder durch ihre Hände gegangen, einige hat sie bei Ausstellungen verkauft und viele, an denen ihr Herz hängt, stehen wohl gehütet noch in ihrem Atelier. Manche darunter hat sie noch nie jemandem gezeigt. Schon der Gedanke an ein besonderes Bild bewirkt in ihr eine leichte Melancholie. Leise und zögerlich, als ob sie beobachtet würde, tritt sie in die Ecke, in der die in Kartons verpackten Bilder vor sich hin schlummern. Gezielt zieht sie einen Karton heraus.

Es ist nicht das erste Mal, dass sie vor diesem Portrait verharrt. Sie steht einfach nur da, hält das Bild mit beiden Armen und die Erinnerungen holen sie ein. Sie versinkt in einer unendlichen Trauer und spürt gleichzeitig die Liebe. Die Liebe, die aus den Augen dieses Mannes spricht, die Liebe, die immer noch in Monikas Seele brennt und die auch durch den Tod nicht auszulöschen ist. Dieses schöne Gesicht, das die Seele widerspiegelt, der sinnliche Mund, die markante Nase, die schwarzen, an den Schläfen schon leicht ergrauten Haare. Monika geht jedes Mal durch die Hölle, wenn sie dieses Bild hervorholt. Sie weiß es, die Psychologin, bei der sie nach dem tragischen Tod von Pierre Hilfe gesucht hatte, gab ihr damals den Rat, das ganze Geschehen aufzuarbeiten, nicht zu verdrängen. Sie hat es versucht, hat immer wieder Schritt für Schritt alles erzählt, aber die Bilder verfolgen sie bis heute.

Auch jetzt läuft dieser Film wieder ab: Pierre sitzt neben ihr auf dem Beifahrersitz. Vor seinen Konzerten saß er nie gerne selbst am

Steuer seines Autos. Er hat die Augen geschlossen, entspannt sich. Monika konzentriert sich auf die nasse Straße und die trommelnden Regentropfen auf der Windschutzscheibe. Aus den Augenwinkeln heraus registriert sie ganz plötzlich das herannahende Auto aus der Seitenstraße. Es hält nicht. Mit unverminderter Geschwindigkeit naht es heran. Gas geben oder bremsen? Die Entscheidung wird ihr abgenommen, alles geht so schnell, mit lautem Knall öffnet sich der Airbag und Monika versinkt in einem Nebel. Im Krankenhaus erfährt sie am nächsten Tag, dass Pierre es nicht geschafft hat.

Hunderte Mal hat sich Monika schon vorgestellt, wie es gewesen wäre, wenn sie nur eine Sekunde schneller oder langsamer gewesen wäre und Pierre noch leben würde. Hunderte Mal hat sie sich die Schuld gegeben, obwohl die Polizei ganz klar bewiesen hatte, dass dieser andere Autofahrer, ohne das Stoppschild zu beachten, ungebremst in die rechte Seite ihres Autos gerast war. Könnte sie doch endlich vergessen, loslassen.

Allmählich löst sich die innere Anspannung und Monika kehrt zur Gegenwart zurück. Sorgfältig verpackt sie Pierres Portrait und stellt es wieder zwischen die anderen Bilder, die nicht für die Öffentlichkeit gedacht sind. Sie wischt zwei kleine Tränen weg und überlegt, was sie außer dem Geschenk für Anne noch zu einem gelungenen Silvesterabend beitragen kann.

Leichte Unruhe ergreift sie, aber auch eine kleine Vorfreude. Ja, sie freut sich auf den Abend mit ihren »alten« Freundinnen, auch wenn sie wieder einmal solo erscheint und die anderen ihre Männer dabei haben werden. Den neuen Freund von Anne hat sie noch nie gesehen und sie kann die Beziehung nicht recht beurteilen. Reginas Mann kennt sie ja schon seit damals, als die beiden heiraten »mussten«. Zu dieser Zeit, als Monika noch studierte, und auch später, als sie in München lebte, hätte sie ihn wahrscheinlich als Gesprächspartner links liegen lassen, intellektuell hatten sie wenig Gemeinsamkeiten. Heute weiß sie seinen soliden Charakter, den liebevollen Umgang mit seiner Frau und seiner Familie zu schätzen und auch seine handwerklichen Fähigkeiten haben mit dazu beigetragen, dass Monikas Haus heute ein wahres Schmuckkästchen ist.

»Ach ja, die alten Zeiten«, denkt Monika ein wenig wehmütig, zieht ihr erstes Fotoalbum in dem damaligen Format aus dem Regal, blättert verträumt darin herum und gönnt sich noch ein paar Minuten Nostalgie.

## Silvester 2010 – Regina

»Kannst Du heute Abend die Kühe füttern?«, fragt Wilfried seinen Enkel. »Du weißt ja, wir sind bei Reginas Freundin zur Silvesterfeier eingeladen, und ihr geht ja sowieso erst um 11 Uhr zu euern Tanzveranstaltungen!«

»Ooch«, murrt Alex, »muss das sein? Kann das nicht der Papa machen?«

»Dein Papa hat die Grippe, der fühlt sich gar nicht gut«, ruft Regina aus der Küche. »Bitte Alex, tu mir den Gefallen, du weißt doch, dass deine Großeltern so selten irgendwo hingehen, und ich freue mich so auf heute Abend.«

»Na gut«, Alex brummelt, dann flackert kurz etwas in seinen Augen auf, »aber wie wärs dann mit nem kleinen braunen Scheinchen?«

»Ein Fünfziger, du spinnst wohl? – Na ja, hier hast du einen Blauen! Ich bin ja froh, wenn du daheim noch etwas hilfst.« Wilfried blättert den Zwanzig-Euro-Schein auf den Tisch und denkt mit ein wenig Wehmut an die Zeiten, als man noch mit 10 DM in der Tasche richtig einen draufmachen konnte.

Regina sitzt am Küchentisch und zieht eine Klarsichtfolie um den großen Holzteller, mit einem eigenhändig geklöppelten Deckchen dekoriert, auf dem sie ihre Eifeler Markenprodukte hübsch drapiert hat. Das ist ihr Geschenk für Anne. Jeweils ein Glas mit Blut- und Leberwurst, Hackfleisch in Aspik, Marmelade, Honig und eine kleine, besonders schön geformte Flasche mit Zwetschgenschnaps. Alles auf ihrem Hof produziert. Über solche Köstlichkeiten wird sich Anne wohl freuen, denkt sie, schließlich ist die Qualität dieser Eifel-Produkte mittlerweile in ganz Europa bekannt. Dabei sind es landwirtschaftliche Erzeugnisse, wie sie schon vor fünfzig, wenn nicht gar vor einhundert Jahren von den Landwirten für den Eigenbedarf gemacht wurden. Jetzt aber werden sie verkauft, ja sogar in alle Welt exportiert.

Vieles hat sich verändert in der Eifel. Seit Wilfried nicht mehr auf dem amerikanischen Militärflugplatz arbeitet, hilft er seinem Sohn wieder mehr auf dem Hof. Vor fünfzehn Jahren hatte ihr Sohn Christian die Umstellung auf Bio-Bauernhof gewagt und seine Erzeugnisse teilweise selbst vermarktet. Wilfried war damals skeptisch, musste aber bald erkennen, dass es eine gute Entscheidung war.

Regina, von der die Idee eigentlich stammte, hatte sich voll eingebracht und zusammen mit ihrer Schwiegertochter reist sie seitdem mit einem eigenen Stand zu Bauernmärkten und liefert Eier von glücklichen Hühnern, Bio-Körner, selbst gemahlenes Vollkornmehl, das Fleisch von freilaufenden Puten, mit eigenem Futter gefütterten Kühen und Schweinen an ihre Stammkundschaft und an Bio-Geschäfte. Diese Verkäufe tragen zu einem großen Teil ihrer Einkünfte bei. Heute sind sie froh, dass alles so gekommen ist, obwohl sie schwere Zeiten durchgemacht haben.

Im Winter 2001 hatte die ganze Familie den reinsten Horror erlebt, als eine ihrer Kühe im Verdacht stand, an Rinderwahnsinn erkrankt zu sein. Politiker und Tierärzte hatten überreagiert und gleich den ganzen Rinderbestand abgeschlachtet und vernichtet. Es war nicht nur der finanzielle Verlust, der die Familie in tiefste Verzweiflung stürzte. Das ganze wurde zu einem Medienspektakel, der Hof wurde abgeriegelt, desinfiziert und rundherum standen Reporter von Fernsehanstalten. Zeitungsschreiber interviewten Nachbarn, Tierärzte, Helfer und Bürgermeister. Schaulustige versammelten sich vor ihrem Hof, die Leute im Dorf mieden den Kontakt mit ihnen. Es dauerte Monate, bis wieder einigermaßen Normalität einkehrte. Das schwierigste aber war, nach dem Aufbau eines neuen Rinderbestandes wieder das Vertrauen der Kunden zu gewinnen.

Aus Angst vor BSE hatten die meisten Leute lange Zeit ganz auf Rindfleisch verzichtet. Je mehr die Medien das ganze aufbauschten, umso mehr wuchs die Unsicherheit in der Bevölkerung. Später, als das Medieninteresse abflaute, konnte man ganz gut erkennen, wie allmählich wieder mehr und mehr Rindfleisch gekauft wurde. Dabei, so denkt Regina, hat es diese Rinderkrankheit BSE mit Sicherheit auch schon früher gegeben. Sie erinnert sich daran, dass im Stall ihres Vaters in Unterfeldbach auch einmal eine Kuh vom Schlachter getötet werden musste, das Fleisch nicht zum Essen empfohlen wurde und die Kuh zum Vernichten zur Tierverwertungsstelle gebracht wurde. Damals wusste man noch nichts von BSE, nur die Symptome waren die gleichen. Vielleicht war es damals ja schon die gleiche Krankheit, nur wurde nicht so viel Aufhebens davon gemacht und schließlich hat der andere Viehbestand ja auch überlebt.

Heute, am Ende des Jahres 2010 spricht keiner mehr von BSE. Ab und zu treten irgendwo in der Welt, auch in Deutschland, Maul-

und Klauenseuchen auf. Auf Christians Hof, auf dem Wilfried und Regina als Opa und Oma nur noch helfen, aber nicht mehr das Sagen haben, werden die Tiere fast ausschließlich mit selbst angebautem Futter gefüttert, sie haben Auslauf, und so haben Krankheiten kaum eine Chance, übertragen zu werden.

In den achtziger Jahren hatte Wilfried seine Idee, die ihm schon vor der Hochzeit mit Regina im Kopf herumgespukt war, endlich in die Tat umgesetzt und die große alte Scheune in ein Wohnhaus umgebaut. Zwei Jahre lang halfen ihm seine Freunde und seine Familie jedes Wochenende auf dem Bau, und als man 1985 Richtfest feierte, konnte Wilfried stolz bei der Wohnungsvermittlung auf dem Flugplatz drei Neubauwohnungen zum Vermieten anmelden. Die Mieteinnahmen konnten sie damals gut gebrauchen, denn die Erträge aus der Landwirtschaft waren äußerst gering.

Am Anfang ihrer Ehe hätte sich Regina gewünscht, eine eigene Wohnung zu haben, denn in einem Haushalt zusammen mit den Schwiegereltern hatte sie es wahrlich nicht immer einfach. Wilfrieds Mutter konnte sich ihren Befehlston so leicht nicht abgewöhnen und mischte sich auch immer wieder in die Kindererziehung ein. In den ersten Jahren ihrer Ehe war es oft vorgekommen, dass Wilfried seine Frau weinend in ihrem Schlafzimmer angetroffen hatte, wenn er von der Arbeit nach Hause kam.

Zwei Jahre nach ihrer Heirat hatte Wilfried eine Arbeit auf dem nahen amerikanischen Flugplatz angenommen, wo er ein sicheres Einkommen hatte und nachmittags so früh zurück war, dass er seinem Vater noch genug in der Landwirtschaft helfen konnte. Als das zweite und dritte Kind auf die Welt kamen und die Arbeit auf dem Hof und in der Familie für Regina immer mehr zunahm, war diese ganz froh, dass ihre Schwiegermutter sich um die Kinder kümmerte und die zeitraubenden Arbeiten im Haushalt erledigte. Das große, typische Eifel-Bauernhaus mit den Sandstein-Fensterrahmen und der schweren, mit vielen Ornamenten verzierten Eichen-Haustür war ihr Zuhause geworden. Nach und nach hatte es sich eingespielt, dass sich die beiden Frauen die Arbeit auf dem Hof und im Haushalt teilten. Regina kümmerte sich um das Melken der Kühe, spülte die Melkmaschine, half bei der Ernte von Heu, Rüben, Kartoffeln und Obst, kochte und hatte immer ein bis zwei Kinder an der Schürze hängen. Ihre Schwiegermutter übernahm den etwas leichteren Teil der Hausarbeiten und nahm sich oft die

Zeit, um den Kindern vorzulesen und mit ihnen zu spielen. Nicht zuletzt deshalb gelang es Regina, sich mehr und mehr einen kleinen Freiraum zu schaffen, um ihrem Hobby nachzukommen, der Näh-, Strick- und Häkelarbeit.

Sie hatte sich auch die Technik des Klöppelns angeeignet und sie war so perfekt in diesen Handarbeiten, dass der Leiter der Volkshochschule sie bat, doch Kurse anzubieten. Regina, die das meiste von ihrer Tante Suss gelernt hatte und sich in der Landwirtschaftsschule schon als die Beste erwiesen hatte, war froh über diese Chance. Als sie den Teilnehmerinnen des Kurses zum ersten Mal gegenüberstand, klopfte ihr Herz bis zum Hals. Noch nie hatte sie sozusagen als Lehrerin fungiert. Sie, Regina, das einfache Bauernmädchen, brachte nun anderen etwas bei. Zum ersten Mal in ihrem Leben fühlte sie so etwas wie Selbstbewusstsein. Hier war sie endlich einmal diejenige, die etwas besser wusste, besser konnte und nicht nur, wie früher in der Schule, die dicke, rotwangige, die langsame und ewig letzte Regina.

Sie war beliebt in ihren Kursen. Ihre bescheidene Art, ihre Freundlichkeit, die natürliche Art und Weise, ihre Kenntnisse zu vermitteln, lockten Anfang der achtziger Jahre viele Teilnehmerinnen in ihre Kurse. Handarbeiten boomten, und als Regina in ihrem Dorf einen Weihnachtsbazar initiierte, quoll das Gemeindehaus über vor Besuchern, die den Frauen hinter den Ständen die Sachen förmlich aus der Hand rissen.

Seltsam, denkt Regina, wie man sich in die Gedanken an die Vergangenheit verlieren kann, wenn man sich darauf vorbereitet, die »alten« Freundinnen wieder einmal zu treffen. Sie drückt auf die Fernbedienung, mit der sie die Weihnachtsbaumbeleuchtung einschaltet. Diese Spielerei hat ihr jüngster Sohn ihr zu Weihnachten geschenkt. Was es nicht alles gibt heutzutage, denkt sie, die Jalousien kann man schon mit dem Handy herunterlassen, wenn man auf Reisen ist, das Licht im Haus ein- und ausschalten, damit Einbrecher nicht wissen, dass niemand zu Hause ist. Und jetzt schaltet sie sogar die Weihnachtsbaumbeleuchtung per Knopfdruck ein. Sie, die sonst eher konservativ eingestellt ist, die immer noch mit einem Putzlappen den Boden wischt und nicht mit einem Dampfreiniger oder was es sonst so alles gibt, die keinen Herd mit Mikrowelle kauft, der sich für jedes Gericht die individuelle Zeit und die richtige Wärme sucht, und die immer noch nicht versucht hat, einen Computer zu bedienen.

»Was gibt es denn heute zu essen?«, fragt Wilfried.

»Ach«, erwidert Regina, »so wie ich Anne kenne, wird sie heute Abend mit Sicherheit tausend Köstlichkeiten auf den Tisch bringen, und dazu noch möglichst solche, von denen wir noch nicht einmal wissen, was es ist. Wir sollten heute Mittag nur ein Müsli oder ein Brot essen. Morgen bin ich bestimmt trotzdem schon wieder ein Kilo schwerer.«

»Mein Dickerchen«, spöttelt Wilfried und tätschelt zärtlich Reginas Rundungen, »für mich bist du immer noch die Schönste!« Regina denkt an ihre Freundinnen.

Anne ist immer noch so schlank wie früher, Monika hat mit zunehmendem Alter auch ein wenig an Gewicht zugelegt, aber sie, Regina, ist immer noch die dicke. Heute macht ihr das nichts mehr aus. Natürlich würde sie gerne ein paar Kilo abnehmen. Besonders bei Spaziergängen, wenn es bergauf geht, kommt sie leicht aus der Puste und muss ab und zu stehen bleiben. Auch mit ihrem Cholesterinspiegel und Blutdruck steht es nicht zum Besten. Dabei hat sie sich schon angewöhnt, ohne viel Fett zu kochen, verwendet Olivenöl, obwohl sie es nicht mag, und isst nur magere Fleischsorten. Aber abgenommen hat sie trotzdem nicht.

»Was soll ich denn anziehen?«, fragt Regina, mehr zu sich selbst, als zu Wilfried, der in Bezug auf Klamotten nicht viel Ahnung hat. Wenn die beiden ausgehen, was relativ selten vorkommt, dann muss Regina ihn immer wieder zurück ins Schlafzimmer schicken. »Die Socken passen nicht zur Hose, nimm das blaue Hemd, nein, diesen Pullover kannst du nicht unter die Jacke anziehen.« Regina schiebt die Kleiderbügel in ihrem Schrank hin und her. Am besten wirkt immer noch das schwarze Oberteil mit ausgestelltem Kragen und dreiviertel langen Ärmeln. Das macht schlank und wenn ihre Hitzeattacken kommen, mit denen sie immer noch geplagt ist, dann ist sie am Hals nicht so eingeengt. Wenn ihr kalt wird, kann sie ein Halstuch dazu tragen. Darunter eine gerade schwarze Hose und flache Schuhe, mit denen sie auch ein Stück durch den Wald vor Annes Blockhütte gehen kann, falls jemand auf die Idee kommt, um Mitternacht ein kleines Feuerwerk zu veranstalten.

Sie schaut in den Spiegel. Die frische Dauerwelle, für die sie gestern zwei Stunden beim Friseur gesessen hat, lässt ihr Gesicht noch runder erscheinen. Ob ich doch mal die Haare färben soll? denkt sie und streicht sich durch die fast weißen Locken, schüttelt dann aber den Kopf und sagt im Stillen zu sich selbst: »Ach was, wenn man alt wird, soll man auch dazu stehen. Die Frauen, die Farbe in den Haaren haben, müssen dauernd darauf achten, dass der graue Haaransatz wieder nachgefärbt wird, dafür habe ich keine Zeit.«

Ihre jüngste Enkeltochter kommt durch den Hof gelaufen, steht vor der Haustür und ihr kleines Ärmchen reicht nicht bis zur Klingel. Regina hat sie vom Schlafzimmerfenster aus gesehen und öffnet ihr die Haustür.

»Sara, Liebchen, was ist denn los, was hast du es so eilig?«, fragt Regina. Sara ist gerade vier Jahre alt geworden. Im Kindergarten haben sie gemalt und stolz präsentiert Sara ihrer Oma das Bild, das sie ihr zum Neuen Jahr schenken will. »Oma, Mama sagt, du fährst weg heute?«

»Ja, Sara«, antwortet Regina, »aber morgen komme ich wieder!« Regina weiß, dass es ihrer Schwiegertochter nicht passt. Sie hatte wohl gedacht, dass Regina und Wilfried wie in den Jahren vorher auf Sara aufpassen, und sie mit Christian und ihrem Freundeskreis tanzen und feiern gehen kann. Heute aber ist Christian sowieso krank, was aber für die junge Frau kein Grund gewesen wäre, nicht auch alleine auszugehen. Nun aber hat Regina letzte Woche schon ganz klar angesagt, dass sie in diesem Jahr an Silvester nicht als Babysitter zur Verfügung stehen wird. Die beiden jugendlichen Enkelkinder sind sowieso auf Achse, also ist nur noch Sara, der Nachkömmling zu hüten. Regina vermutet, dass Sara nun zu ihrem Papa ins Bett gesteckt wird und morgen oder übermorgen dann auch die Grippe hat. Hauptsache, die junge Frau hat ihr Vergnügen.

»Waren wir früher auch so vergnügungssüchtig?«, überlegt sie. Sie hatte damals schon mit knapp Einundzwanzig ihr erstes Kind und die beiden anderen folgten im Abstand von jeweils etwa zwei Jahren. Obwohl sie bei den Schwiegereltern im Haus wohnten, waren sie in dieser Zeit kaum ausgegangen, höchstens zur Kirmes im Dorf oder zum Feuerwehrfest, bei dem Wilfried als Feuerwehrmann dann noch helfen musste. Wilfried war ab und zu mit der Feuerwehr zu den Festen in den Nachbargemeinden gefahren und jedes Mal ziemlich alkoholisiert nach Hause gekommen. In solchen Nächten musste sich Regina in ihrem Bett auf die andere Seite drehen, damit sie die Bierfahne nicht roch. Auch heute kommt es noch vor, dass

Wilfried etwas zu tief ins Glas bzw. in die Bierflasche schaut. Nur kann er diese Trinkgelage nicht mehr vertragen und ist jedes Mal am nächsten Tag sterbenskrank. Ob Männer wohl nie vernünftig werden? Heute Abend bei den schnieken Freundinnen wird sie auf ihn aufpassen müssen, damit er nicht in alkoholisiertem Zustand etwas sagt, was er besser nicht sagen würde.

## Silvesterabend 2010

Die ersten Schneeflocken hüpfen Regina und Wilfried schon auf der Autobahn Richtung Wittlich in der Nähe von Landscheid vor der Windschutzscheibe herum. Im Wittlicher Tal geht der Schnee in Regen über und in Höhe Mehren, wo sie von der Autobahn in Richtung Maare bzw. Annes Blockhaus abbiegen, ist das Schneetreiben schon so dicht geworden, dass einiges davon liegen bleibt und sich weiße Flecken auf den Wiesen links und rechts der Straße bilden. So kalt, dass der Schnee auf der Straße liegen bleibt, ist es noch nicht. Wilfried rutscht auf dem Fahrersitz hin und her. Angestrengt sucht er in dem dichten Gewirbel nach dem richtigen Weg.

»Hätten wir nicht schon die Ausfahrt Manderscheid nehmen müssen?«, fragt er Regina. Zwar waren sie vor zwei Jahren schon einmal in Annes Blockhütte, aber das war im Sommer und damals hatten sie eine genaue Wegbeschreibung. Nun aber ist es dunkel und er kann sich nur noch erinnern, dass es hinter einer scharfen Linkskurve rechts abgeht und er dann nach etwa zwei Kilometern in einen Waldweg abbiegen kann.

Regina hat nicht auf den Weg geachtet, Wilfried wird ihn schon finden. Als sie die kleine Lichtung erreichen, ist sie froh, dass sie sich für die flachen Schuhe entschieden hat. Auf dem kurzen Stück vom Waldweg zur Hütte leuchten zwar die Lampen der Bewegungsmelder, doch müssen sie sich einen Weg um die Pfützen suchen, die wie dunkle Löcher in dem mittlerweile leicht zugeschneiten Zugang liegen. Anne erscheint gleich an der Tür, drängt den aufgeregt herumspringenden Hasso hinter sich in die kleine Diele. Sie hat das Auto gehört und entschuldigt sich als erstes für den schlechten Zustand des Vorplatzes.

Herzlich umarmt sie ihre alte Freundin und deren Mann. »Schön, euch mal wieder zu sehen, wie geht es denn?« In der Diele hängen sie ihre Mäntel auf Kleiderbügel an die Garderobe und Regina überreicht der wie immer äußerst elegant gekleideten Anne ihr Gastgeschenk. »Mmm ..., lauter leckere Sachen. Vielen Dank Regina! Weißt du übrigens, dass man diese Eifeler Köstlichkeiten jetzt auch in Köln in einem Feinkostgeschäft kaufen kann? Natürlich bewirte ich als geborene Eiflerin meine Gäste gern mit den Produkten aus meiner alten Heimat.«

Hasso rennt wie wild herum. Wahrscheinlich riecht er die Leckereien. Anne stellt das liebevoll in Folie verpackte Geschenk erst einmal beiseite, so dass Hasso sich nicht darüber hermachen kann. Sie betont, dass sie doch nichts hätten mitbringen sollen, und bittet ihre Gäste in den Wohnraum. »Anne hat sicher Eiersalat gemacht«, denkt Regina. »Es riecht ja hier dermaßen nach gekochten Eiern.«

Auf der Ledercouch sitzt ein schlanker, groß gewachsener Mann, dunkelhaarig mit grauen Strähnen, den Regina von Annes Beschreibung her als Jochen identifiziert. Ein leicht beleibter, sehr nett wirkender Mittsechziger, dessen recht volles Haar noch mehr Blond als Grau aufweist, sitzt neben ihm und schaut den Ankommenden interessiert entgegen. Beide erheben sich gleich zur Begrüßung und Anne stellt zuerst den größeren vor: »Darf ich euch meinen Freund Jochen vorstellen, von dem ich euch schon erzählt habe? Jochen hat noch einen Freund mitgebracht, das ist Klaus aus Neuss, meine Freundin Regina und ihr Mann Wilfried.« Nach den gewohnten Floskeln beeilt sich Anne, jedem ein Gläschen Champagner zur Begrüßung einzugießen. Sie stoßen an auf einen schönen Abend, den letzten in diesem Jahr 2010.

Als Anne sich für einen Moment entschuldigt, weil sie noch in der Küche zu tun hat, folgt ihr Regina in die Küche. »Kann ich dir noch was helfen?« Ihr Mann Wilfried weiß: Frauen können einfach nicht entspannt sitzen bleiben, wenn ihre Freundinnen mit der Essensvorbereitung beschäftigt sind.

»He, Anne, wer ist denn dieser Klaus, willst du Monika mal wieder verkuppeln?«, fragt Regina.

»Siehst du, genau das wird Monika auch denken«, antwortet Anne, während sie am Herd herumwerkelt. »Diesmal bin ich unschuldig. Ich war selbst ganz überrascht, dass Jochen ihn mitgebracht hat, ich wusste wirklich nichts davon. Jochen sagt, dass er ihm Leid getan hat. Seine Frau ist Anfang des Jahres gestorben und er würde an so einem Tag wie Silvester mit Sicherheit in der Stadt irgendwo versacken und morgen mit einem mächtigen Kater aufwachen. Jochen war davon überzeugt, dass es uns nichts ausmacht, wenn er dabei ist. Aber ganz sicher wird Monika wieder gleich denken, ich habe ihn wegen ihr eingeladen, damit sie sich nicht so alleine fühlt.«

»Dann musst du ihr das so erklären!«, sagt Regina. »Weißt du noch, wie du damals den Mann mitgebracht hattest und Monika den ganzen Abend stinkig war, ich habe ihn richtig bedauert.«

»Ja ja«, erwidert Anne, »ich werde sie mir gleich schnappen, wenn sie kommt. Sie muss ja erst noch ihre Mutter zu ihrer Schwester bringen. Sie hatte schon gesagt, dass es etwas später werden kann.«

Regina schaut sich die vorbereiteten Platten mit Köstlichkeiten an und ist voll des Lobes. Mmm, sieht das lecker aus. Den Eiersalat kann sie nirgends entdecken und sagt ohne Hemmungen: »Ich dachte, es gäbe Eiersalat, es riecht hier so nach gekochten Eiern!«

»Jetzt fängst du auch noch an«, entgegnet Anne. »Jochen hat zwar nicht direkt gesagt, es stinkt, aber er hat auch schon gemeint, es rieche hier so merkwürdig! Vielleicht müffelt das Haus etwas, weil es nicht so oft bewohnt ist. Meinst du, ich soll mal ein wenig Raumspray oder Parfüm versprühen?«

»Ach nee, das wird sich schon geben, bitte entschuldige, ich wollte nicht herummeckern!« Regina ärgert sich, dass sie etwas davon gesagt hat. Da müht sich ihre gute Freundin ab, um allen einen schönen Abend zu bereiten, und sie redet über den Eiergeruch. Sie wundert sich sowieso, dass die gut betuchte Anne sich diese Mühe noch selbst macht und nicht alles von irgendeinem Partyservice bringen lässt.

Draußen fährt ein Auto vor und Anne hat es eilig, hinauszugehen, um Monika zu begrüßen und ihr die Sache mit diesem Klaus zu erklären, ehe ihr schon die Laune für den ganzen Abend verdorben ist. Jochen konnte ja nicht wissen, in welches Wespennest er mit dem Mitbringen seines Freundes gestochen hat. Monika ist sehr empfindlich bezüglich ihres Single-Daseins. Bei jeder Gelegenheit betont sie, dass Singles genauso ihren Wert in der Gesellschaft haben wie Paare, und trotzdem hat man immer den Eindruck, dass sie sich nicht allzu wohl fühlt, wenn sie nur von Paaren umgeben ist.

»Hallo Monika, ich freu mich, dass du kommst, wie geht es deiner Mutter?« Anne drückt Monika an sich und gleich dahinter wartet Regina darauf, Monika zu umarmen. Bevor Anne ihr die Jacke abnehmen kann, überreicht sie ihr das Gemälde, das noch in Papier verpackt ist, aber durch seine Form schon den Inhalt verrät. »Ich habe dir ein Stück Heimat mitgebracht«, sagt Monika. »Ich hoffe, du freust dich darüber!«

»Vielen Dank, gleich werde ich die Geschenke mal aufmachen«, beeilt sich Anne zu sagen. Dann zieht sie Monika zur Seite und sucht nach den richtigen Worten, ihr die Sache mit Klaus zu erklären.

»Glaub mir, es ist wirklich nicht meine Absicht, dich zu verkuppeln«, sie lächelt. »Bitte sei nett zu dem armen Mann, es ist bestimmt nicht leicht für ihn, das erste Mal Silvester ohne seine Frau zu feiern, das weißt du ja!«

»Schon gut«, erwidert Monika, »schon gut, ich bin ja schließlich keine Beißzange!«

Als Hasso aus dem Wohnraum gelaufen kommt und Monika anspringt, erschrickt diese heftig.

»Er will dich auch begrüßen«, erklärt Anne. »Du kennst ihn doch schon, Hasso ist wirklich ein lieber Hund, er tut dir ganz bestimmt nichts.«

»Wisst ihr, was ich eben gedacht habe?«, fragt Monika, als sie ihr erstes Glas Champagner geleert hat und alle sechs gemütlich im Wohnraum Platz genommen haben. »Unsere Eltern wären früher nie auf die Idee gekommen, sich zur Begrüßung zu umarmen bzw. auf die Wange zu küssen. Wie sich die Sitten doch ändern. In unserer Jugend haben wir das doch auch nicht gemacht. Als ich das erste Mal in Frankreich war, fand ich es ganz merkwürdig, wie die erwachsenen Leute sich bei jeder Gelegenheit Küsschen rechts, links und wieder rechts gaben und heute machen selbst wir sturen Eifelaner das ganz selbstverständlich.«

»Ja«, lacht Anne, »vor allem habe ich mich richtig geekelt, wenn ich im Fernsehen gesehen habe, wie dieser alte Stinkstiefel Chruschtschow, wisst ihr noch, der einmal in der Uno mit dem Schuh auf den Tisch gehauen hat, zu jeder Begrüßung seine Parteigenossen abgeleckt hat.«

Und schon geht es los mit dem Austausch von Erinnerungen, wie jedes Mal, wenn die Freundinnen sich treffen. Es ist nun einmal die Vergangenheit, die sie vereint. Es folgt eine breite Diskussion über die veränderten Begrüßungsrituale und überhaupt körperliche Nähe. War es die Eifeler Mentalität, die körperliche Nähe in früheren Zeiten nicht zuließ? Kaum jemand aus der älteren Generation kann sich erinnern, als Kind mit den Eltern Zärtlichkeiten ausgetauscht zu haben. Dass Eltern sich vor den Augen ihrer Kinder in die Arme nahmen und küssten, kam so gut wie nie vor. Auch nahen Verwandten, die nur einmal im Jahr zu Besuch kamen, wurde höchstens die Hand gereicht, Umarmungen waren ganz und gar unüblich. Nun werden die beiden Männer aus dem Rheinland ausgiebig befragt, um herauszufinden, ob es geographische Unterschiede im Verhalten der Menschen gibt oder ob es sich um eine reine Zeiterscheinung handelt.

Monika, die sich viel mit heimatkundlichen Themen beschäftigt, findet dieses Thema ganz interessant, und denkt sich im Stillen, dass dies ein ganz gutes Thema für Journalisten eines Eifelmagazins oder einer regionalen Zeitung sei, und spinnt den Gedanken gleich weiter: »Gibt es noch den typischen Eifeler?«

Sie versucht, ein paar Blicke auf die fremden Männer zu werfen, ohne dass diese etwas bemerken. Annes Freund sieht ja wirklich noch gut aus, fast ein wenig zu gut. Ob der wohl treu sein kann? Sie wünscht ihrer Freundin nicht noch einmal so eine Enttäuschung wie damals mit ihrem Mann. Und dieser Freund mit dem leichten Bauchansatz, dessen Frau gestorben ist, er hat eine sehr sympathische Ausstrahlung. Monikas recht gute Menschenkenntnis, die sie nur in ein paar Ausnahmefällen im Stich gelassen hat, sagt ihr, dass er ein guter Mann ist. Seine strahlend grünen Augen, sein Gesichtsausdruck und die ganze Körperhaltung lassen viel menschliche Wärme vermuten.

Inzwischen läuft das übliche Geplänkel in einer überschaubaren Runde ab. Wetter, Allgemeinheiten, wie gehts zu Hause, höfliches Erkundigen und Abtasten unter denen, die sich noch nicht kennen. Anne lenkt in Bahnen, stellt die Gäste gegenseitig vor. Nur von diesem unbekannten Freund weiß sie gerade nur den Vornamen.

»Ich gehe mal davon aus, dass alle einverstanden sind, dass wir uns duzen!«

Die Gläser werden noch einmal gefüllt und alle stoßen an: »Auf ein schönes Silvesterfest, auf uns!«

Ein merkwürdiges Grollen, als ob ein Gewitter im Anzug sei, lässt sie kurz aufhorchen. Sicher laufen im Dorf schon die Vorbereitungen zu den Silvesterknallereien, die Jugendlichen können es ja meistens kaum erwarten.

Anne verschwindet eine Weile in der Küche, schaut nach dem Borschtsch in dem Bräter, den sie schon vorgegart und jetzt zum Warmhalten in den Backofen gestellt hat. Dann stellt sie zwei große Vorspeisen-Platten mit vielen kleinen Köstlichkeiten auf den Esstisch. Zu dem russischen Essen passend hat sie ihn mit bunten Babuschka-Figuren dekoriert, die sie irgendwann einmal in Berlin auf dem Russenmarkt gekauft hat. Um den ovalen Tisch herum gruppieren sich verschnörkelte antike Stühle, auf einem Kölner Flohmarkt erworben und von einem Schreiner kunstvoll aufgearbeitet.

»Darf ich euch zum Essen bitten?«

Die Gäste, die sich noch gar nicht richtig im Blockhaus umgeschaut haben, erheben sich behäbig aus ihren Sesseln und gehen zögernd hinüber zum Esstisch.

»Seit wann hast du denn die tollen Stühle?«, interessiert sich Monika, und Anne erzählt begeistert von den herrlichen Flohmärkten um die Jahrtausendwende und von den schönen antiken Sachen, die man dort finden konnte, während heutzutage ja nur noch alles über Ebay und die neuen Konkurrenzanbieter via Internet verhökert wird.

»Das alte Bild dort an der Wand, seht ihr, das hat mein Onkel noch auf dem Speicher gehabt. Ich habe es aufarbeiten lassen.«

Regina bleibt einen Moment vor einem schwarz umrahmten alten Bild stehen und schaut verträumt auf die Zeichnung mit dem Kind und dem großen Engel. Genau so ein Bild hatte früher doch auch in ihrem Schlafzimmer gehangen, wo das wohl hingekommen ist? Wie oft hatte sie zu diesem Engel hinaufgeblickt, als sie so schwer krank im Bett gelegen hatte …

## Dezember 1955 – Regina

Irgendwie fing der Tag schon schlecht an. Es war eiskalt im Schlafzimmer, am Fenster hatten sich Eisblumen gebildet und Regina musste gegen die Scheibe hauchen, um einen Blick hinauszuwerfen. Immer noch kein Schnee. Zitternd stieg sie in ihrem langen Flanell-Nachthemd und Wollpantoffeln die Treppe hinunter. Aus der Küche, in der es normalerweise um diese Zeit schon schön warm war, kam ihr beißender Rauch entgegen und Mutter schimpfte lauthals: »Was ist denn nur mit diesem Herd los? Jetzt hab ich schon die ganzen Reiser verbrannt und zwei Zeitungen hineingesteckt, aber das Holz brennt immer noch nicht!« Sie stocherte in der Herdöffnung herum und wurde ungeduldig. »Entweder ist das Holz nass oder es gibt anderes Wetter, der Kamin zieht nicht! – Kinder beeilt euch, wir sind heute spät dran!«

Regina zitterte immer noch. Rasch zog sie ihr Leibchen mit den Strumpfbändern, die braunen, von Tante Suss gestrickten Strümpfe, die immer ein wenig kratzten, und die rosafarbene, ebenfalls gestrickte Unterhose an. Eigentlich sollten die Sachen, die Mutter ihr morgens immer auf die Holzkiste neben dem Herd zum Anwärmen hinlegte, jetzt schön warm sein, nun aber musste sie sich schütteln, alles war eiskalt. An einem Strumpfband fehlte mal wieder ein Knöpfchen, aber Mutter drängelte und es blieb keine Zeit mehr, nach einem Pfennig zu suchen, der öfter mal als Ersatz für ein solches Plastikknöpfchen diente. Schnell streifte sie den Trägerrock und den dicken Wollpullover über.

Ihr Bruder Hansi erschien mit verschlafenen Augen und stritt mal wieder mit Mutter, weil er sich nicht waschen wollte. Das Wasser war ihm viel zu kalt. Brummig wischte er sich kurz mit dem Waschlappen über die Augen und setzte sich zum Frühstücken an den großen Küchentisch.

Beim Haarkämmen strich Mutter mit dem großen Kamm so fest durch Reginas lange, leicht krause Haare, dass diese immer wieder aufschrie: »Aaa, iih, aua!«

»Was hast du aber auch wieder Knoten in den Haaren! Jetzt stell dich nicht so an!« Endlich waren die Zöpfe fertig geflochten und Regina spürte, dass der rechte Zopf schwerer war als der linke und dass ihr Scheitel ganz schief war. Vater hatte schon zweimal von draußen gerufen: »Anna, wann kommst du endlich zum Melken?«, und Mutter strich hektisch die viel zu harte Butter auf die Schulbrote. Die Frühstücksmilch war nur lauwarm, das Feuer im Herd brannte immer noch nicht richtig.

Als die Geschwister dann endlich in Mäntel, Handschuhe, Mützen und Schals gehüllt das Haus verließen, rannte Hansi schnell weg. Er wollte nicht immer seine kleine dicke Schwester im Schlepptau haben. Es war so kalt, dass Regina ihren Atem sehen konnte. Heute hatte sie nicht einmal Zeit, die ausgehauchten Atemgebilde zu betrachten und auf den zugefrorenen Pfützen und Straßenrinnen zu rutschen, wie sie es sonst immer so gerne tat. Beim schnellen Gehen verursachte ihr die kalte Luft Stiche in der Brust.

Regina bog um die Ecke zum Schulhaus und sah gerade noch, wie die zwei Reihen Kinder, die sich vor Schulbeginn immer dem Alter nach vor der Schultreppe aufstellen mussten, in dem Schulgebäude verschwanden. So etwas blödes aber auch, dachte sie, jetzt komme ich auch noch zu spät und muss mich beim Herrn Lehrer entschuldigen. So schnell sie konnte hastete sie die Treppe hoch, hing ihren Mantel, Mütze und Schal an die Garderobe und huschte zu ihrem Platz. Der Lehrer stocherte mit einem langen Eisenhaken in dem großen schwarzen Ofen herum und hatte Regina gar nicht bemerkt. Sie warf ihm einen scheuen Blick zu und stellte fest, dass anscheinend auch im Schulofen das Feuer nicht so richtig brannte. Es lag wohl doch am Wetter.

In dem großen Schulraum saßen etwa vierzig Kinder. Hier waren alle acht Schuljahre der Volksschule Unterfeldbach untergebracht. Die Schulmöbel waren so konstruiert, dass jeweils eine ganze Reihe Pulte und Sitzbänke, in der Größe nach hinten ansteigend, miteinander verbunden waren. Jeweils das nächste Schreibpult diente gleichzeitig als Rückenlehne der davor stehenden Sitzbank. In einer Bankreihe saßen die Mädchen, in der anderen die Jungen.

»He Regina, wieso kommst du denn so spät?«, flüsterte Anni, die eine Bank hinter ihr saß, und auch Monika, ihre Banknachbarin, warf ihr einen fragenden Blick zu. Die beiden gehörten zu Reginas zweitem Schuljahr und waren ihre besten Freundinnen. Regina wagte es nicht zu antworten, denn der Lehrer kam gerade nach vorne und alle Kinder stellten sich auf und leierten gemeinsam ihr morgendliches »Guten Morgen, Herr Lehrer« herunter. Danach war an eine Unterhaltung nicht mehr zu denken.

Gleich am Anfang verteilte der Lehrer jedem der Schuljahre seine Aufgaben, denn im Unterrichtsgespräch konnte er sich immer nur einem bzw. zwei Schuljahren widmen. Ihr zweites Schuljahr bekam die Aufgabe, eine Seite aus der Fibel abzuschreiben. Der Lehrer machte mit dem 7. und 8. Schuljahr Bibelstunde. Während des Abschreibens hörte Regina immer wieder mit einem Ohr die interessante Geschichte von Noah. Wie er mit seiner Familie und all den Tieren in seine Arche zog und wie es dann vierzig Tage und Nächte regnete und alle anderen bösen Menschen in den Fluten ertranken. Regina versank so sehr in der Geschichte des Noah, dass sie gar nicht bemerkte, dass sie einige Male über den Rand des Heftes schrieb. Im ersten Schuljahr hatten sie noch alles mit einem Griffel auf eine Tafel geschrieben und das Geschriebene dann hinterher mit einem Schwämmchen abgewischt. Jetzt durften bzw. mussten sie schon oft ins Heft schreiben. Als sie mit Abschreiben fertig waren, tauschten sie ihre Hefte mit ihren Banknachbarn zum Korrigieren. Regina sah mit Bestürzung, dass Monika in ihrem Heft eine Menge roter Striche malte, während sie, wie fast immer, in Monikas Heft keinen einzigen Fehler fand. Sie hasste das.

In der Pause, als die unteren Schuljahre Fangen spielten und Regina mal wieder schnell die Puste ausging, ärgerten sie die Jungen. »Na los, Klößchen«, riefen sie. Und: »Beweg deinen dicken Arsch«, und solche Sachen.

»Lasst sie in Ruhe«, stellte sich Anni auf ihre Seite. Doch als sich dann auch noch Reginas Strumpfband löste, der Wollstrumpf herunterrutschte und ein Stück ihres blau gefrorenen kräftigen Oberschenkels freigab, liefen ihr ein paar dicke Tränen über die roten Wangen und sie versteckte sich in dem kalten und stinkigen Mädchenklo, bis die Pause zu Ende war.

Nach der Schule fragte Anni: »Regina, gehst du nachher mit zum Weiher? Wir machen uns eine Rutschbahn. Monika geht auch mit.«

»Oh, ich glaube nicht, dass meine Eltern das erlauben«, Regina war sich auch gar nicht so sicher, ob sie selbst wollte. Rutschen war nicht ihre Stärke. »Ach komm, Regina, dann sagst du einfach, du gehst zu mir oder zu Monika, ist ja auch nicht gelogen!«

Nach der mühsamen Erledigung ihrer Hausaufgaben verspürte Regina den unbedingten Drang, mit ihren Freundinnen zusammen zu sein. Obwohl sie weder sportlich noch schulisch mit den beiden mithalten konnte, verband die Mädchen doch ein tiefes Band der Freundschaft. Regina war den beiden sehr dankbar, dass sie sie so akzeptierten, wie sie war und sie nicht hänselten, wie die anderen Kinder.

»Ich geh noch ein bisschen zu Monika«, sagte sie zu ihrer Mutter, packte sich wieder warm ein und tat so, als trödele sie Richtung Dorfplatz. Hinter der nächsten Scheune aber wechselte sie die Richtung und rannte zu dem Weiher am Dorfausgang. »Geht ja nicht auf den Weiher«, hatte Tante Suss noch vor ein paar Tagen gesagt, »da sind schon mal zwei Kinder ertrunken.«

Aber jetzt war auf dem Weiher doch dickes Eis. Ein paar Jungen liefen mit ihren Schlittschuhen darauf, ihr Bruder Hansi war auch dabei. »Petz ja nicht daheim«, rief er, als er nah am Rand mit seinen Kufen an Regina vorbeiflitzte. Wie sollte sie, Regina hatte ja selbst ein schlechtes Gewissen.

Anni und Monika waren eifrig dabei, sich eine Rutschbahn zu machen. Sie säuberten das leicht unebene Eis von Blättern und Steinchen und rutschten immer wieder mit ihren knöchelhohen Lederschuhen über die gleiche Stelle, bis die Schlidderbahn richtig glatt war und immer länger wurde.

»Los, komm«, riefen sie Regina zu. Das rotwangige, achtjährige mollige Mädchen zögerte. Durfte sie, konnte sie? War sie nicht zu schwer? Zögernd machte sie ein paar zaghafte Schritte auf das Eis.

»Warte, wir nehmen dich an der Hand!« Anni und Monika nahmen sie in die Mitte und … Regina rutschte. Schön war es. Regina fühlte sich ganz leicht. Sie streckte die Füße nach vorne und legte ihren Körper nach hinten und die Freundinnen zogen sie. Wirklich toll. Regina wurde mutig, versuchte es allein. Nicht so weit, wie die anderen, aber immerhin ein Stückchen. Bis es dann passierte.

Es lag an dem Tag, es ging alles schief. Gerade hatte sie Spaß daran gefunden, zu rutschen, da war Regina wohl etwas übermütig geworden. Sie wollte eine neue Rutschbahn machen, ein Stückchen weiter. Dort wo ein paar Schlingpflanzen aus dem Eis herausschauten, blieb Regina hängen und plumpste hin. Später wusste sie selbst nicht mehr genau, wie es passieren konnte, sie war wohl doch zu schwer für das Eis. Sie spürte nur noch das kalte Wasser um sich herum, hörte ihren Schrei, der ihr jäh im Halse stecken blieb. Es wurde kälter und kälter und dann registrierte sie gerade noch, wie

Vater sie auf seinen Armen nach Hause trug und wie Mutter, Oma und Opa und Tante Suss um sie herumstanden, lamentierten und ihr die nassen Kleider auszogen. Dann lag sie im Bett und hatte überall Wärmflaschen, umwickelte Ziegelsteine, die Tante Suss immer im Backofen wärmte und die ganz lange die Hitze hielten, und sie hörte, wie Hansi brüllte. Sicher hatte Vater mal wieder seinen Gürtel ausgezogen.

Regina bekam eine Lungenentzündung. Sie hatte Fieber und lag wochenlang im Bett und phantasierte. Die Eisblumen am Fenster nahmen in ihren Fieberträumen die eigenartigsten Gestalten an. Mal waren es die Geister unter Wasser, die Regina hinunterziehen wollten, mal waren es die Tiere aus Noahs Arche, mal war es Vater, der schimpfte oder Hansi, der flüsterte: »Petz ja nicht!« Dann schaute sie ganz schnell zu dem großen Bild mit dem kleinen Mädchen und dem großen Engel mit Flügeln und betete: »Lieber Gott, verzeih mir, dass ich meinen Eltern solche Sorgen gemacht habe. Lieber Schutzengel, danke, dass du mich beschützt hast und dass ich noch lebe.« Der Engel, zu dem sie jeden Abend betete, gab ihr Zuversicht und dem Engel dankte sie auch, als sie an Weihnachten auf schwachen Beinen in die gute Stube trat und mit verklärten Augen den Christbaum sah.

## Silvesterabend 2010

Ein Blick durch das Fenster gleich neben dem Esstisch verrät, dass der Schnee jetzt auch schon die Bäume im weißen Kleid erscheinen lässt. Richtig romantisch!

»Wie gut, dass wir heute nicht mehr Auto fahren müssen«, meint Regina. »Anne, hast du denn überhaupt genug Platz für uns alle?«

»Na klar, was glaubst du, wie viele Leute hier schon übernachtet haben? Damals, als mein Mann noch sämtliche Geschäftsfreunde mit hierher geschleppt hat, da habe ich so viele Klappbetten und Bettzeug angeschafft, da könnte ich eine halbe Kompanie unterbringen. Nach dem Essen mache ich mit euch eine kleine Führung. Es ist zwar alles etwas eng, aber ich denke, ihr werdet euch wohl fühlen.«

Während ihre Schritte sich zögernd zur Essgruppe hin bewegen, wirft Monika, wie magisch angezogen, wieder einen ganz kurzen Blick auf diesen Klaus. Er sieht wirklich ganz passabel aus, irgendwie anziehend. Das weinrote Hemd aus edlem Stoff steht ihm gut zu Gesicht und das dunkle, lässig darüber getragene Jackett lässt ihn auch ohne Krawatte gut gekleidet aussehen. Doch ausgerechnet in dem Augenblick, in dem Monika sein Gesicht taxiert, blickt auch er sie an. Leicht verlegen wendet sie sofort ihren Blick ab und zupft etwas zu hastig an ihrem Halstuch herum. Jochen bietet galant den Damen die Stühle an und unvermittelt stellt Monika fest, dass dieser Klaus ihr genau gegenüber sitzt. Sollte sie hier doch verkuppelt werden?

Russische Gerichte sind zurzeit ganz beliebt. Russisches Brot, Blinis mit Kaviar, Teigtaschen mit Quark, Eierklöße, Krautstrudel und Lachs werden als Vorspeise gereicht. Davon könnte man zwar auch satt werden, aber heute Abend in der gemütlichen Runde kann man ja lange sitzen. Anne ist sich sicher, dass für jeden Geschmack etwas dabei ist. Stilgerecht stellt sie eine Flasche Wodka dazu und einen Krug mit Wasser und erklärt ihren Gästen, dass echte Russen nach jedem Wodka ein Glas Wasser trinken und dadurch enorme Mengen an Wodka vertragen können. Hasso, der die ganze Zeit schon unruhig hin und her läuft, bekommt zur Feier des Tages auch eine besonders gute Dose Hundefutter.

»Aus dem Alter, in dem wir uns bei so einem Fest betrinken müssen, sind wir ja wohl raus!«, meint Regina. »Außerdem kann ich sowieso kaum noch was vertragen. Ich spüre schon die zwei Gläser Sekt. Bestimmt habe ich schon rote Flecken am Hals. – Ich werde jetzt einen Wodka probieren, aber bitte, Anne, kann ich dann eine Flasche Sprudel haben?«

Schon hat man wieder ein Thema für Erinnerungen. Schwänke und Alkoholexzesse aus vergangenen Zeiten werden aufgewärmt und man stellt einerseits mit Bedauern fest, dass man so etwas heute nicht mehr könnte, und andererseits mit einer gewissen Befriedigung, dass man auch gar keine Lust mehr dran hätte, am nächsten Tag mit einem dicken Kopf aufzuwachen.

Monika erzählt, wie sie in München in einer Kneipe einmal mit Bekannten gewürfelt hatte und bei jedem Gewinn von den anderen einen Tequilla spendiert bekam. Sie gewann den ganzen Abend und wusste später nicht mehr, wie sie an diesem Abend nach Hause gekommen war. Sie fand diese Erinnerungslücke ganz schrecklich und auch die Tatsache, dass sie sich am nächsten Tag so elend fühlte. Damals hatte sie sich vorgenommen, dass so etwas niemals mehr vorkommt. Obwohl sie in jungen Jahren nie ein Kind von Traurigkeit war und in ihrer Münchner Zeit Anfang der siebziger Jahre sogar ab und zu an Haschpartys teilgenommen hatte, wollte sie nie wieder diesen Zustand der totalen geistigen Abwesenheit erleben.

Selbst Wilfried, der auf die anderen in der Runde eher solide wirkt, weiß von einigen Alkoholvergiftungen im frühen Jugendalter zu berichten. In seinem Feuerwehrverein war es in den sechziger Jahren üblich, Neulinge einer gründlichen Taufe zu unterziehen. Auch als er das erste Mal bei einer »Schleif«, dem speziellen Eifeler Polterabend, dabei war, mussten ihn die älteren Burschen nach Hause bringen, nachdem er im Wirtshaus über die Theke gekotzt hatte. Zu der Zeit war das aber kein Grund für einen jungen Mann, sich später in Grund und Boden zu schämen, nein, diese Missetaten wurden sogar noch stolz erzählt. Die kleinen Saufgelage hörten auch nicht schlagartig auf, als Wilfried und Regina geheiratet hatten. Ab und zu kam Wilfried mit Schlagseite von der Feuerwehrprobe und auch die Geburt der Kinder führte jedes Mal zu einem ausschweifenden Gelage mit den Freunden.

Regina, die das damals gar nicht lustig fand, kann heute darüber schmunzeln und gibt die Story zum Besten, als Wilfried einmal im Vollrausch die Zimmertüren verwechselt hatte und sich mit seinem ganzen Gewicht in das Bett seines Vaters hatte fallen lassen. Leider lag der Vater aber schon da drin und wurde ziemlich unsanft aus seinem Schlaf gerissen und schnappte nach Luft. Es war das erste Mal, dass Regina Wilfrieds Vater hatte schreien und toben hören.

Auch die Rheinländer wissen zum Thema Alkohol einiges beizusteuern. Anne hofft, dass dieses Thema bald ein Ende hat. Sie kann heute noch nicht offen darüber reden, dass der Alkohol nach ihrer Scheidung für sie zu einem Problem wurde und sie später eine Therapie machen musste, um davon wegzukommen. Mittlerweile kann sie wieder unbefangen mit Alkohol umgehen und weiß, dass Trinken kein Mittel ist, ein Problem zu lösen.

Sie unterbricht die Diskussion, räumt die Vorspeisenteller ab und nutzt die Pause, die sie nun absichtlich bis zur Hauptspeise lässt, um die Geschenke ihrer Freundinnen ausgiebig zu betrachten. Als sie vorsichtig das Papier von dem Bilderrahmen löst und auf dem Bild gleich ihre alte Eiche aus Unterfeldbach erkennt, stößt sie einen kleinen spitzen Freudenschrei aus. »Oh Monika, das ist ja wunderschön. Das Bild bekommt einen Ehrenplatz in meiner Wohnung. Vielen Dank!«

»Wisst ihr noch, wie wir im Sommer immer unter dem Baum im Gras lagen? Wie der Wind durch die Blätter strich, wie wir in die Wolken schauten und die tollsten Figuren in ihnen entdeckten?« Monika gerät ins Schwärmen. Und Anne? Versonnen stellt sie das Bild weg und macht sich in der Küche zu schaffen.

Na ja, das Bild hat ihr wohl besser gefallen als mein Geschenk, denkt Regina, ist ja auch nur was zum Essen. Von dem geklöppelten Deckchen, in das sie so viel Zeit investierte, hat Anne gar nichts gesagt. Eigentlich hatte sie gedacht, dass die Zeiten der gegenseitigen Eifersüchteleien vorbei seien, und doch frisst es noch ein wenig an ihr.

Anne bringt das Hauptgericht auf den Tisch. Natürlich sind alle voll des Lobes über das gute Essen. Jochen macht ihr ein besonderes Kompliment. Er war kürzlich in einem russischen Lokal in Düsseldorf essen und er findet, dass es bei Anne heute viel besser geschmeckt hat. »In Bitburg wird demnächst auch ein russisches Restaurant eröffnet«, weiß Regina zu berichten und versucht, ihre leicht ins Negative abrutschende Gefühlslage stabil zu halten.

Wilfried ist der Meinung, dass man heutzutage kaum noch Restaurants findet, in denen es die guten alten deutschen Gerichte gibt. »Ja, das ist leider so«, stimmt Klaus ihm zu. »Kürzlich war ich in einer süddeutschen Kleinstadt und wollte zu Fuß in der Innenstadt essen gehen. Da gab es einen Döner-Laden, eine Pizzeria, einen Griechen, ein China-Restaurant, eine japanische Teestube, aber nirgends eine Gaststätte, in der ich ein ganz normales Schnitzel mit Fritten bekommen hätte, von einem regional-landschaftstypischen Gericht ganz zu schweigen.« Allgemeine Zustimmung. Es erhebt sich die Frage, wieso das so ist. Bestimmt das Angebot die Nachfrage oder umgekehrt? Haben speziell die Deutschen das Bedürfnis, ausländisch zu essen oder ist es überall auf der Welt so?

»Weißt du noch, Anne, wie wir in unserem ersten Urlaub in Calella nachts die Hähnchen gegessen haben?«

Monika erinnert sich, dass es schon Ende der sechziger Jahre in Spanien Deutsche Restaurants gab, wo Wiener Schnitzel und Hähnchen angeboten wurden. Damals fanden sie es schlimm, dass die deutschen Touristen auch noch im Urlaub deutsch essen wollten, waren dann aber doch nach einer Woche nach einem Diskobesuch heißhungrig über die von weitem duftenden Flattermänner hergefallen. Was ist heute? Sind die Deutschen zu faul, um in der Gastronomie zu arbeiten und überlassen das lieber den Ausländern? Gibt es im Ausland noch deutsche Restaurants?

Und wie bei einem Stammtisch wechselt das Thema während des ausgiebigen und gemütlichen Speisens hinüber zur allgemeinen Faulheit, der Arbeitslosigkeit, dem Sozialabbau. Unterschiedliche Meinungen prallen aufeinander und es entwickelt sich eine lebhafte Diskussion darüber, ob doch wieder alles so kommt wie in Amerika. Immer mehr Billiglöhne, immer weniger Sozialleistungen, die Arbeitszeiten werden länger, der Urlaub kürzer, und was erreicht man? Nicht etwa die Vollbeschäftigung und vollere Staatskassen, sondern immer reichere Wirtschaftsbosse und immer größere Konzerne mit noch größeren Gewinnen.

Anne erinnert Monika und Regina daran, wie sie an ihrem 55. Geburtstag gestritten hatten: »Wisst ihr noch, wie ihr euch damals im Vorfeld des Irak-Krieges in die Wolle geraten seid? Na ja, schon gut, dass die Amerikaner unter ihrer neuen Präsidentin etwas friedlicher geworden sind. Die ganzen, nicht enden wollenden Probleme im Irak, fast so etwas wie damals Vietnam, und das alles ohne wirkliche Gründe bzw. gefälschte Gründe. Wie sich die Geschichte doch wiederholt, ohne dass die Staatsmänner etwas daraus lernen.«

Regina hatte damals voll hinter Präsident Bush gestanden, sie fand es richtig, den bösen Saddam Hussein zu vertreiben. Monika dagegen war Ende 2002 mit den Leuten von der Friedensbewegung zu Demos vor dem amerikanischen Flugplatz Spangdahlem gefahren. Sie hatten gegen den drohenden Krieg demonstriert und auch gegen eine Erweiterung des amerikanischen Militärflugplatzes, die der Eifeler Bevölkerung immer mehr Lärm, Gifte aus dem Flugbenzin und andere Beeinträchtigungen brachte. Es war damals eine überraschend kleine Zahl an Demonstrierenden und Monika konnte nicht verstehen, wieso gerade die Menschen, die unmittelbar um den Flugplatz herum wohnten, nicht mehr auf die Barrikaden gingen, wo man ihnen doch das Land für die Erweiterung zwangsweise enteignete.

Aber als Gegner der Flugplatzerweiterung hatte man zu dieser Zeit keinen leichten Stand. Lokalpolitiker wurden von den Militärs nach Washington eingeladen, wo man sie davon überzeugte, wie wichtig der Standort Spangdahlem für die Amerikaner war. Groteskerweise hatte sich die Lage knapp ein Jahr später ins Gegenteil verkehrt, als die rot-grüne Regierung in Berlin sich ganz aus dem Irak-Krieg herausgehalten hatte, was George Bush den Deutschen gründlich übel nahm, und die Presse Gerüchte streute, dass die Ostländer wie Polen und Ungarn den Amerikanern Avancen machten, ihre Militärs billig und ohne große flugtechnische Einschränkungen zu beherbergen. Nun plötzlich wollten die Eifeler Lokalpolitiker wiederum ihrerseits die Amerikaner davon überzeugen, in der Eifel zu bleiben, weil sie Angst hatten, dass der Wirtschaftsfaktor Flugplatz wegfallen könnte und die Eifel dadurch wieder zum Armenhaus Deutschlands werden könnte. In dieser Phase war es absolut verpönt, öffentlich in irgendeiner Weise dem Flugplatz kritisch gegenüberzustehen.

Monika fühlte sich zu dieser Zeit in ihre Jugendzeit zurückversetzt, als sie mit ihren Kommilitonen gegen den Vietnamkrieg auf die Straße gegangen war. Etwas glomm in ihr auf von ihrer damaligen Rebellion, als Che Guevara zu einer Kultfigur geworden war, als Rudi Dutschke seine Parolen verkündete. Sie konnte nicht verstehen, dass sich die Leute in der Eifel derart an eine Militärmaschinerie klammerten, von der so viel Unheil in die Welt gebracht wurde.

Ihrer Meinung nach hätten die Politiker sich viel früher um mögliche Alternativen Gedanken machen sollen. Die Ansiedlung einer einzigen großen Firma hätte schnell einige hundert Arbeitsplätze schaffen können und ohne Lärm und Umweltbelastung hätte die Eifel ja auch ein äußerst attraktives Touristenziel sein können. Sie fand, dass die Leute, die in irgendeiner Weise einen Vorteil aus dem amerikanischen Flugplatz ziehen konnten, viel zu kurzsichtig handelten. Für das bisschen Geld nahmen sie in Kauf, dass vor ihrer Nase Atomwaffen und Kriegsmaterial gelagert wurden, Flugzeuge in den Krieg starteten, Flugbenzin auf ihre Gärten herunterregnete und dass sie eine ganze Menge Lärm ertrugen.

Regina jedoch war sogar einem Verein beigetreten, der von regionalen Politikern und Wirtschaftsgrößen mit dem Ziel gegründet worden war, die Amerikaner in der Region zu halten. Ihr Mann verdiente sein Geld auf dem Flugplatz und zusätzlich hatten sie eine Wohnung an Amerikaner vermietet, die gutes Geld einbrachte. In ihrem Dorf gab es ganz viele Mietwohnungen, ja ganze Häuser, die von Amerikanern bewohnt waren. Wenn diese alle leer stehen würden, dann müsste man Angst haben, dass dort lauter Asylanten und Sozialhilfeempfänger einquartiert würden und das Dorfgefüge allzu sehr darunter leiden würde. Auch die Geschäfte und Restaurants in Bitburg, Spangdahlem und Umgebung würden der Reihe nach schließen müssen. Den Traum von einer ruhigen, blühenden Eifellandschaft, wie Monika ihn hatte, den konnte sie nicht nachvollziehen.

»Siehst du«, könnte Monika heute zu Regina sagen, »nun sind die Amerikaner doch weggegangen und die Eifel ist trotzdem nicht im Chaos versunken.« Aber sie beißt sich auf die Zunge. Sie weiß, dass es nicht einfach war für Wilfried, nach so langer Zeit seinen Arbeitsplatz zu verlieren und sich wieder auf die Landwirtschaft zu konzentrieren.

Als im Jahre 2007 der amerikanische Präsident unter mysteriösen Umständen ums Leben kam und zum ersten Mal in der Geschichte der USA eine Frau die Geschicke der Nation leitete, erfolgte ein politischer Richtungswechsel. Mehr Geld für soziale Zwecke, weniger für den Verteidigungshaushalt, war die Devise. So wurde das Aus für den amerikanischen Flugplatz verkündet und für die Region Bitburg-Wittlich-Trier brach eine Welt zusammen. Hunderttausende von Steuergeldern waren sowohl von amerikanischer als auch von deutscher Seite noch kurz zuvor dort hineingesteckt worden, nun plötzlich sollte alles umsonst gewesen sein.

In den letzten Jahren erlebt die deutsche Wirtschaft nun endlich wieder einmal einen Aufschwung und die eifrigen Bemühungen der Politiker um Ansiedlung neuer Betriebe und um die Tourismuswerbung tragen endlich erste Früchte.

Während des Essens bleibt es nicht aus, dass Monika ihr Gegenüber betrachtet. Da sie sich jedoch gleichzeitig ebenfalls beobachtet fühlt, lässt sie ihren Blick oft nur über den Tisch schweifen. Schöne Hände hat dieser unbekannte Mann. Es ist geradezu ein ästhetischer Genuss, diesen Händen zuzuschauen, die mit einer Gelassenheit und inneren Ruhe das Besteck halten, zwischendurch zur Serviette wandern und den Mund abtupfen und die, während er spricht, seine Gestik taktvoll unterstreichen. Diese Hände müssen zu einem gebildeten Menschen gehören.

Reginas Handy klingelt. Sie kramt in ihrer Handtasche, steht von ihrem Stuhl auf und geht ein paar Schritte vom Tisch weg. Ihr Enkel möchte Wilfried sprechen, der mit dem winzigen Telefon in den Vorraum geht, um die Gesellschaft nicht zu stören. Nach seinem Gespräch erscheint er leicht irritiert wieder am Tisch und neugierig fragt Regina, ob etwas nicht in Ordnung ist.

»Alex sagt, er hat die Kühe gefüttert, aber sie brüllen immer noch, er fragt, ob irgendwas mit dem Futter nicht stimmt. Hmm, merkwürdig, er sagt, dass auch der Hund so unruhig ist und dauernd herumläuft.«

»Es wird ja wohl kein Erdbeben geben«, sagt Anne mit einem leicht spöttischen Lächeln. »Ich habe mal in einem Buch gelesen, dass vor einem Erdbeben die Tiere so unruhig sind.« Sie hat es scherzhaft gesagt, aber insgeheim erschrickt sie leicht, denn immerhin hat sie selbst ja schon den ganzen Tag so ein merkwürdiges Gefühl und Hasso ist heute extrem unruhig.

»Ach«, meint Monika, »das ist sicher wegen Silvester, da knallen doch immer schon so ein paar Eilige herum, ehe es Mitternacht ist. Bekannte von mir in Reykjavik müssen an Silvester ihren Hund immer in einen dunklen Raum sperren, weil er sonst ganz aufgeregt durch all die Knaller und Leuchtraketen durch die Gegend rennt. Die Isländer sind nämlich Meister in diesem Silvesterspektakel.«

Anne räumt die Teller und das Besteck weg, schenkt noch einmal Wodka ein und bringt die Nachspeise mit. Bei den süßen Naschereien bleibt das Thema Übergewicht wie so oft wieder einmal nicht aus. »Wie machst du das, Anne, dass du so schlank bleibst, läufst du noch so viel?«, fragt Monika.

Anne, die in der Schule schon recht sportlich war, in Unterfeldbach jedoch in ihren Jugendjahren keine Möglichkeiten hatte, Sport zu treiben, hatte in den 80er Jahren in Köln angefangen, Tennis zu spielen. Durch eine Freundin kam sie später in eine Laufgruppe und joggte dann regelmäßig. Nach ihrer Scheidung hatte sie keine Lust mehr, ihrem Ex auf dem Tennisplatz zu begegnen, und die meisten aus ihrer damaligen Clique hatten sowieso auf Golf umgesattelt. Nachdem die Sportart Tennis schon von »Normalbürgern« überlaufen war, widmeten sich die High Society und alle, die sich gerne dazu zählten, dem immer noch etwas exklusiveren Golf.

In ihrer schwierigen Lebensphase tat es Anne sehr gut, wenn sie ausgiebige Waldläufe machen konnte. So konnte sie ihre Spannungen abbauen und sich von ihren Alkoholexzessen erholen. Irgendwann war sie dann so weit, dass sie sogar einen Marathonlauf in Angriff nahm, dessen Durchhalten ihr Selbstbewusstsein enorm hob. Mittlerweile läuft sie nur noch für ihr körperliches Wohlbefinden, hält damit ihren Kreislauf fit und ihre Cholesterinwerte niedrig.

»Ja«, Anne zwinkert ein Auge, »ich habe mir gedacht, morgen früh machen wir alle einen kleinen Waldlauf, was haltet ihr davon?« Protest von allen Seiten, laufen – in ihrem Alter?

»Na ja, vielleicht schaffen wir es, wenigstens ein Stückchen zu wandern.«

Ein lautes Geräusch lässt plötzlich die Fensterscheiben klirren. »Das sind aber keine kleinen Knaller mehr«, findet Jochen und witzelt: »Vielleicht haben die auf dem ehemaligen Flugplatzgelände noch ein paar Handgranaten gefunden und lassen die jetzt an Silvester in die Luft fliegen.« Hasso ist aufgesprungen, rennt aufgeregt zur Haustür und möchte sie mit seinen Vorderpfoten öffnen, was ihm aber nicht gelingt. Anne beruhigt ihren Hund, hat aber kein besonders gutes Gefühl dabei. Wenn sie heute alleine hier wäre, dann würde sie sich wirklich fürchten.

Monika verspürt jetzt, nachdem sie ihre Puddingcreme ausgelöffelt hat, das unbedingte Bedürfnis nach einer Zigarette. Sie steht auf, entschuldigt sich für einen Moment, zieht ihre Jacke an und geht nach draußen, um dort genüsslich eine Zigarette zu rauchen. »Das ist mal eine gute Idee«, meint Klaus, »ich wollte euch hier drin auch nicht in Rauch einhüllen, deshalb habe ich mich zurückgehalten.« Er tritt zu Monika auf die kleine überdachte Veranda, wo der Schnee sie nicht erreicht und gibt Monika Feuer.

Eine leichte Befangenheit lässt sie beide einige Minuten schweigen. »Haben Sie ... eh ... hast du Lust, ein paar Schritte zu gehen? Dann wird uns nicht so kalt«, schlägt Klaus vor. Monika, ein klein wenig beschwingt von Sekt und Wodka findet: »Wenn wir noch ein paar Jahre jünger wären, könnten wir jetzt Schlitten fahren oder eine kleine Schneeballschlacht machen.« Sie treten vorsichtig hinaus in den Schnee und in einem Anflug von guter Laune, vielleicht sogar etwas Übermut, nimmt Klaus eine Hand voll Schnee auf, drückt ihn zu einem Schneeball zusammen und wirft ihn ganz vorsichtig nach Monika. Sie lacht, nimmt einen tiefen Zug aus ihrer Zigarette und sieht verträumt den kleinen Rauchwölkchen nach, die von den Schneeflocken ganz schnell auseinander gepflückt werden.

»Welch eine Stille hier mitten im Wald«, Monika überlegt krampfhaft, was sie mit diesem fremden Mann sprechen kann. Nach seiner verstorbenen Frau fragen – an so einem Abend? Bloß nicht. »Kennst du die Gegend hier? Warst du schon mal in der Eifel?« Die Stille ist ihr peinlich, sie muss Konversation machen. »Ja klar war ich schon in der Eifel. Ist ja von Neuss aus nicht so weit. Aber hier war ich noch nie.«

Er erzählt von einem Klassenausflug zum Pulvermaar und von einem Zeltlager in seiner Jugendzeit im Kylltal. Monika lauscht seiner tiefen, angenehmen Stimme, die in ihren Ohren so wohltuend klingt, seiner Sprache, die einen leichten rheinischen Akzent zu verstecken versucht. Sie spürt, selbst ganz erstaunt, dass die Aura dieses Menschen sie irgendwie in einen Bann zieht.

»Komm, wir holen die anderen, jetzt machen wir wirklich eine Schneeballschlacht«, Monika möchte diese winzige Spur von Sentimentalität wegwischen, die sich ihr ganz zart andeutet. Gerade als sie an Klaus vorbeihuschen will, rutscht sie mit ihren glatten Ledersohlen aus und Klaus kann sie gerade noch auffangen. Ooh, oh, was ist das plötzlich für ein Gefühl in ihrer Brust? Aufgeregtheit, Herzklopfen? Ein vergessen geglaubtes Gefühl bemächtigt sich ihrer. Sie ist verwirrt, sie wusste gar nicht, dass dieses Gefühl noch in ihr schlummert. Es ist ihr, als ob sie einen Gegenstand wieder findet, der in Vergessenheit geraten ist, den sie aber einmal sehr schön gefunden hat. Spinn ich jetzt? Ich bin doch kein Teenager mehr! Schnell nimmt sie noch einen letzten tiefen Zug aus ihrer Zigarette und beeilt sich dann, den Schnee von den Schuhen zu klopfen und zu den anderen in der Hütte zu gehen.

»Na ihr Oldies, wie wäre es mit einer kleinen Schneeballschlacht?« Die Reaktion darauf ist äußerst verhalten. »Jetzt ist es gerade halb elf, wie wäre es, wenn wir um Mitternacht ein kleines Stück hier den Berg hoch gehen, dann haben wir einen Blick auf das Tal und bis zu den Maaren. Und unten im Dorf können wir das Feuerwerk sehen«, schlägt Anne vor. »Wenn ihr euch jetzt schon die Beine vertreten wollt, dann zeige ich euch, wo ihr schlafen könnt.«

Allgemeines Stühlerücken. Bei dem Rundgang zeigt sich, dass die Blockhütte zwar keine riesigen Ausmaße hat, aber doch über mehr Platz verfügt, als man ihr von draußen ansieht.

»Wurde eigentlich hier noch nie eingebrochen?«, fragt Wilfried. »Und hast du keine Angst, wenn du alleine übers Wochenende herkommst?«

Anne erzählt, dass zweimal hier eingebrochen wurde, seit sie die Hütte haben, das erste Mal war alles durchwühlt, die Elektrogeräte waren weg und ein paar Bilder. Das zweite Mal hatte man wohl nur einen Platz gesucht, um eine Party zu feiern. Da hatte nichts gefehlt, im Gegenteil, sie hatten noch was dagelassen, überall lagen Flaschen, Kippen, Tüten und Dosen. Das waren wahrscheinlich Jugendliche aus dem Dorf. Aber Angst habe sie eigentlich nicht, sie habe ja Hasso und ein Handy, und wenn sie ein paar Wochen nicht hierher kommt, dann macht der Förster, der fünfhundert Meter weiter außerhalb des Ortes wohnt, regelmäßig hier seinen Rundgang.

»Ich würde hier keine Sekunde alleine bleiben«, sagt Regina. Sie geht auch zu Hause nie alleine in den Wald und hier ist es ihr ja jetzt schon fast ein wenig mulmig, obwohl doch die Männer dabei sind.

In je eines der Schlafzimmer werden Regina und Wilfried sowie Jochen und Klaus einquartiert und Anne schlägt vor, dass sie und Monika die Couch im Wohnzimmer ausziehen und dort schlafen. Das Bettzeug liegt schon parat, aber zunächst wollen sie zum gemütlichen Teil übergehen und im Wohnzimmer Platz nehmen.

Anne betrachtet nun auch noch einmal Reginas Mitbringsel und öffnet die Folie. »Das sind ja wirklich leckere Sachen«, freut sie sich. »Blutwurst, habe ich ja schon ewig nicht mehr gegessen.«

»Erinnert ihr euch noch, wie das war, wenn bei uns früher geschlachtet wurde? Ich musste mir immer die Ohren zuhalten, wenn die Männer draußen im Hof das Schwein totmachten.« Monika weiß noch, dass sie immer große Angst vor dem Schlachter hatte, wenn er mit seinen riesigen Stiefeln und der blutbefleckten Schürze durch den Hof schritt und mit Vater zusammen das geschlachtete Schwein an einer Leiter aufhängte. »Und ich hasste es immer, wenn Mutter mir Fleisch und Wurst für den Lehrer mitgab«, sagt Regina. »Hansi hat sich immer davor gedrückt und ich musste dann im Lehrerhaus klingeln und einen schönen Gruß von meinen Eltern sagen.«

»Na ja«, meint Monika, »die Zeiten sind ja wohl vorbei, heutzutage kommen die Eltern nicht mehr auf solche Ideen. Im Gegenteil: Egal, was die Kinder anstellen, die meisten Eltern stellen sich eher noch hinter sie als dass sie ihnen mal eine Moralpredigt hielten oder auf die Idee kämen, sie zu bestrafen.«

Das Thema Schandtaten in der Schule lockt bei allen so einige Anekdoten hervor. »Weißt du noch, Monika, wie wir mit dem knallroten Lippenstift von deiner Tante aus dem Ruhrgebiet, den wir immer nur an Fastnacht benutzen durften, die Türgriffe und Lichtschalter rot bestrichen haben und wie der Lehrer dann zu Tode erschrak, weil er meinte, Blut an den Händen zu haben?«

»Ha, ha, ha, ha«, sie brechen in schallendes Gelächter aus. »Ja, ja, aber ich weiß auch noch, wie der freche Franz dafür den Hintern versohlt bekam und gar nichts davon wusste.« Monika war es damals sehr peinlich gewesen und hatte hinterher dem Franz heimlich ein paar Bonbons in den Schulranzen geschmuggelt. »Jedenfalls ist es nie rausgekommen, dass wir beide das waren«, Anni lacht immer noch. »Dem frechen Franz hat die Tracht Prügel aber auch nicht geschadet, verdient hatte er sie allemal, diese Schweinebacke. Der hat doch auch immer meine Zöpfe ins Tintenfass getunkt und dann hat Mutti jedes Mal geschimpft, wenn ich so viele Tintenflecke im Pullover hatte.«

»Ja ja, ihr beide habt aber auch oft mit anderen Schülern eure Scherze getrieben.« In Regina, die sich als Kind trotz der Freundschaft mit den beiden Schulkameradinnen immer etwas als Außenseiterin fühlte, kommen noch heute ab und zu Momente auf, in denen sie sich ausgeschlossen fühlt.

»Du hattest ja immer Angst mitzumachen. Aber erinnerst du dich, Regina, als wir beide Tafeldienst hatten und du es besonders gut machen wolltest und von deiner Mutter Bohnerwachs mitbrachtest und wir die Tafel damit behandelt haben?« Monika kann sich heute noch darüber ausschütteln vor Lachen, wenn sie sich an das Bild erinnert, wie der Lehrer am nächsten Tag versuchte, etwas an die Tafel zu schreiben. Regina, die zwar in der Achtung der Kinder enorm gewachsen war, die das als Streich ansahen, fand das damals überhaupt nicht lustig. Sie hatte es nur gut machen wollen und war sehr beschämt, als der Lehrer die Aktion als saublöd bezeichnete.

»Wisst Ihr noch, wie wir uns auf dem Drehstuhl unseres Lehrers immer gegenseitig rund gedreht haben, bis uns schlecht wurde?«, fragt Anne.

»Ja klar«, antwortet Monika und kichert. »Einmal habe ich den blöden Franz so lange gedreht, bis er auf das Lehrerpult gekotzt hat und der Lehrer hat furchtbar gebrüllt und Franz musste alles wieder aufwischen.«

»Wir waren ja ganz schön gemein, gell?« Sie kicherten wie in ihren besten Kindertagen. Sie, in deren Altersschicht Rücken, Unterleibs- und Venenprobleme, Kinder und besonders Enkelkinder den größten Teil des Gedankengutes beschlagnahmen, finden es einfach schön, noch einmal so herzhaft und unbeschwert zu lachen.

»Schreiben die Kinder heute auch noch so lustige Sachen ihn ihren Aufsätzen, Monika?« Anne, deren Zähne früher so große Zahnlücken auswiesen, grinst übers ganze Gesicht und zeigt bei jedem Lachen ihr tadelloses Gebiss.

»Wisst ihr noch, wie Else vom Dreschen geschrieben hatte: Vor der Schule machen die Männer einen großen Haufen?«

»Ja, und wie Mechthild schrieb: Meine Mutter ist auf der Nupfe?«

»Was sollte das denn heißen?« fragt Klaus interessiert, während die drei Frauen weiter kichern und gleichzeitig nach weiteren Stilblüten suchen.

Monika erklärt: »Früher wurde in den Eifeldörfern nur das moselfränkische Platt gesprochen und die Kinder, die eingeschult wurden, konnten zum Teil noch gar kein richtiges Hochdeutsch. Und auch in den höheren Schuljahren kamen dann immer wieder Wörter vor, für die die Kinder aus ihrer Mundart keine Übersetzung fanden. Das Wort ›owenopp‹ zum Beispiel, was diese Mechthild mit ›auf der Nupfe‹ übersetzte, gibt es im Hochdeutschen nicht. Es bezeichnet das erste Stockwerk im Haus, wörtlich ›oben auf‹.«

»Der Hund beißt niemes friemes, er baupelt nur«, das ist auch so ein Mundart-Spruch. Das heißt, der Hund beißt keine Fremden, er bellt nur«, ergänzt Anne und Jochen, der aus dem Bergischen Land stammt, kennt diesen Ausspruch auch aus seiner Mundart in ähnlicher Form.

»Anne, du hast doch auch mal den großen Jungs das schmutzige Wasser aus dem Pinselglas vom Malkasten auf die Bank geschüttet, weißt du das noch? Und der freche Eugen hat sich prompt reingesetzt und hatte die ganze Hose nass und bunt.«

Das weiß Anne noch, und sie weiß auch noch, was der freche Eugen dann sagte …

## Sommer 1957 – Anni

Anni war tief verletzt. Sie konnte zwar mit dem Begriff »unehelich« nichts Rechtes anfangen, spürte aber in tiefster Seele, dass es etwas Schlimmes war, eine Beleidigung höchsten Grades. »Du bist doch unehelich«, hatte der freche Eugen aus dem 6. Schuljahr ihr zugerufen, nachdem Anni ihm heimlich Wasser auf seinen Sitzplatz auf der Schulbank geschüttet hatte und ihn dann alle Kinder wegen seiner nassen Hose ausgelacht hatten. Die Hose war nicht nur nass, die nasse Stelle schimmerte auch noch in einem bunten Farbgemisch, denn Anni hatte das Wasser aus dem Glas benutzt, in dem sie ihren Pinsel jedes Mal ausgewaschen hatte, bevor sie im Farbkasten eine andere Farbe benutzte.

Es war mäuschenstill geworden danach, alle waren irgendwie peinlich berührt, wussten es alle Kinder? Vielleicht meinte er »unehrlich«. Anni überlegte krampfhaft, wann sie das letzte Mal gebeichtet hatte »ich habe gelogen«. Zum Glück war der Herr Lehrer, der den Raum nur kurz verlassen hatte, wieder hereingekommen und die Kinder des vierten Schuljahres beugten sich schnell wieder über ihre Zeichenblöcke. Nein, unehrlich war Anni nicht. Mutti hatte ihr beigebracht, nie zu lügen. Es musste etwas mit ihrem toten Vater zu tun haben. Nach Omas Erzählungen war er in der Gefangenschaft gestorben. Anni konnte sich nicht mehr auf ihre Zeichnung konzentrieren, die bunten Blumen auf der Wiese, die Schmetterlinge und Vögel, die sie gemalt hatte, verschwammen vor ihren Augen. Sie grübelte, der ganze schöne Scherz und das Gelächter der Kinder waren vergessen.

Zu Hause wusste sie nicht recht, wie sie ihre Mutti aushorchen sollte und es dauerte eine ganze Weile, bis sie das Gespräch auf ihren toten Vater bringen konnte. Mutti druckste herum, wie immer, wenn dieses Thema angeschnitten wurde. Sie suchte nach den richtigen Worten, erklärte, warum sie und Anni auch Müller hießen, genauso wie Muttis Bruder Paul, bei dem sie wohnten. Dass Mutti nie geheiratet hatte und dass Annis Vater tot ist und dass Anni das noch nicht verstehen würde und dass sie ihr das erklären wollte, wenn sie mal groß ist. So oft schon hatte Anni ihrer Mutti in den Ohren gelegen mit den Sätzen: »Ich will auch einen Vater, warum habe ich keinen Vater?« Jetzt aber wusste sie immer noch nicht mehr als vorher. Wieso konnte man denn ein Kind bekommen, wenn man nicht verheiratet war?

An diesem Tag traute sich Anni kaum auf die Straße, wo die anderen Kinder Verstecken spielten. Schnurstracks lief sie zu Monikas Haus, sie musste unbedingt mit ihrer Freundin darüber reden. Vor deren Scheune stand ein großer, noch voll beladener Heuwagen und Monikas Eltern machten sich gerade daran, das Heu mit dem Aufzug durch die Öffnung im Giebel der Scheune zu hieven. Auf dem Heuboden musste dann Monikas Mutter das Heu verteilen. Monika und ihre Geschwister hatten auf der Wiese geholfen, das Heu mit großen Holzrechen zusammenzukämmen. Jetzt saßen sie auf der Bank vor dem Haus und hatten ein Tütchen Brause, in das sie abwechselnd ihre zuvor im Mund angefeuchteten Zeigefinger tunkten.

»Willst du auch mal lecken?«, fragten sie Anni. Das ließ sich Anni nicht zweimal sagen. Mmm – Brause, so hatte man viel länger davon, als in einem Glas Wasser aufgelöst. Schnell befeuchtete sie ihren Finger, damit möglichst viel Brause daran kleben blieb, und ließ dann genüsslich die Brause auf ihrer Zunge zischen. Anni hoffte, dass die alte Griet sie bald noch einmal zum Einkaufen schickte und ihr dafür einen Groschen zusteckte, dann könnte sie sich auch noch einmal zwei Tütchen Brause kaufen.

»Wollen wir ein bisschen auf unsere Wiese gehen?« Anni wollte gerne mit Monika alleine sein.

»Oh ja, das wäre jetzt schön, aber ich weiß nicht, ob wir noch einen Wagen Heu holen.«

»Muss ich noch mal mitfahren?«, rief sie lautstark ihrem Vater zu, um das Geklapper des Aufzugs zu übertönen. »Wenn wir hiermit fertig sind, trinken wir erst Kaffee, es dauert sicher noch eine Stunde, aber dann brauchen wir dich wieder.«

Schnell huschte Monika ins Haus, brachte eine Decke mit heraus und schon machten sich die beiden Freundinnen durch die engen Gassen auf den Weg zu ihrer Lieblingswiese am Dorfrand, dort, wo die große alte Eiche stand. Leise und behutsam drückten sie sich an der Scheune vorbei, wo der böse Hund lebte, der schon drei Kinder gebissen hatte und trotz seiner langen Kette manchmal laut bellend um die Ecke geschossen kam.

Die Wiese, auf der die Mädchen es sich oft bei schönem Wetter bequem machten, war noch nicht gemäht. Vorsichtig breitete Monika die Decke in der Nähe der alten Eiche aus, so dass die langen Gräser und Blumen darunter alle in eine Richtung gedrückt wurden und sich später wieder aufrichten konnten. Anni und Monika streckten sich auf ihrer Decke aus und fanden es herrlich. Die Wiesenblumen um sie herum dufteten. Es war so schön warm, dass sie ihre Kniestrümpfe aufrollten und sie wie Söckchen aussehen ließen. Die weit schwingenden Röcke schoben sie nach oben, so dass die heißen Sonnenstrahlen an ihren Beinen kitzelten.

»Leg mal dein Ohr ganz fest auf die Decke, hörst du?«, fragte Monika. Wenn sie ganz leise waren, hörten sie unter der Decke das Rascheln von Käfern, Ameisen und sonstigen Tierchen. Aber auch über ihnen schwirrten Mücken, Bienen, Schmetterlinge. Ein zarter Lufthauch strich durch die Blätter der Eiche. Vom Dorf her drangen gedämpft Stimmen von spielenden Kindern, Kuhgespannen, bellenden Hunden und einem einzigen Traktor an ihre Ohren. Es war so friedlich.

»Ich muss dich etwas fragen.« Endlich konnte Anni loswerden, was ihr auf dem Herzen lag. Monika ahnte, was Anni wollte. Ihre Oma hatte sich immer schon etwas abfällig über Annis Mutter geäußert und Monika damit zur Weißglut gebracht. Anni war ihre Freundin und sie ließ nicht zu, dass man deren Mutter beleidigte. Irgendwann hatte sie mitbekommen, wie sich ihre Eltern und Oma darüber unterhalten hatten. Annis Vater war wohl einer von den Franzosen, die nach dem Krieg als Besatzer hier waren, und Oma hatte Annis Mutter als »Franzuusen-Schicks« bezeichnet und gemeint, Monika sollte nicht immer zu »diesem Gesocks« gehen, woraufhin Monikas Mutter ihr Einhalt gebot und sie bat, so etwas ja nicht vor den Kindern zu sagen. »Das Kind kann doch nichts dafür.«

»Weißt du, was das ist – unehelich?« Anni konnte nicht ahnen, dass Monika Mitleid mit ihr hatte, dass sie es schon schlimm genug fand, keinen Vater zu haben, und dann auch noch unehelich zu sein! Anni glaubte zu spüren, dass Monika mehr wusste als sie und dass sie nicht so recht damit herausrücken wollte. »Eh – eh – ich glaube, das ist, wenn eine Frau ein Kind bekommt und keinen Mann hat, also – eh – ich meine, wenn das Kind keinen Vater hat.«

»Aber ich hab doch einen Vater, der ist doch gestorben!«

»Ach komm, Anni, mach dir nichts draus, was der blöde Eugen gesagt hat.«

»Ich will aber nicht unehelich sein!«

»Bist du auch sicher nicht, frag doch deine Mutti!«

»Die sagt bestimmt wieder, dass ich das nicht verstehe. Außerdem – ich trau mich nicht, ihr zu sagen, was der Eugen gesagt hat.«

»Ach Anni, komm wir gucken in die Wolken und sagen uns, was wir sehen. Ich sehe einen großen Heuwagen.«

»Ich sehe ein Schaf«, ein wenig kläglich klang Annis Stimme.

»Schau mal, da hinten die Wolke, siehst du das Gesicht, da ist die Nase!« Monika streckte den Zeigefinger nach oben.

»Ich sehe nichts, wo? – Ach ja, jetzt sehe ich sie.« Anni lag im Gras und blinzelte zwischen ihren Augenlidern, damit die Sonne sie nicht zu arg blendete. Sie dachte ganz fest an ihren Vater und war sich sicher, dass er ihr von dort oben zuschaute. Vielleicht war er das dort in der Wolke. So oft schon hatte sie sich einen Vater gewünscht, der sie beschützen könnte, der für sie sorgen würde. Vielleicht wäre Mutti dann auch nicht immer so traurig und vielleicht hätten sie dann auch etwas mehr Geld. Wie oft hatte sie abends in ihrem Bett gelegen und gebetet, dass der liebe Gott ihren Vater wieder lebendig machen sollte. Jetzt, wo sie schon ein großes Mädchen war, glaubte sie natürlich nicht mehr daran.

Manchmal, wenn andere Kinder ihr erzählten, wie sie daheim verhauen wurden, wenn sie etwas angestellt hatten, dann gab es auch Momente, in denen Anni ganz froh war, keinen Vater zu haben. Mutti verhaute sie nie. Nur ein einziges Mal, als sie noch mit sieben Jahren ihre Hose nass gemacht hatte und danach ohne Unterhose herumgelaufen war, da hatte Mutti ihr eine saftige Ohrfeige verpasst.

Ganz langsam wich der Druck von ihrer Kinderseele. Irgendwann würde sie Mutti nach diesem Wort fragen. Irgendwann, wenn Mutti abends an ihr Bett kam und mit ihr betete. Dann war sie immer ganz sanft und manchmal streichelte sie Annis Wangen.

»Oh, ich muss nach Hause, die sind bestimmt schon beim Kaffeetrinken. Gehst du noch mit?«

Monika sprang auf und zog an der Decke, noch bevor Anni richtig aus ihren Wolkenträumen erwacht war. Wie gut, dachte sie, so eine Freundin zu haben. Jetzt ging es ihr schon etwas besser. Ob sie auch noch zu Regina gehen sollte? Die musste bestimmt auch bei der Heuernte helfen. Langsam trottete Anni hinter Monika her und schlug dann den Weg nach Hause ein.

Anni wohnte mit ihrer Mutti im Haus ihres Onkels Paul. Er war Maurermeister und hatte sich vor kurzem selbständig gemacht. Seit er noch zwei weitere Maurer beschäftigte, war er eifrig dabei, die Scheune seines Elternhauses umzubauen, um für Anni und ihre Mutter eine Wohnung dort einzurichten. Onkel Paul war ein guter Mann. Er behandelte Anni genauso wie seine eigenen Kinder. Anni himmelte ihn an. Nur Tante Elfriede, seine Frau, war eine »Beißzange«, wie die Nachbarsfrau manchmal sagte.

Als Anni vor der Haustür mit der Katze ihrer Kusinen spielte, ging prompt die Tür auf und Tante Elfriede rief mit ihrer schrillen Stimme: »Lass die Katze los, die hat schon wieder Junge gekriegt und hat sie weggeschleppt. Es wird höchste Zeit, dass wir sie finden, sonst sind sie zu groß, um sie zu ertränken!«

Anni verdrückte sich, schlich hinters Haus und dachte verzweifelt darüber nach, wo die Katze ihre Jungen versteckt haben könnte. Sie durften nicht tot gemacht werden. Sie suchte im Schuppen hinter den Holzstapeln und den schräg gestellten Brettern, in der Scheune, wo überall Steine herumlagen und schon Wände für ihre neue Wohnung eingezogen worden waren. Sie traute sich sogar in den Keller, in den neben dem Haus ein paar Stufen hinunterführten. Dort lagerten noch ein paar runzlige Kartoffeln mit langen Trieben. Dort stand das Viezfass und auf einem alten Schränkchen ein paar Flaschen Saft aus Johannisbeeren und Kirschen. Nein, hier war nichts, wo die Katze ihre Jungen hätte verstecken können.

Sie schlich hinter Nachbars Stall vorbei und öffnete den Riegel des Scheunentores. Hier in der Scheune, wo ebenerdig frisches Gras und Klee zum Füttern bereit lagen, von wo aus man die steile Leiter zum Heuboden hinaufklettern konnte, war sie ein paar Mal mit Nachbars Opa gewesen, wenn er das Vieh fütterte. Einmal hatten sie ein Kälbchen bekommen und Anni durfte dem noch nassen Kalb einen Eimer mit Milch vorhalten. Als es nicht trinken wollte, hatte der alte Opa seine Hand in die Milch getunkt und das Kälbchen dann an den Fingern lecken lassen. Für Anni, die zu Hause nichts mit Landwirtschaft zu tun hatte, waren das besondere Momente. Seitdem hatte sie sich öfter in die Scheune geschlichen, sich ins Heu gelegt und geträumt.

Sie war ganz leise, deshalb hörte sie das zarte »Miau, miau« der kleinen Kätzchen auf dem Heuboden. Es war etwas dunkel hier oben und sie musste lange suchen, bis es plötzlich neben ihr raschelte und ein kleines schwarzes Knäuel ihr Bein streifte. »Oh, wie süß!« Das kleine Kätzchen hatte schon die Augen offen. Anni wusste von Monika, dass Katzen noch ein paar Tage lang die Augen geschlossen hatten, wenn sie auf die Welt kamen. Noch zwei kleine kuschelige Kätzchen sah sie, eines schwarz-weiß gefleckt und ein graues. Das würde sie Tante Elfriede aber nicht erzählen. Ob sie Nachbars Opa einweihen konnte? Der konnte Tante Elfriede doch auch nicht leiden. Anni streckte die Hand aus und wollte die kleine schwarze Katze streicheln. Die aber fauchte und kratzte und wollte sich gar nicht anfassen lassen. Anni musste sehr viel Geduld aufwenden, bis sie es endlich geschafft hatte, eines der Kätzchen auf den Arm zu nehmen und zu streicheln. Wenn sie nun jeden Tag hingehen würde, dann würden die Katzen schon noch zutraulich.

»Anni, Anni!« Mutti rief nach ihr! Schnell setzte sie das Kätzchen ins Heu und stieg die Leiter hinunter. Leise öffnete sie die Scheunentür von innen, schaute nach allen Seiten, ob auch niemand im Hof war, damit sie nicht gesehen wurde, und schob dann von außen den Riegel wieder vor.

»Da bist du ja, kannst du mal eben ins Geschäft laufen?« Mutti drückte ihr eine Tasche, den Geldbeutel und einen Zettel in die Hand. »Darf ich mir auch eine Brause kaufen?«

»Nein Anni, heute nicht, ich hab nicht mehr viel Geld.« Nie hatte Mutti Geld.

Anni lief schnell zur Hauptstraße und hoffte, dass sie Eugen nicht traf. Bei Kaufmanns stieg sie die vier Stufen der Treppe hoch, trat durch die Haustür und ging dann in das rechts des Flurs liegende Zimmer, aus dem der typische Geruch eines Gemischtwarenladens herausströmte. Hier gab es auf kleinstem Raum alle Herrlichkeiten der Welt. Anni schaute auf den Zettel: ein halbes Pfund Margarine, ein Pfund Zucker, zwei Heringe und ein Tütchen Salz. Lisbeth, die alte Kaufmannsfrau, wog auf der Waage Zucker und Salz in

Tüten ab, holte aus dem großen Fass zwei Salzheringe heraus und wickelte sie in Zeitungspapier. Anni verstaute alles in der Tasche und zählte die Markstücke und Groschen auf den Tisch.

»Willst du ein Bonbon?«, fragte sie und ungläubig griff Anni in das Glas mit den Bonbons für einen Pfennig, das auf der Theke neben dem anderen mit den Bonbons und Karamellen für zwei Pfennig stand. »Danke!«

Fröhlich hüpfte sie nach Hause. War doch noch ein schöner Tag geworden.

## Silvesternacht 2010

Kurz nach elf Uhr macht Klaus Monika den Vorschlag, noch einmal für eine Zigarettenpause nach draußen zu gehen. Höflichkeitshalber bietet er auch den anderen in der Runde eine Zigarette an, so als ob er nicht wüsste, dass die anderen Nichtraucher sind. Er möchte es nicht offen zeigen, aber er findet diese nicht ganz schlanke, nette, so herzhaft lachende, aber ab und zu leicht melancholisch wirkende Frau mit den blonden Haaren und dunkel gefärbten Strähnen sehr sympathisch und möchte etwas mehr über sie erfahren. In seinem zuletzt ausgeübten Beruf als Schulpsychologe, aus dem er vor zwei Jahren in den Ruhestand getreten ist, hat er eine Menge Menschenkenntnis sammeln können. Bei den Tischgesprächen hat er aus Monikas Beiträgen sehr viel Engagement herausgehört, aber auch eine leise Resignation. Er ist neugierig geworden auf diese Frau, weiß aber auch abzuwarten, nicht mit der Tür ins Haus zu fallen und Geduld zu haben, wenn er etwas über sie erfahren will.

Monika ist es etwas peinlich, dass ausgerechnet sie beide die einzigen Raucher sind, möchte aber auch nicht auf ihre Zigarette verzichten, nur um den anderen zu zeigen, dass sie kein Interesse an diesem Klaus hat. Hat sie nicht? Wenn sie in den letzten Jahren von Freunden gefragt wurde, ob sie denn nicht mehr nach Männern schaut, dann hat sie immer scherzhaft geantwortet, dass sie sich in ihrem Alter doch keinen Pflegefall mehr sucht. Sie findet es äußerst anmaßend, dass ältere Männer immer nach wesentlich jüngeren Frauen suchen. Dabei haben doch Frauen die höhere Lebenserwartung.

In den Bekanntschaftsanzeigen, die sie – nur so zum Spaß – immer wieder einmal liest, suchen in fast allen Fällen Männer dieser Altersstufen nur Frauen, die zehn Jahre jünger sind als sie selbst. Käme Monika auf die Idee, einen zehn Jahre jüngeren Mann zu suchen, würde man mit dem Finger an den Kopf zeigen. Wieso eigentlich? Nein, wirklich auf die Suche nach einem Mann möchte sie in ihrem Alter nicht mehr gehen. Mit Mutti wäre das sowieso schwierig. Ein Mann hätte in ihrem Leben gar keinen Platz, er würde doch ihre Selbständigkeit noch viel mehr einschränken.

»Eigenartig«, denkt Monika, »wieso gehen mir solche Gedanken im Kopf herum?« Wie von einer unsichtbaren Kraft angezogen, betrachtet sie immer wieder unauffällig aus den Augenwinkeln heraus diesen fremden Mann neben ihr. Irgendwo ganz in ihrem Inneren fängt etwas an, sich zu regen. Es ist ihr nicht bewusst, doch mit jeder Minute, die sie zusammen mit diesem Klaus hier draußen verbringt, findet sie es mehr und mehr gar nicht so abwegig, sich zu diesem Mann hingezogen zu fühlen. Ein Funken aus ihrem übrig gebliebenen jugendlichen Selbstbewusstsein glimmt auf, als sie daran denkt, dass jüngere Menschen sich zum größten Teil nicht vorstellen können, dass ältere auch noch Spaß an Sex haben können. Dabei ist doch Sex kein Privileg der Jugend.

Wieder lässt Monika heimlich ihren Blick zu ihrem Gegenüber schweifen. Wie wäre es, wenn wir beide noch dreißig oder vierzig Jahre jünger wären, denkt sie. Würde ich ihm dann heiße Blicke zuwerfen? Würden wir uns jetzt schon küssen? Würde ich heute Nacht mit ihm schlafen wollen? Die Zigarette ist schon halb verglommen, Monika beginnt ein Gespräch. Sie fragt nach, was genau Klaus damit meinte, als er erzählte, dass er Beamter im Ruhestand ist. Klaus erzählt, dass er Schulpsychologe war und schon haben sie eine gemeinsame Basis. Mit den Problemen der Schulkinder kennt sich Monika aus. Was für ein Zufall aber auch!

Monika zittert, es ist doch recht kalt hier draußen. Spontan legt Klaus seinen Arm um sie. Wieder hüpft ihr Herz, da ist es wieder – dieses Gefühl. Als sie ihre Zigarettenkippen in den Schnee werfen, legt Klaus auch den anderen Arm um sie, zieht sie ganz leicht an sich und schaut ihr tief in die Augen. Es sind liebevolle Augen, das sieht sie auch jetzt im Dunkeln. Etwas in diesen grün-blauen

Augen, die ihr so unergründlich scheinen wie die faszinierenden türkisfarbenen Seen in Kanada, lässt ihre Knie zittern. Seine Berührung jagt ihr tausende kleine Schauer über den Rücken. Was ist nur los? Monika kennt sich selbst nicht mehr.

Einige Augenblicke lang stehen sie nur so da. Wie lange ist es her, dass Monika so eine zärtliche Berührung spürte? Sie genießt den Moment. Sie bringt es nicht über sich, seinen Arm abzuschütteln, wie es ihr Verstand befiehlt.

»Komm, wir wärmen uns drinnen wieder auf und nehmen noch einen Wodka«, sagt er schließlich und zieht sie mit sich in die Hütte.

Auch Klaus ist hin- und hergerissen von seinen Gefühlen. Er hat um seine tote Frau getrauert. Hat er nun das Recht, Gefühle für diese Frau zu entwickeln? »Immer langsam, nichts überstürzen, schließlich sind wir keine Zwanzig mehr«, denkt er.

Hasso springt sofort von seinem Platz hinter dem Sofa auf, als die beiden den Raum wieder betreten. Er bellt ein paar Mal, bis Anne ihn zur Ruhe mahnt und ihm den Rücken krault. Natürlich wird über die Raucher hergezogen und herumgefrotzelt. Raucher haben in den letzten Jahren einen schweren Stand. In Flugzeugen, Zügen und Bussen darf nicht mehr geraucht werden und in einigen europäischen Ländern gilt auch in Restaurants schon Rauchverbot. In Deutschland hat sich die Zigarettenlobby bisher erfolgreich gegen eine solche Regelung gewehrt.

Anne legt eine CD mit Tanzmusik auf und ermuntert ihre Freunde, ein schönes ruhiges Tänzchen zu wagen. Wie immer zieren sich die Männer. Anne weiß, dass ihr Jochen gut tanzen kann, dass er aber nie auf die Idee käme, sie zu einem Tanzabend einzuladen. Genauso gern sitzt er gemütlich auf der Couch und sieht fern oder sie hören Musik und jeder liest in Zeitschriften oder Büchern. Sie hat früher so gerne getanzt und findet auch heute noch großen Gefallen daran, ihren Körper harmonisch im Takt der Musik zu bewegen.

Als Regina und Wilfried, die auf Dorffesten immer noch sehr gerne ein Tänzchen wagen, den Anfang machen, stehen auch Anne und Jochen auf. Es ist nicht allzu viel Platz in dem Wohnraum und die Holzdielen knarren ein wenig unter den Tanzenden. Klaus schaut Monika fragend an: »Möchtest Du auch tanzen?« Heimlich zwinkert Anne ein Auge in Richtung Regina. War wohl doch nicht so schlimm, dass dieser Klaus mitgekommen ist.

»Ich habe ewig nicht getanzt«, sagt Monika. »Ich weiß gar nicht, ob ich das noch kann.« Klaus reicht ihr die Hand und führt sie in Tanzstellung. Ein langsamer Blues macht es ihnen ganz einfach, sich zur Musik zu bewegen. »Wer hätte das gedacht«, denkt Monika, »nun ist es doch ein richtig schöner Abend geworden.«

Das Licht flackert ein paar Mal und gleichzeitig hat auch der CD-Player einen Aussetzer und plötzlich wird es dunkel in der Hütte.

»Ausgerechnet jetzt«, murmelt Anne, und zu den Tanzenden sagt sie laut: »Macht euch nichts draus, hier fliegt öfter mal die Sicherung raus. Ich werde mal nachsehen.« Sie tastet sich Richtung Flur und sucht nach einer Kerze.

Es ist stockdunkel. Monika und Klaus wissen beide nicht, welche Teufel sie reiten. Im Dunkeln schieben sich ihre Körper ganz eng aneinander. Sie halten sich fest umschlungen und urplötzlich finden sich ihre Lippen. Ganz kurz. Ganz zart. Tausend Glocken läuten in Monikas Ohren, Lerchen singen. Als es plötzlich wieder hell wird – es hatte sich nur um einige Sekunden gehandelt – ist sie ganz verwirrt und als auch die Musik wieder einsetzt, vergisst sie fast, wieder zu tanzen.

»Lag wohl gar nicht an der Sicherung.« Mit Kerze und Feuerzeug steht Anne ein wenig überrascht da. »Kerzenlicht wäre jetzt sowieso schöner.« Während die anderen langsam weiter tanzen, verteilt Anne ein paar Kerzen im Raum, entzündet sie und dreht den Dimmer des Lichtschalters auf die kleinste Stufe. Dann drückt sie am CD-Player herum und sucht ihr altes Lieblingslied.

Die raue Stimme von Percy Sledge »When a man loves a woman …« verbreitet ein wenig Nostalgie.

Regina hätte jetzt lieber die Flippers gehört und sich bei den Klängen von »Moonja« eng an Wilfried gedrückt, wie sie es damals getan hatte, kann sich jedoch nicht vorstellen, dass sich solche CDs in Annes Sammlung befinden. Trotzdem genießt sie dieses seltene Gefühl, sich mit Wilfried, der immer schon ein guter Tänzer war, langsam hin und her zu wiegen.

Monika fühlt sich vierzig Jahre zurückversetzt. Das schummrige Licht, in den Armen dieses anziehenden Mannes, diese unerklärliche Nähe, die Sinne so ein klein wenig vom Alkohol benebelt, das alles gibt ihr ein unglaubliches Wohlgefühl, wie sie es seit ewigen Zeiten nicht mehr verspürt hat. Im ruhigen Takt der Musik genießt sie es, wie die männlichen Arme sie mit einem sanften Druck an sich heranziehen, wie sich ihre Körper berühren. Schließlich ist sie sich nicht mehr sicher, ob das hier Wirklichkeit oder Traum ist, ob sie im Jahre 2010 lebt oder womöglich noch einmal in den Sechziger Jahres des letzten Jahrhunderts, als ihr jugendlicher Körper noch das Fieber der Sehnsucht hatte. Sie lässt sich einen Moment treiben, versucht, die Schönheit des Augenblicks zu genießen. Im nächsten Moment aber versteift sie sich. Was sollen denn die Freundinnen denken? In dem Alter kann sie doch nicht ...?

Jäh wird sie aus ihren Gedanken gerissen, als plötzlich ein ohrenbetäubender Knall die Musik um ein vielfaches übertönt. Gleichzeitig wird die ganze Hütte wie von einer unsichtbaren Hand kräftig durchgeschüttelt. Fensterscheiben und die Gläser im Schrank klirren, zwei der aufgestellten Kerzen fallen um. Heißes Wachs läuft an der Tischdecke herunter. Alles wackelt. Hasso springt laut bellend herum und rennt zur Tür. Regina und Wilfried, die gerade dicht neben der Couch getanzt haben, sind auf die Couch geplumpst. Regina stößt einen spitzen Schrei aus.

Monika hat sich impulsiv an Klaus festgehalten. Nach dem Moment einer fast vergessenen Sinnlichkeit fährt ihr plötzlich ein Schreck in alle Glieder, wie erstarrt klammert sie sich fest. Annes Schrei vermischt sich mit dem von Regina und einem immer noch laut tosenden nahen Geräusch und veranlasst Jochen zu rufen: »Pscht, seid doch mal ruhig, was ist das?«

Entgeistert stehen alle einen Augenblick da, als die Hütte immer noch vibriert. In der kleinen Gruppe Menschen entsteht jetzt Panik. Einer ruft: »Wir müssen hier raus!« Andere rufen: »Was ist das, was ist los? Ich habe Angst!« – »Ein Erdbeben, das ist ein Erdbeben!«

Instinktiv greifen alle nach ihren Mänteln und Jacken und rennen nach draußen. Der Boden zittert unter ihnen, der Himmel ist rot gefärbt, es riecht ganz merkwürdig. Faule Eier, ja, das ist der Eiergeruch – Schwefel!

»Schwefel, Gott im Himmel, das ist ein Vulkanausbruch!«, ruft Monika. Blitzartig schießen ihr die Bilder aus Island in ihr Gedächtnis, der Film, den sie auf der Insel Haemey gesehen hat über den Vulkanausbruch dort, die Lavaströme, der Ascheregen. Ihr Herz schlägt bis zum Halse.

»Ach Quatsch«, sagt Jochen, »sicher hat sich irgendwo ein ganzer Haufen Feuerwerkskörper entzündet und alles ist in die Luft geflogen oder gibt es hier irgendwo so eine Feuerwerks-Fabrik, wie damals in Holland?« Alle schauen zum Himmel in Richtung Nord-Westen, wo man einen roten Lichtschein wahrnehmen kann.

»Leute, nun seid mal vernünftig!« Anne versucht zunächst einmal sich selbst zu beruhigen, und auch ihre Gäste: »Wir haben heute Silvester und alle Welt schießt Raketen und Feuerwerkskörper in die Luft. Vielleicht haben es einige diesmal etwas übertrieben und wir stehen hier im Wald und bilden uns wer weiß was ein!«

Monika lässt sich nicht beruhigen. Ihre Worte überschlagen sich: »In Island, wo überall die Schwefelquellen sind, da riecht es genauso wie jetzt hier. Als ich heute Abend hierher kam, habe ich das schon gerochen, da habe ich gedacht, Anne hätte harte Eier geschält. Außerdem habe ich neulich noch im Internet in einem Link der Eifelseite gelesen, dass ein namhafter Wissenschaftler durchaus nicht ausschließt, dass in der Eifel noch mal ein Vulkan ausbrechen kann.«

»Monika, du spinnst ja! Aber du weißt doch, die Eifel war seit dem Krieg ein militärisches Pulverfass. Wer weiß, was die Franzosen oder die Amerikaner irgendwo in der Erde vergessen haben, vielleicht ist ja so etwas in die Luft geflogen?« Anne ist sauer, dass ihr schönes Silvesterfest so gestört wird, sucht nach einer Erklärung für dieses Explosionsgeräusch und ist zugleich ungeheuer aufgeregt.

Gerade als Klaus vorschlägt, dass sie doch einmal ein Stück den Berg hoch gehen sollten zu der Stelle, von der aus man in das Tal und auf das Dorf sehen kann, gibt es wieder eine gewaltige Erschütterung unter ihren Füßen. Ein undefinierbares lautes Geräusch, ein tiefes Grollen lässt alle erschauern. Die Frauen kreischen laut auf und spätestens jetzt wird es auch den Männern unheimlich. Regina und Wilfried krallen sich aneinander fest: »Wir müssen nach Hause«, rufen sie den anderen zu. Keiner denkt mehr an Höflichkeitsfloskeln, keiner denkt mehr daran, wie schön der Abend war, keiner spürt mehr den Alkohol, alle haben nur noch eines im Sinn, was sie noch nie vorher in ihrem Leben jemals erfahren haben: Hier sind Naturgewalten im Spiel, hier geht es ums Überleben.

Unwillkürlich hat auch Monika sich wieder Hilfe suchend an Klaus fest gekrallt, sie zittert. Gott sei Dank hat sie Mutter zu ihrer Schwester gefahren. Nicht auszudenken, wenn diese jetzt allein zu Hause in ihrem Bett liegen würde. Sicher spürt man diese Erschütterungen auch in dem etwa fünfundzwanzig Kilometer entfernten Unterfeldbach.

In Ausnahmesituationen ruhig bleiben, die Übersicht bewahren, das können nur wenige Menschen. Klaus ist einer davon. Gelassen überredet er die anderen, Ruhe zu bewahren und erst einmal herauszufinden, was los ist. »Zieht euch bitte warm an und stellt euch erst einmal unter das Verandadach. Die Hütte ist aus Holz gebaut, da kann euch auch bei einem richtigen Erdbeben nicht viel passieren. Anne, hast du irgendwelche Kopfbedeckungen im Haus und kannst du mir zeigen, wo die Stelle ist, von der man auf das Dorf und in das Tal sehen kann? Von dort aus kann man sicher sehen, wo etwas los ist.«

Anne zittert, rennt aufgeregt im Haus herum. Hasso folgt ihr auf dem Fuße. Als sie den Lichtdimmer heller drehen will, merkt sie, dass der Strom wieder ausgefallen ist. Schnell nimmt sie eine der noch brennenden Kerzen in die Hand, läuft planlos in der Hütte herum und findet endlich ihre dicke Daunenjacke im Schrank, einen Filzhut von ihrem Exmann und eine Schirmmütze, die sie immer im Skiurlaub trägt. Hastig rennt sie nach draußen. Die Angst schnürt ihr die Luft ab.

Klaus setzt sich den Filzhut auf den Kopf und erklärt Anne, dass es gut wäre, etwas als Schutz auf dem Kopf zu haben, falls es sich wirklich um einen Vulkanausbruch handelt und etwas bis hierher herausgeschleudert würde. »Dann nehme ich besser meinen Fahrradhelm, der hält auch einen Stein aus.« Aus dem Garderobenschrank zieht sie einen orangefarbenen Fahrradhelm heraus und setzt ihn auf. Klaus bittet die anderen, nicht in Panik zu geraten und unter dem Verandadach stehen zu bleiben. Regina weint: »Ich muss heim zu den Kindern, das Vieh …«

»Wir müssen uns erst einen Überblick verschaffen, was nützt es euch, wenn ihr jetzt wegfahrt und mit dem Auto dann mitten auf dem Weg stehen bleibt, weil es nicht mehr weitergeht?«, sagt Klaus. »Vielleicht macht mal jemand das Radio und den Fernseher an, vielleicht sagen die ja schon was.«

»Wie sollen wir das denn machen, ohne Strom«, ranzt Jochen zurück. Er, in totaler Panik, kann es nicht ertragen, wie ruhig sein Freund bleibt.

Anne zeigt Klaus den Weg zu der Anhöhe. Eine unheimliche Spannung liegt in der Luft. Durch die hohen Bäume kann man nur in nördlicher Richtung einen roten Himmel erkennen. Ein beißender Geruch macht sich breit, der Boden unter ihren Füßen vibriert. Den etwa fünf Zentimeter hohen Schnee nehmen sie erst gar nicht mehr wahr. Anne stolpert, rutscht und fällt auf die Knie. Klaus reicht ihr die Hand und zieht sie weiter den Berg hinauf.

»Wartet, ich komm mit!«, ruft Monika und rennt so schnell wie sie kann hinter den beiden her. Wenn das hier wirklich ein Vulkan ist, dann will sie das auch sehen, wenngleich ihr auch die Beine zittern. Der Weg bergauf wird ihnen unendlich lang. Immer wieder versuchen sie, zwischen den hohen Bäumen etwas mehr zu erspähen als einen rötlichen Schimmer. Endlich haben sie die Lichtung erreicht.

Was sie dort sehen, ist atemberaubend. Einen Augenblick verschlägt es allen dreien die Sprache. Gebannt blicken sie auf den gegenüberliegenden Hügel. Feuer und Rauch quillt heraus, Geräusche wie aus der Tiefe der Hölle dringen an ihre Ohren. Ein Vulkan!

Fasziniert starrt Monika auf die Szenerie. Schon zum zweiten Mal an diesem Abend weiß sie nicht mehr zu unterscheiden zwischen Traum und Wirklichkeit. Ist das wirklich ein Vulkanausbruch? Hier mitten in der Eifel? Der Ausspruch eines pensionierten Kollegen fällt ihr ein, dessen Hobby der Vulkanismus und die geologischen Gegebenheiten in der Eifel sind: »Ich möchte so gerne noch erleben, dass in der Eifel ein Vulkan ausbricht.« Spinner, haben die Kollegen gedacht. Von wegen Spinner!

Auch Anne kann es nicht glauben. Sie saugt dieses Bild in sich hinein. Lavafontänen schnellen in die Höhe. Eine riesige Rauchwolke hat sich über der Öffnung gebildet. Ein atemberaubendes Spektakel. Wie zu einer Salzsäule erstarrt steht sie da, kann sich nicht von diesem Bild lösen.

Klaus sieht, was er befürchtet, aber nicht für möglich gehalten hat: Die Erde spuckt Feuer und Rauch. Der Schnee ist in leichten Regen übergegangen. In der Dunkelheit und über die Wipfel der Bäume kann er die Entfernung schlecht schätzen. Es sieht wirklich genauso aus wie die Fernsehbilder vom Ätna. Das kann kein Feuerwerk sein. Was kommt hier aus der Erde? Heiße Lava, Gase, Steine? In diesem Fernsehbericht vom Ausbruch des Ätna hatte man gesehen, wie unberechenbar ein Vulkan sein kann. Wenn Staub- und Aschewolken in die Luft steigen, wird irgendwann etwas herunterkommen. Wer weiß, wie weit Lava und Gestein geschleudert werden? Außerdem haben manche Vulkane pyroklastische Ströme, die sehr gefährlich sein können.

»Wir müssen hier weg, in Richtung Süden«, sagt er. Hätte er sich nicht bei der Fahrt von der Autobahn aus die Gegend so genau angesehen, dann wüsste er die Himmelsrichtung jetzt nicht einzuordnen. »Anne, weißt du, ob der Waldweg dort unten irgendwo südlich in eine Straße einmündet?«

»Ja, aber der Weg ist schlecht, es war die ganze Zeit feucht und jetzt liegt auch noch Schnee drauf.« Annes Zähne klappern aufeinander. Sie zittert am ganzen Körper.

So faszinierend dieses Schauspiel ist, das sie da vor sich sehen, sie können es einfach nicht fassen. Ein Vulkanausbruch in der Eifel? Sehen sie hier einen Film, träumen sie? Wie in Trance stehen die beiden Frauen da. Es zischt, es rumpelt, ein Lavastrom schwappt über die Kuppe und sucht sich einen Weg ins Tal, Bäume und Geröll mit sich ziehend. Einzelne Bäume in dem bewaldeten Gebiet haben Feuer gefangen, andere knicken einfach so um, wie Streichhölzer. Rote Feuerschwaden, herausfliegende Steine, Magma, darüber eine gewaltige Rauchwolke.

Auch Klaus zieht das Schauspiel in seinen Bann. Ohne es zu merken, hat er Monikas Hand ergriffen und drückt sie ganz fest. Endlich löst er sich als erster aus dieser Faszination: »Los kommt, wir müssen weg!« Klaus schüttelt die beiden Frauen leicht und zieht beide an ihren Armen. So als ob sie aus einem tiefen Traum erwachen, realisieren sie nach und nach das Geschehen. »Meinst du, wir könnten nicht die normale Straße nördlich nehmen, das Feuer ist doch noch ein Stück entfernt?«

»Je näher wir der Eruption kommen, umso mehr laufen wir Gefahr, dass wir von herunterfallenden Steinen oder ausgespuckter heißer Lava getroffen werden oder irgendetwas auf der Straße liegt, also sollten wir auf jeden Fall nach Süden fahren.«

Sie machen sich schnell an den Abstieg. In dem diffusen Licht sehen sie schon von weitem, wie Jochen wild gestikulierend da steht, von Regina und Wilfried ist nichts zu sehen. Aufgeregt kommt er ihnen entgegengelaufen: »Wo bleibt ihr denn so lange? Ihr könnt mich doch nicht einfach so alleine hier stehen lassen!«

»Wo sind denn Regina und Wilfried?«

»Sie haben sich nicht zurückhalten lassen.« Jochen ist stinksauer und knallrot im Gesicht. »Was ist denn jetzt? Mein Handy geht nicht, es gibt keinen Strom und für das tragbare Radio finde ich keine Batterien. Kann man denn von da oben etwas sehen?«

»Ja, es ist wirklich ein Vulkan«, sagt Anne. In dem Moment, in dem sie das sagt, glaubt sie immer noch, ihre Sinne spielen ihr einen Streich.

»Was machen wir denn jetzt?«, fragt Monika. Am liebsten wäre sie dort oben in der Lichtung stehen geblieben. »Einen Fotoapparat müsste man jetzt dabeihaben«, murmelt sie. »Anne, hast du keine Digitalkamera hier?«

»Doch, aber du kannst doch jetzt nicht noch einmal da rauf gehen. Moni, sei vernünftig!«

»Also ich glaube kaum, dass die Lava bis hierher fließt«, überlegt Klaus. »Aber wir wissen ja nicht, welche Ausmaße der Vulkan annimmt, ob nicht wirklich giftige Gase entstehen. Oder ob irgendwann Asche herunterkommt. Habt ihr die Rauchwolke gesehen? In Pompeji sind die Leute in der Asche versunken.«

»Ich will hier weg!«, ruft Jochen, »los, wir nehmen mein Auto!«

»Und was ist mit den anderen Autos, lassen wir die einfach hier stehen?«

Worte fliegen hin und her, in dieser Panik kann kaum einer mehr klar denken. Anne ist so verwirrt, dass sie wild im Haus herumrennt und wie von Sinnen irgendwelche Essensreste zusammenpackt, in einen Rucksack und eine Tasche steckt, aber nicht daran denkt, wichtige Sachen wie Papiere und Schmuck mitzunehmen.

Jochen öffnet die Tür seines Geländewagens. Hasso, der die ganze Zeit laut bellend wie ein geölter Blitz hin und her gelaufen ist, springt als erster ins Auto.

Klaus fragt nicht lange, er handelt. Er zieht Monika mit in die Hütte. »Komm, wir suchen nach Kopfbedeckungen, wer weiß, wie weit wir mit dem Auto kommen.« Sie öffnen einfach alle Schränke und suchen sämtliche Mützen, Tücher und Hüte, die sie finden. Dann schnappen sie sich noch ein paar Getränkeflaschen und drängen dann auch Anne, alles stehen und liegen zu lassen. Jochen hupt schon. »Kommt doch endlich«!

Zum Glück haben sie den Geländewagen. Alle steigen ein. Also los, diesen Feldweg Richtung Süden. Wer weiß, ob sie auf der Straße noch weit kommen. »Warte«, ruft Klaus, »Anne, hast du einen Kompass?«

»Oh, da müsste ich suchen, mein Exmann hatte einen, ich weiß nicht, ob er den hier gelassen hat.«

»Die zwei Minuten sollten wir uns nehmen, vielleicht brauchen wir den Kompass noch, wenn es zu einem Ascheregen kommt, sieht man ja gleich nichts mehr«, schlägt Klaus vor. »Himmel Herr Gott, ich will hier weg!«, schreit Jochen, gibt Gas und fährt. Anne kann gerade noch ihren Fuß ins Auto ziehen und die Beifahrertür schließen.

Keine zwei Minuten fahren sie durch den Wald, als der Ascheregen einsetzt. Sofort hinterlässt er eine schwarze Schmutzschicht auf den Autoscheiben und es kommt immer mehr dazu. Jochen muss immer wieder Wasser aus der Scheibenwaschanlage spritzen, um überhaupt etwas zu sehen. Er hat sein Tempo schnell reduziert. Hier kann er nur im ersten Gang fahren. Durch den Schnee rutscht selbst der Geländewagen auf dem unebenen Untergrund. Immer wieder erwischen sie Schlaglöcher, holpern über Steine. Pfützen spritzen auf, voller Schlamm. Klaus wirft vom Rücksitz aus einen Blick auf den Tachostand und freut sich über jeden Zehntelkilometer, den sie zurücklegen.

»Hört ihr das?«, fragt Anne erschrocken? Plim plim plim, ein Geräusch wie von Hagelkörnern auf dem Autodach. »Das sind kleine Bimssteine«, erklärt Klaus. »Deswegen habe ich euch ja die Kopfbedeckungen gesucht, falls wir zu Fuß gehen müssen.«

»Nun mal nicht den Teufel an die Wand.« In seinem Geländewagen fühlt sich Jochen total sicher. Mit diesem Auto ist er sogar schon durch die Wüste gefahren.

Mittlerweile sieht es gespenstisch aus, die Tannenbäume rechts und links des Feldweges sind schon ganz grau. Von Schnee ist nicht mehr viel zu sehen. Auf dem Rücksitz greift Klaus Monikas Hand und drückt sie ganz fest. Wird schon gut gehen, möchte er ihr sagen. Wenn wir das hier überstanden haben dann sehe ich für uns beide eine Zukunft.

* * *

Ein morscher abgebrochener Ast liegt quer über dem Weg. Klaus und Jochen müssen aussteigen, um den Ast wegzuräumen. »Stell mal kurz den Motor ab und seid mal ganz leise, vielleicht kann man irgendetwas hören«, bittet Klaus. Unheimlich ist es, ein zarten Klacken auf dem Autodach von den herunterfallenden Steinchen und nun schon etwas weiter entfernt immer wieder ein lautes Rumpeln, eine Art Donnern. Aber noch etwas hören sie. Irgendwo muss noch ein Auto im Wald sein. Ab und zu vernehmen sie ein Hupkonzert. Was ist das?

Der Ast ist schwerer, als sie angenommen haben. Die Männer müssen kräftig ziehen. Auf dem Waldboden sieht man nun kaum noch Schnee, nur unter den Bäumen ist es noch etwas weiß. Grau-schwarze Asche und Bimssteinchen verschiedener Größen bedecken den Weg und die Lichtungen im Wald. Darunter ist der Schnee geschmolzen und das Ganze verbindet sich zu einer breiigen Masse.

»Das mit den Hüten war eine gute Idee«, meint Jochen und schwingt sich rasch wieder hinter sein Steuerrad. Hier fühlt er sich sicher. »Schnell weg hier! Anne, wie weit ist es noch bis zur nächsten Straße?«

»Keine Ahnung, zu Fuß geht man von der Hütte bis zur Straße etwas eine Stunde, also schätzungsweise sechs Kilometer.«

»Wir haben knapp die Hälfte.« Klaus hat zwischendurch immer einmal auf den Tachostand geschaut.

»Halt, warte mal, da hinten kommt jemand!« Monika, die sich immer wieder nach allen Seiten umblickt, hat hinter ihnen auf dem Weg einen Lichtschein wahrgenommen. Jochen wird ungeduldig: »Ich will hier weg, warum sollen wir denn auf ein anderes Auto warten!«

Klaus behält wieder einmal die Ruhe und ist der Meinung, dass jemand, der diesen Feldweg kennt, sich hier auskennen wird. Die Anspannung der vier Menschen in dem Auto ist deutlich zu spüren. Schließlich sind sie alle keine Abenteurer und schon gar keine Helden.

Die einzige, die als junger Mensch einige Abenteuer erlebt hat, ist Monika. Einmal wurde sie zusammen mit ihrer Freundin Fee in San Francisco hinter einer Straßenecke ausgeraubt und auch in Peru hatte sie es einmal mit einer Bande von Dieben zu tun bekommen. Auch als sie später ein ganzes Jahr Urlaub vom Schuldienst genommen hatte und mit dem Rucksack ganz allein durch Indien wanderte, musste sie mehr als einmal allen Mut zusammen nehmen. Dort waren es nicht nur die Menschen, die eine Gefahr darstellen konnten, sondern auch die Tiere, die hygienischen Verhältnisse und die ungewohnten Lebensmittel. Die Erinnerung daran, wie sie tagelang mit Erbrechen und Durchfall in der Hütte eines alten Inders lag, der aussah wie ein Guru, gibt ihr jetzt die Zuversicht, auch aus diesem Abenteuer hier heil herauszukommen.

Hinter ihnen nähern sich die Scheinwerfer eines Autos. Die Türen gehen auf und zwei Gestalten kommen auf sie zu. »Regina, Wilfried! Wie kommt ihr denn jetzt hierher?«

»Wie gut, dass wir euch noch gefunden haben!« Wilfried steht schlotternd vor dem geöffneten Wagenfenster. »Auf der Straße Richtung Autobahn kommt niemand mehr durch, heiße Lava! Stellt euch vor – glühende Lava! Es ist wirklich ein Vulkanausbruch!« Er ist fix und fertig, er kann es nicht fassen.

»Und wie kommt ihr jetzt hierher?«, fragt Anne.

»Wir sind zur Hütte zurückgefahren und haben eure Spuren gesehen. Was machen wir denn jetzt?« Regina laufen die Tränen herunter. Ihre Worte gehen in ein schrilles Kreischen über. »Los, setzt euch ins Auto und fahrt hinter uns her, nichts wie weg hier.« Jochen hat schon den Gang eingelegt, ihn hält es keine Minute mehr. »Wenigstens ist ihnen nichts passiert.«

Anne, die gar nicht daran gedacht hat, den Gurt anzulegen, wird voll gegen die Autotür geschleudert, als Jochen mit dem rechten Vorderreifen in voller Fahrt in ein Schlagloch fährt.

»Aua, pass doch auf!«

»Wie soll ich denn aufpassen, ich seh doch nichts!« Jochen verliert die Nerven.

Er, der es kaum schafft, in einer vollen U-Bahn zu fahren, der sich beim Skifahren absolut überwinden muss, um in eine Gondel einzusteigen, und dem es sogar in kleinen Räumen zu eng wird, fühlt sich in dieser Situation wie eingesperrt und seine Platzangst greift um sich. Unbewusst kompensiert er dieses Angst- und Engegefühl in seiner Brust mit dem Tritt auf das Gaspedal. Als Klaus ihn fragt, ob er ihn beim Fahren ablösen soll, wird Jochen aggressiv und schreit seinen Freund an: »Spiel dich nicht so auf, als ob du alles besser wüsstest. Du warst ja schon auf der Penne so ein Überflieger. Ich kann sehr gut Auto fahren.« Und dann brummelt er etwas über diese blöde Eifel, schlechte Wege und Vulkane, Vulkane! Das muss man sich mal vorstellen!

Anne drückt sich tief in ihren Autositz. So hat sie ihren Jochen noch nie erlebt. Besser, jetzt nichts zu sagen. Sie denkt an ihre schöne Hütte, all die Sachen, die sie dort zurückgelassen haben, das schöne Silvesterfest. Sie realisiert nicht wirklich, was hier abgeht. Vulkaneifel! Vulkanausbrüche, ja die waren irgendwann vor zehntausend Jahren, aber doch nicht jetzt, im Jahre 2010. Wie spät ist es eigentlich, vielleicht ist ja schon das Jahr 2011 angebrochen?

Die Maare, die früher einmal Krater von Vulkanen waren, sind jetzt Anziehungspunkte für Touristen und auch die Menschen aus der näheren Umgebung kommen dorthin zum Schwimmen, Bootfahren und Wandern. Ob jetzt gerade ein neues Maar entsteht? Oder ein Kratersee? Irgendwie gibt es da wohl einen Unterschied. Haben sie mal in der Schule gelernt. Wo soll nun wirklich die Erde aufgebrochen sein, wo fließt glühende Lava? Die armen Menschen in dem nahen Dorf, ob sie alle noch rechtzeitig fliehen können?

»Halt, Stopp«, Anne sieht im rechten Rückspiegel, dass Wilfried und Reginas Auto zurückbleibt. Vielleicht sind sie in einem Schlagloch stecken geblieben.

»Was ist denn jetzt schon wieder? Ich halte jetzt nicht mehr an!« Jochen tritt wieder auf das Gaspedal.

»Du hältst jetzt sofort an!«, schreit Anne und zieht die Handbremse. »Wir können die beiden doch nicht ihrem Schicksal überlassen! Los raus mit euch Männern, seht nach, was da los ist!«

Gerade in diesem Moment gibt es eine gewaltige Vibration. Die ganze Erde um sie herum bewegt sich, die Bäume werden geschüttelt. Schneereste und die ersten Aschepartikel verteilen sich wie Staub in der dunkeln Nacht. Plötzlich blicken alle wie gebannt auf ein vor ihnen links des Weges leicht überstehendes Felsgestein, aus dem sich langsam ein riesiger Felsbrocken löst. Sie halten den Atem an. Wie festgenagelt sitzen sie im Auto und verfolgen im Scheinwerferlicht, das durch Rauch und Staubwolken nur noch wie ein Petroleumlicht erscheint, wie der Steinkoloss keine zwei Meter vor ihnen auf den Feldweg rollt und eine Lawine von kleinem Gestein und Walderde hinter sich her zieht. Sekundenlang schweigen alle wie erstarrt.

»Der hätte uns alle unter sich begraben, wenn der aufs Auto gefallen wäre!« Monika erwartet keine Antwort. Hinter ihnen kommen Regina und Wilfried angelaufen: »Unser Auto steckt fest, könnt ihr uns helfen?«

»Sieh mal nach vorne«, sagt Klaus resigniert, »die ganze Erde hier herum ist in Aufruhr, es nützt nichts, hier kommen wir nicht mehr durch.«

»Wir fahren zurück, vielleicht ist die Straße in die andere Richtung ja noch frei.« Jochen wendet hastig. Das Getriebe gibt seltsame Töne von sich, als er wie wild am Steuerknüppel herummurkst.

»Hat doch keinen Zweck, wir haben es doch versucht!«, ruft Wilfried, der hilflos neben Regina steht. »Los, fahr dein Auto mal da weg, ich komme ja nicht vorbei!«

»Jochen, nun warte mal. Du kannst doch die beiden nicht hier stehen lassen. Lass uns doch erst mal nachdenken!«

Jochen hört nicht auf Klaus. »Nachdenken, nachdenken, das bringt doch nichts – weg hier!« Er schlängelt sich haarscharf an Wilfrieds Auto vorbei und streift dabei ein paar tief hängende Äste eines Tannenbaumes, die ziemlich fest über das Autodach schleifen. Anne öffnet die Beifahrertür und zwingt dadurch Jochen zum Anhalten. »Kommt ihr beiden, quetscht euch noch hier rein. Wir müssen zusammenbleiben.« Hasso wird schnell in den zum Wageninneren hin offenen Kofferraum befördert und Wilfried nimmt Regina auf den Schoß.

»Aber unser Auto ...« Jochen schnauft. Er gibt Gas. Die Sichtverhältnisse werden immer schlechter. Als sie an der Hütte vorbeikommen, gewahrt Anne einen kleinen Lichtschein durch das Fenster.

»Stopp, da brennt sicher noch eine Kerze. Ich muss sie ausblasen, sonst brennt mir noch die Hütte ab.«

»Lass sie brennen«, murmelt Jochen und fährt weiter. Anne wird wütend. Sie zieht die Handbremse, steigt aus und rennt zur Hütte. Schlüssel? Sie hatte gar nicht abgeschlossen. Rasch pustet sie die Kerze aus und spurtet zurück zum Auto. Oder soll sie den Mercedes nehmen? Mit zwei Autos hätten sie besser Platz. In Bruchteilen von Sekunden laufen ihre Überlegungen im Gehirn ab. Hat wahrscheinlich keinen Zweck, mit dem Mercedes kommt sie nicht weit.

Jochen brüllt sie an, als sie hastig in den Allrad steigt: »Wegen so einer blöden Kerze vertrödelst du die Zeit, was ist, wenn wir jetzt nicht mehr hier wegkommen?« Sein Fuß tritt fest auf das Gaspedal. Die vier Leute auf dem Rücksitz hebt es bei jedem Schlagloch Zentimeter hoch aus den Sitzen. Sie knuffen gegeneinander und jedes Mal erhebt sich ein Proteststurm. »He, mach langsam, das bringt doch nichts!«

Endlich sehen sie die Katzenaugen der Straße.

»Nach rechts brauchst du nicht zu fahren, da waren wir.« Wilfried ist von der Aktion hier überhaupt nicht überzeugt. Glaubt denn dieser Jochen, alles besser zu wissen? Umsonst hat er, Wilfried, nicht den Feldweg genommen und ist den Spuren nachgefahren. Jochen biegt nach links ab.

»Jochen, da kommt gleich eine Kurve und dann nimmt die Straße die Richtung auf den Vulkan, das bringt doch nichts!« Anne ist verzweifelt. Spinnt dieser Mann plötzlich? Er aber fährt, rennt, rast, dass allen Angst und Bange wird. Auf der Straße hat sich schon eine graue Schicht gebildet.

»Langsam«, schreit Anne, »wenn du plötzlich bremsen musst! Oh Gott!«

In der Kurve muss Jochen herunterschalten. Zum Glück, denn hinter der Biegung fliegen urplötzlich dicke Steine auf die Windschutzscheibe zu. Jochen tritt voll auf die Bremse. Das Auto rutscht, schlackert hin und her, kippt zur Seite und kommt endlich im Straßengaben zum Stehen. Hasso jault auf, wie ein Ball ist er im Kofferraum hin und her geflogen. Schreckensschreie ertönen aus dem Inneren des Wagens.

»Das hast du jetzt davon«, schreit Anne Jochen ins Gesicht. »Willst du uns denn alle umbringen?«

Jochen ist zerknirscht, gibt aber nicht auf. Mit Vollgas versucht er, aus dem Graben herauszukommen.

»Los, steigt mal aus und schiebt – schnell!« Klaus legt seine Hand auf Jochens Arm. »O.k., Jochen, wir schieben, aber versprich uns, dass du langsam fährst, sei vernünftig!«

Wilfried und Klaus steigen aus, drücken so fest sie können, während Jochen Gas gibt. Das Hinterteil des Geländewagens liegt tief im Graben. Die Räder drehen durch wie auf Glatteis. »Au!«

Steine prasseln auf sie herab, und dann sehen sie durch den Ascheregen, wie sich von der vor ihnen liegenden Anhöhe eine rötliche Lavamasse auf die Straße zu schiebt. Dort hinten im Tal liegt das Dorf.

Es gibt kein Durchkommen auf der Straße, das erkennt spätestens jetzt auch Jochen. Irgendwie müssen sie das Auto wieder flott bekommen. Klaus weist auch die Frauen an, auszusteigen und ihre Köpfe mit den hastig eingepackten Hüten und Mützen zu schützen. Dann zieht er zwei Fußmatten heraus und platziert sie vor den Vorderreifen, wie man es bei winterlichen Schneeverhältnissen tut. Mit aller Kraft schieben nun alle, und tatsächlich, beim dritten Hau-Ruck-Kommando greifen die Räder vorne und das Fahrzeug ist wieder auf der Straße. Jochen wendet auf der schmalen Straße und muss ein paar Mal hin und her kurven. Rasch drücken sich die sechs Leute wieder auf engstem Raum zusammen ins Auto, doch noch ehe Jochen einen Gang eingelegt hat, zerberstet plötzlich mit einem gewaltigen Krach die Scheibe des Rückfensters. Panik breitet sich aus. Hasso jault auf und springt über Monikas Kopf nach vorne. Klaus schaut nach hinten in den Kofferraum und sieht einen rot glühenden Stein dort liegen. Schneller als man es einem Mann mit seiner Figur und seinem Alter zutrauen würde, springt er wieder aus dem Auto, öffnet den Kofferraum, lässt den Ärmel seiner Jacke über seine rechte Hand rutschen und befördert dieses glühende Etwas, das mitten in zahllosen kleinen Glassplittern liegt, schnell hinaus. Er knallt den Kofferraumdeckel wieder zu, steigt in Windeseile wieder ein und drängt nun seinerseits Jochen, loszufahren.

»Wo soll ich denn jetzt hin?« Klaus bemerkt, dass Jochen heftig zittert, wagt es jedoch nicht, ihm noch einmal das Angebot zu machen, weiter zu fahren. Klaus dirigiert ihn wieder in den Feldweg zu Annes Hütte, aus dem sie gekommen sind. Wieder kommen sie an der Blockhütte vorbei und wieder überlegt Klaus krampfhaft, ob es nicht doch besser wäre, dort zu bleiben und abzuwarten. Schon weit vor der Stelle, an der Wilfrieds Auto steht und der Felsen die Weiterfahrt versperrt, hält er Ausschau nach einem Seitenweg. Es muss doch noch andere Wege geben, die aus diesem Wald herausführen.

Regina schluchzt, Jochen schimpft die ganze Zeit vor sich her. Anne beißt sich auf die Unterlippe und merkt vor Anspannung gar nicht, dass sie schon ganz blutig ist. Sie sitzt auf dem Vordersitz, blickt angestrengt in den immer spärlicher werdenden Lichtschein vor ihr und hält Hasso auf dem Schoß. Sein Fell riecht ein wenig angebrannt. Jaulend legt er seine Pfote in Annes Hand. So eine Glasscheibe darf doch heutzutage nicht mehr splittern, denkt Anne. Aber so einem glühenden Stein konnte sie wohl doch nicht standhalten. Ob der glühende Stein Hasso getroffen hat?

Auf Grund der vielen Sprühaktionen, die Jochen immer wieder aus der Scheibenwaschanlage gestartet hat, weil der Ascheregen die Scheiben laufend total zusetzt, bleibt nun das Wasser aus. Die Waschanlage ist leer. Jochen drückt seine Nase dicht hinter die Scheibe und kann seinen Ärger nicht zurückhalten. Er schimpft wie ein Rohrspatz.

Sie kommen zu dem verlassenen Auto. Wieder zwängt sich Jochen daran vorbei, jetzt sogar etwas unsanfter, so dass beide Autos ein paar Knuffe abgekommen. Kein Seitenweg in Sicht. Wohin jetzt?

»Ich versuche, durch den Wald zu fahren, haltet euch fest!« Jochen klammert sich an einen Strohhalm. Könnte er noch vernünftig denken, würde er gleich feststellen, dass die Bäume hier viel zu dicht stehen, als dass ein Auto dazwischen durch käme. Klaus weiß, dass es nichts nützt, ihm jetzt mit vernünftigen Argumenten zu kommen, er drückt sich eng an Monika. Er lässt Jochen ein Stück in den Wald hineinfahren, hört wie unter ihnen Zweige knacken, über und neben ihnen Äste vorbeifegen. Keine zwanzig Meter weit kommen sie, da muss Jochen voll auf die Bremse treten, weil es hier kein Durchkommen mehr gibt. Hasso wird durch den heftigen Ruck gegen das Armaturenbrett geschleudert und bellt erschrocken auf. Jochen stößt einen lauten Frustschrei aus, trommelt mit den Fäusten auf das Lenkrad und lässt zahllose Flüche auf die Eifel los.

»Was machen wir denn jetzt?« Regina weint. Auch Anne laufen die Tränen über die Wangen. Zu der lähmenden Angst vor den Naturgewalten gesellt sich auch noch das Unbehagen über Jochens Verhalten. Sie erkennt ihn nicht mehr wieder. Er war immer freundlich, höflich, ganz Kavalier. Äußert sich so seine Platzangst?

»Es nützt alles nichts, wir müssen zu Fuß weiter!« Klaus versucht, zunächst einmal seinen Freund Jochen zu beruhigen und gibt dann Anweisung, dass alle sich mit irgendeiner Kopfbedeckung schützen und alles, was sie in ihrer Eile eingepackt haben, mitgenommen wird. Anne soll mit Jochen, der sich sowieso nicht zurückhalten lässt, vorne gehen, weil sie den Weg am besten kennt. Dahinter gehen Monika und Regina, Klaus bildet mit Wilfried die Nachhut. Sie stapfen los. Der Ascheregen wird stärker und bald haben sie Mühe, ihn nicht einzuatmen.

Eine Zeit lang gehen die sechs dunklen Gestalten diszipliniert in die gleiche Richtung. Hasso läuft aufgeregt um sie herum, rennt mal vor und kommt dann wieder zu Anne, um ihre Hand zu lecken. Nur Anne fällt auf, dass er leicht hinkt. Jochen wird immer schneller, er lässt sich kaum zurückhalten. Außer der gut durchtrainierten Anne haben die anderen alle Mühe, ihm zu folgen. Die Bäume halten ein wenig von dem Asche- und Bimssteinregen ab. Trotzdem wird das Gehen immer mühsamer. Das hier ist kein Gehen mehr, das ist mehr ein Waten, ein Durchkämpfen.

Es ist so dunkel, dass sie ihre Vorderleute kaum noch sehen. Also müssen sie dicht beieinander bleiben. Regina ist heilfroh, dass sie sich für die flachen Absätze entschieden hat, mit Stöckelschuhen wäre sie hier längst stecken geblieben. Trotzdem sind die Schuhe nicht dazu geeignet, durch Schnee und Ascheregen zu marschieren. Jeder Schritt erzeugt ein merkwürdig quietschendes Geräusch und sie hat den Eindruck, am Boden kleben zu bleiben. Auch Anne und Monika fühlen kaum noch ihre Zehen. Anne bereut, nicht an die Gummistiefel gedacht zu haben. Auf dem Kopf trägt sie ihren orangeglänzenden Fahrradhelm. Darunter spürt sie nicht die kleinen Bimssteine, die herunterregnen, sie hört nur immer wieder dieses »Plim-Plim«. Mit diesem Helm haben die hinter ihr her Marschierenden eine kleine Orientierungshilfe in der stockdunklen Nacht.

* * *

»Ich kriege keine Luft mehr, wartet doch mal!« Regina muss ein wenig stehen bleiben, als es längere Zeit bergauf geht. Auch Klaus ist froh, ein paar Minuten zu verschnaufen. Monikas Herz schlägt wie wild. In ihrem Kopf geht alles durcheinander. Das alles ist nun doch etwas zu viel für sie. Erst dieses aufregende Erspüren einer ganz zart erwachenden Liebe, wie eine Rückkehr in ihre Jugend, wie das Flattern der Schmetterlinge, das Herzklopfen, dann diese faszinierenden Bilder des Vulkans und nun die Flucht vor den Naturgewalten.

Ähnlich wie Regina wird auch sie ein wenig kurzatmig. Sie hält sich ein Papiertaschentuch vor Nase und Mund, damit sie die Asche nicht einatmet, und verteilt auch welche an die anderen. Irgendwie ist es auch wärmer geworden. Der Schnee ist in der kurzen Zeit schon weggeschmolzen, die Asche fühlt sich ganz warm an auf der Haut.

»Ich habe Durst, kann ich etwas Sprudel haben?« Jochen reicht Monika eine Flasche. »Dann kannst du sie auch gleich tragen. Hier – die blöde Tragetasche trägt sich gar nicht gut.«

»Danke, sehr freundlich!«

»Los weiter«, brummelt Jochen. »Weiß eigentlich jemand, wohin wir überhaupt gehen?«

»Ja, zunächst einmal weg vom Vulkan, vielleicht finden wir an der Straße Hilfe, vielleicht fahren da noch Autos. Sonst müssen wir irgendwo ein Dach über dem Kopf finden.« Klaus ist sich auch nicht sicher. Die Ruhe, die er ausstrahlt, ist nur noch äußerlich. In seinem Innern ist er längst nicht mehr sicher, ob sie das Richtige getan haben. Vielleicht wären sie doch besser in der Hütte geblieben. Verzweifelt versucht er immer wieder, in seinem Gehirn die Homepage »www.vulkan.de« abzurufen. Wie war das noch, wie sind die Auswirkungen der unterschiedlichen Vulkane?

»Monika, du warst doch schon in Island, wie war das dort bei Vulkanausbrüchen? Vielleicht weißt du ja auch, wie das damals war hier in der Eifel, wie die Maare entstanden sind.« Klaus möchte wissen, womit sie zu rechnen haben. Er hat auch schon einmal etwas von Spaltenvulkanen gehört und hofft, dass sich nicht plötzlich noch an anderen Stellen die Erde auftut.

»Möchtet ihr hier ein geologisches Hearing veranstalten? Macht mal voran, ich will endlich hier weg. Nie wieder Eifel!« Jochen zieht Anne mit sich fort und den anderen bleibt nichts anderes übrig, als so schnell wie möglich hinter ihnen her zu marschieren.

»Aua!«, der Schrei bleibt Monika im Hals stecken, als sie über einen abgebrochenen Ast stolpert und der Länge nach in den grauen Matsch fällt. Unglücklicherweise liegt ausgerechnet ein dicker Stein an der Stelle, wo ihr linkes Knie aufschlägt. Oh, tut das weh! Noch im Liegen wischt sie sich den Schlamm aus dem Gesicht und versucht dann aufzustehen. Wie tausend Messerstiche spürt sie den Schmerz im Knie. Jetzt nur nicht schwach werden. Wilfried wäre fast noch über sie gestolpert, weil er unmittelbar hinter ihr ging. Nun hilft er ihr, wieder auf die Beine zu kommen. Auch Klaus greift ihr unter die Arme. Das Knie schmerzt so arg, dass sie kaum stehen kann. Wenn sie jetzt erst einmal gut durchatmen könnte. Doch bei diesem Rauch, der Asche und was sonst noch immer in der Luft herumschwirrt, wird es ihr ganz eng in der Brust. Sie sieht Sternchen und hätten die beiden Männer sie nicht eingehakt, würde sie glatt wieder zusammensinken.

Von weiter vorne aus der Dunkelheit hört man Anne rufen: »Hallo, wo bleibt ihr denn? Hier muss die Straße sein!«

»Wartet, Monika ist hingefallen, wir kommen gleich«, ruft Regina in die Dunkelheit zurück. Ohne Annes leuchtenden Fahrradhelm finden sie kaum noch die Richtung. Monika beißt die Zähne zusammen und macht zögernd ein paar Schritte, merkt aber schnell, dass sie es alleine nicht schafft. Wilfried und Klaus nehmen sie also weiterhin in ihre Mitte und stützen sie. Die Handtasche! Wo ist Monikas Handtasche? Regina tastet mit ihren Händen den Boden rundherum ab.

»Klaus, du hast doch ein Feuerzeug, mach mal etwas Licht.« Klaus wühlt in seiner Jackentasche und lässt die kleine Flamme des Feuerzeuges ein wenig Licht verbreiten. Oh Gott, wie sieht Monika aus. Von oben bis unten voller Schlamm, von ihren Augen aus haben sich Tränenspuren einen Weg durch das verschlammte Gesicht gesucht, an ihrem linken Knie hat die Hose ein Loch, Blut sickert heraus.

Regina findet die Handtasche und hängt sie sich zu ihrer eigenen um den Hals. Mit der hinkenden Monika kämpfen sie sich weiter den Berg hoch. Nun müssen sie sich mit Rufen verständigen, damit sie den Weg zu Anne und Jochen finden. Hasso kommt angehechelt und führt sie das kurze Stück. Hier oben muss also die Straße sein. Man sieht sie nicht, spürt nur, dass der Untergrund ebener ist. Die Hoffnung, dass hier noch Autos fahren, können sie aufgeben. Auf der Straße steht die breiige Masse etwa zehn Zentimeter hoch. Hier hört auch der Wald auf. Anne, die bis hierher ab und zu gejoggt ist, kann sich erinnern, dass auf der anderen Seite der Straße eine Wiesenfläche liegt und dahinter irgendwo im Tal ein Bach fließt. Das nächste Dorf liegt vielleicht drei oder vier Kilometer entfernt in diesem Tal. Würde man der Straße folgen, käme man in der einen Richtung irgendwann zur Autobahn-Auffahrt und in der anderen Richtung liegt der nächste Ort schätzungsweise sechs bis acht Kilometer entfernt.

Ratlos steht die kleine ängstliche Gruppe zusammen. Monika kann sich kaum noch nur auf ihrem rechten Bein stehend aufrecht halten, Regina wischt sich den Schweiß von der Stirn. Der Anstieg hat sie total geschafft. Dass Jochen leichenblass ist, sieht in der Dunkelheit keiner. Es fällt ihnen nur auf, dass er plötzlich kein Wort mehr sagt.

»Glaubt ihr, dass hier irgendwann noch ein Auto kommt?« Wilfried möchte sich so gerne an das Fünkchen Hoffnung klammern, hier gerettet zu werden. Klaus möchte keine Prognosen mehr abgeben. Sie müssten jetzt etwa sechs Kilometer von der Blockhütte weg in Richtung Süden sein. Die Eruption ist sicher noch ein paar hundert Meter nördlich der Hütte. Wenn der Vulkan also nicht allzu groß ist, dürfte ihnen hier nicht mehr unmittelbar Gefahr drohen. Bis hierher fließt sicher keine heiße Lava und so weit werden wohl kaum noch dicke Steine herausgeschleudert. Doch niemand weiß, wie lange der Vulkan Feuer speit und wie lange der Ascheregen andauert. Wenn auch diese Straße irgendwo zur Autobahn führt, dann müssten doch aus den umliegenden Dörfern theoretisch die Leute versuchen, wegzukommen. Die Leuchtziffern auf seiner Uhr zeigen 1:10 an. Sitzen die Leute abwartend in ihren Häusern oder haben sie bereits unmittelbar nach der Eruption ihre Dörfer verlassen und das Weite gesucht? Sollen sie also hier an der Straße einfach warten? Sicher sind doch auch überall Polizei, Feuerwehr und sonstige Rettungskräfte unterwegs.

## Vulkanausbruch

Die Autobahnpolizei, die auf der Strecke von Manderscheid nach Kaisersesch unterwegs ist, meldet es als erstes. Riesiger roter Feuerschein südlich von Daun. Es gab eine Explosion, dass die Autobahn sich bewegt hat.

Bei den Polizeistationen Daun, Wittlich und Bitburg stehen die Telefone nicht mehr still. Augenzeugen aus der Vulkaneifel wählen in ihrer ersten Aufregung die »110«. Melden einen Vulkanausbruch. Den ersten beiden, die anrufen, wünscht die Polizistin, die in der Polizeistation Wittlich Dienst schieben muss, ein weiteres feuchtfröhliches Silvesterfest. Sie hat zwar auch in Wittlich einen ungewöhnlichen lauten Knall gehört, geht jedoch von voreiligen Feuerwerkern in der Stadt aus.

Als dann aber ein aufgeregter Bürgermeister aus einem Eifeldorf um Unterstützung bei der Evakuierung seines Dorfes bittet, wird sie hellhörig und ruft ihren Vorgesetzten. Alle Telefone blinken gleichzeitig. Menschen wollen wissen, was los ist. Mutmaßungen aller Art werden an sie herangetragen. Hysterisch kreischende Omas, ängstliche Kinder, die alleine zu Hause sind, besorgte Hoteliers und Tanzveranstalter, alle fragen, was los ist und wie sie sich verhalten sollen.

Sofort werden Streifenwagen in die Richtung entsandt, um festzustellen, was wirklich passiert ist.

Die Nachricht, dass in der Eifel ein Vulkan ausgebrochen ist, verbreitet sich in Windeseile. Die Fernsehsender in Deutschland und ganz Europa unterbrechen ihre üblichen lustigen Silvester-Sendungen und stellen eilig Sondersendungen auf die Beine. Vulkanologen aus aller Welt suchen nach den schnellsten Flugverbindungen. Rundfunk, Presse und Fernsehen schicken ihre Reporter aus. Eifel, wo ist das denn?

* * *

Im Dorf im Tal in der Nähe des Maares liegen nur die kleinen Kinder und die alten Leute in ihren Betten. Die meisten Einwohner bereiten sich im Freundeskreis und in den beiden Dorfkneipen auf den bevorstehenden Jahreswechsel vor, als ein ohrenbetäubender Lärm und eine mächtige Erschütterung für den Schreck ihres Lebens sorgen. Aufgeregt laufen alle aus ihren Häusern. Was ist das? Was ist los? Über der Anhöhe westlich ihres Dorfes sehen sie es. Sie trauen ihren Augen nicht. Die Erde spuckt Feuer, Steine und Rauch! Ein Vulkan!

Fast alle haben so etwas schon einmal im Fernsehen gesehen. Der Adrenalinspiegel sämtlicher Einwohner steigt auf ein Höchstmaß. Menschen rennen hektisch herum, Frauen kreischen, Kinder weinen, Männer geben lautstark irgendwelche Anweisungen. Manche greifen sich schnell ein paar Sachen in ihren Wohnungen, die ihnen am wichtigsten erscheinen, starten ihre Autos und nehmen die Straße in Richtung Südosten. Andere suchen erst einmal ihre Koffer, um etwas mehr einzupacken. Steine unterschiedlicher Größe prasseln auf die Dächer. Auf der Straße am anderen Ende des Dorfes, die über die Anhöhe in Richtung Nordwesten führt, bewegt sich ein glühender Lavastrom langsam auf das Dorf zu.

Der Bürgermeister des Dorfes kann gerade noch vom Festnetz aus den Polizeinotruf erreichen und um Hilfe bitten, dann bricht die Verbindung zusammen. Auch vom Handy aus geht nichts mehr. Er verfrachtet schnell seine Frau und seine zwei Kinder in eines seiner Autos und schickt sie zu seiner Schwester nach Bitburg. Dann läuft er ins Dorf, um sich einen Überblick zu verschaffen. Die Verantwortung für seine Einwohner lastet zum ersten Mal in seiner Amtszeit wirklich schwer auf ihm. Gemeinderatssitzungen, Streit unter den Fraktionen, Geldsorgen der Gemeinde, das war alles nichts gegen so etwas hier. Blitzschnell muss er seine Entscheidungen treffen. Was kann man gegen eine solche Naturgewalt tun? Weglaufen? Evakuieren wird das einzig Richtige sein.

Irgendjemand hat die Sirene betätigt. Die Glocken der Kirche läuten. Es ist unheimlich. Sirenengeheul und Glockenklang vermischen sich mit diesem tosenden Lärm, der aus dem Berg kommt. Ununterbrochen vibriert die Erde, es riecht ganz merkwürdig. Der Feuerwehrhauptmann sucht den Bürgermeister, die Feuerwehrleute rennen planlos durch die Gegend. Hat jemand einen Evakuierungsplan?

Steine prasseln herunter. Der Strom ist weg. Der Feuerschein vom Berg erhellt die Szenerie. In den Häusern suchen die Leute ihre Taschenlampen und zünden Kerzen an. Eine alte Frau läuft schreiend im Nachthemd auf die Straße. Der Feuerwehrhauptmann kommt auf die Idee, mit einem Bagger, der auf einer privaten Baustelle steht, weiter oben ein Loch zu graben, damit die glühende Lava nicht ins Dorf hineinfließt. Wo aber finden sie einen Baggerführer? Ein Busfahrer, der seinen Bus abends immer auf den Parkplatz bei der Schule abstellt, bietet an, Leute mitzunehmen, die kein Auto haben. Die Feuerwehrleute bekommen die Anweisung, alle Häuser abzugehen, alten Menschen und Kindern zu helfen und darauf zu achten, dass niemand zurückbleibt.

Die Lavamassen erfassen das erste Haus am Hang. Die Leute, die dort wohnen, stehen unten am Bus und müssen ohnmächtig mit ansehen, wie ihr Haus wie ein Kartenhaus zusammenfällt. Die Frau bekommt einen Nervenzusammenbruch. Glühende Steine, die der Berg ausspuckt, verursachen kleine Feuer. Die Feuerwehrleute, mit Helmen ausgestattet, schließen planlos irgendwo Schläuche an Hydranten an und löschen, wo sie können. Man hat einen Mann aufgetrieben, der Bagger fahren kann. Langsam setzt sich der Bagger in Bewegung. Nur fünfzig Meter vom Lavastrom entfernt gräbt er einen Graben in die Straße. Hoffentlich werde ich später nicht dafür zur Verantwortung gezogen, dass ich hier die Straße kaputt gemacht habe, denkt er.

Der Bagger ist nicht stark genug. Es wird zu lange dauern. Mit einem Auge schaut der Baggerführer immer wieder auf die glühende Lava. Sie kommt näher und näher. Wenn es klappt mit dem Graben in der Straße, dann kann der Lavastrom in das Tal fließen, wo nur drei Häuser stehen. Die Leute müssen schauen, dass sie wegkommen.

Eine Polizeistreife ist eingetroffen. Auch die Polizisten sind keine Übermenschen. Sie sind genau so schockiert wie die anderen Menschen auch und wissen nicht, was sie hier tun sollen. Plünderungen verhindern? An so etwas denkt jetzt keiner mehr. Plötzlich regnet es Asche und die ganze Sache wird unübersichtlich. Eine Frau schreit auf, sie ist von einem Stein getroffen worden. Der Bürgermeister lässt sich einen Feuerwehrhelm geben, damit ihn dieses Schicksal nicht auch trifft. Innerhalb von 40 Minuten haben die meisten Menschen das Dorf verlassen.

* * *

Reginas Enkel Alex steht an der Theke und schaut sich das wilde Herumgehoppel auf der Tanzfläche in der großen Bitburger Disco auf dem ehemaligen Flugplatzgelände an. Die Musik hier dröhnt immer so laut, dass er sich angewöhnt hat, Ohrstöpsel zu tragen, damit er später in der Nacht nicht wieder dieses Pfeifen im Ohr verspürt. Mit seinen Kumpels hat er einige Bierchen verdrückt und jetzt, wo es auf den Jahreswechsel zugeht, werden gleich wieder die Massen nach draußen drängen, um Feuerwerkskörper zu entzünden, Knallfrösche zu werfen oder einfach nur in die Luft zu schauen. Zwei seiner Kumpels kommen nun aber gerade von draußen und erzählen, laut gegen die Musik anschreiend, dass draußen irgendetwas Merkwürdiges im Gange ist. Sie haben einen ganz lauten Knall gehört, so ähnlich wie ein Gewitterdonner und ein bisschen hat die ganze Erde gewackelt. Alex hebt fragend die Schulter: »Vielleicht haben die in der Stadt ein großes Feuerwerk.«

»Nee, das hier kam irgendwo von weit her und war trotzdem ganz laut, komisch!«

»Die Kühe!«, denkt Alex. »Ich wollte doch noch mal im Stall nachschauen, irgendetwas war doch mit dem Vieh nicht in Ordnung, vielleicht war es ja wirklich ein Erdbeben. He, Frank, kannst du mich nach Hause fahren?«

»Du spinnst wohl, jetzt kurz vor zwölf Uhr, gleich wird geknallt da draußen.« Frank ist heute zum Fahren ausersehen. Einer muss immer nüchtern bleiben. Gerade in so einer Nacht wie Silvester macht die Polizei verstärkt Kontrollen. Zehn Minuten noch bis Mitternacht. Plötzlich verstummt die Musik. Der Discjockey hält sein Mikro an den Mund: »Hallo Leute, hier drin haben wir nichts gehört, aber einige Leute haben vor zehn Minuten draußen einen lauten Knall gehört. Bitte bleibt jetzt ganz ruhig und geht gleich ganz geordnet aus dem Raum. Wir wurden gerade informiert, dass in Richtung Daun oder Wittlich irgendetwas explodiert ist. Die Polizei ergreift Vorsichtsmaßnahmen, weil niemand so recht weißt, ob es sich um einen Terroranschlag handelt oder ob etwas Giftiges explodiert ist. Man glaubt nicht, dass hier etwas passieren wird, aber vorsichtshalber schließen wir die Disco und wünschen euch einen guten Nachhauseweg. Bleibt cool, Leute!«

Ratlos schauen sich die Discobesucher an. Soll das hier ein Gag sein? Etwa zehn Sekunden bleibt es mäuschenstill und dann reden alle durcheinander, bedrängen den Discjockey und drängen zur Tür. Alex glaubt es sofort. Also war doch etwas mit den Kühen. Tiere haben ja manchmal ein Gespür für eine drohende Gefahr.

»Los, Frank, wir fahren.« Eine halbe Stunde später erreichen sie ihr Dorf. Zu Hause ist alles hell erleuchtet. Papa, der mit Fieber im Bett gelegen hatte, ist komplett angezogen, Mama ist auch schon zu Hause und auch Sarah, die sich auf das Feuerwerk gefreut hat, ist noch auf. Aufgeregt drückt Papa immer wieder auf die Wahlwiederholung am Telefon. Er versucht, Oma und Opa am Handy zu erreichen. Im Fernsehen laufen Untertitel: Vulkanausbruch in der Eifel, weitere Einzelheiten gleich in einer Sondersendung. »Bei der Polizei kommt man auch nicht durch, immer besetzt. Im Radio sagen sie, es ist in der Nähe von Daun, da ist doch diese Hütte. Wenn ihnen nur nichts passiert ist!«

»Sollen wir hinfahren?« Alex überlegt. Sie wissen ja gar nicht, wo diese Hütte genau steht. Außerdem ist es ungewiss, ob man durchkommt, ob nicht irgendwo Straßen gesperrt sind und wie gefährlich es ist, Steine oder glühendes Zeug auf den Kopf zu bekommen. Das kann doch nicht wahr sein! Vulkanausbruch!

* * *

Monikas Schwester Hanna und ihr Mann haben sich im Hunsrück ein schönes neues Haus gebaut. In früheren Jahren gingen sie an Silvester mit Freunden zum Essen in ein Restaurant und anschließend zum Tanzen. In diesem Jahr haben sie die Kosten gescheut.

Es ist recht teuer an so einem Tag. Nur für Essen und Tanzen einhundert Euro pro Person kann sich auch nicht mehr jeder leisten. Nun muss sie ja sowieso zu Hause bleiben wegen Mutter. Die liegt schon im Gästezimmer im Bett. Auch Hanna hat schon ihr Nickerchen auf der Couch gehalten und ist zwischendurch immer wieder aufgewacht, weil sie ja wenigstens noch draußen das Feuerwerk sehen will und um Mitternacht mit ihrem Dieter ein Glas Sekt trinken möchte. Von ihm hört sie aus dem Fernsehsessel jetzt auch die typischen Schnarchgeräusche. Plötzlich ist sie hellwach. Was steht da im Untertitel? Vulkanausbruch in der Eifel! »Dieter, wach auf! Lies mal, was da steht!«

»Was ist los?« Verschlafen reibt er sich die Augen. »Machen sie jetzt auch schon zu Silvester solche Scherze?«

»In dieser Gegend ist doch Annes Hütte. Vulkaneifel, südwestlich von Daun.« Hannas Herz klopft plötzlich ganz laut. Sie und ihre Schwester Monika sind nicht gerade ein Herz und eine Seele. Schon als Kind hatte Hanna immer versucht, sich der Dominanz ihrer großen Schwester zu entziehen. Monika war besser in der Schule, brauchte daheim nicht so viel zu helfen, weil sie ja aufs Gymnasium ging, wusste immer alles besser und gab sich lieber mit ihren Freundinnen ab als mit ihren Geschwistern. Sicher, Hanna hat auch davon profitiert, dass ihre Eltern mit dem zweiten Kind nicht mehr ganz so streng waren. Als sie anfing auszugehen, durfte sie viel länger wegbleiben als vorher Monika in dem Alter. Eigentlich hätte sie ihrer älteren Schwester dankbar sein müssen. Damals aber ging Monika ihr tierisch auf die Nerven mit ihrer Klugscheißerei, später mit ihren Großstadtallüren, mit ihrer politischen Einstellung und überhaupt. Immer wieder musste sich Hanna Sticheleien ihrer Schwester anhören wegen ihrer äußeren Erscheinung und ihrer Arbeit als Friseuse. Auch als sie Dieter heiratete, schien dieser Bauarbeiter nicht ihren Ansprüchen zu genügen.

Der Kontakt unter den Schwestern war seit ihrer Jugend nie besonders intensiv. Erst nach dem Tod ihres Vaters und der Krankheit ihrer Mutter hatten sie sich öfter besucht. Hanna ist stolz darauf, dass sie es auch ohne akademische Bildung zu etwas gebracht haben. Ihr Dieter hatte viel gearbeitet. In den achtziger Jahren hatte er jeden Samstag schwarz auf irgendwelchen Baustellen gerackert und viel Geld mit nach Hause gebracht. Auch Hanna konnte in ihrem Beruf die ganze Zeit nebenbei arbeiten. So bauten sie dann mit viel Eigenleistung nicht nur selbst ein Haus, sondern stellten später auch noch ein Mietshaus mit drei Wohneinheiten hin. Als Dieter Anfang 2000 längere Zeit arbeitslos war, half er dann auch noch ihrem Sohn, im Nachbarort zu bauen. Dem Sohn zu helfen, war ja gerade noch erlaubt, ansonsten konnte man im neuen Jahrhundert nicht mehr riskieren, schwarz zu arbeiten.

Also Monika, ihre Schwester, ist sie wirklich in Gefahr? Wollte sie eigentlich nachts noch nach Unterfeldbach fahren oder wollten alle in der Hütte schlafen? Ein Vulkanausbruch in der Eifel! Das gibts doch nicht. Hanna erinnert sich an die Wandertage zu Schülerzeiten. Einmal waren sie in Strohn, wo sie die riesengroße Lavabombe, einen großen runden Stein von sicher hundert Tonnen, besichtigten. Wenn aus einem Vulkan solche riesigen Steine herausgeschleudert werden, dann wird ja dort die ganze Gegend platt gewalzt. Das kann nicht sein. Solche Urgewalten kann es heute hier doch nicht mehr geben. Vielleicht ist ja alles auch ein Irrtum und es sind nur ein paar Giftgasfässer in Hallschlag in die Luft geflogen, die dort noch aus Kriegszeiten lagern, oder irgendetwas, was die Militärs in der Eifel zurückgelassen haben.

»Hat Monika immer noch kein Handy?« Auch Dieter macht sich Sorgen um seine Schwägerin. »Was sollen wir denn jetzt machen?« Ungläubig und wie gebannt starrt Hanna auf den blauen Balken unter dem Fernsehbild, wo jetzt eine Sondersendung angekündigt wird.

### Rom, 01.01. 2011 – 1.20 Uhr

Jenny, die in Italien gerade mit Recherchen über die Affäre des endlich abgesägten Ministerpräsidenten, der jahrelang die wichtigsten Medien in seiner Hand hatte und selbst immer reicher wurde, während es mit der italienischen Wirtschaft bergab ging, fertig geworden ist, sitzt mit befreundeten italienischen Journalisten in einer kleinen Trattoria im Zentrum Roms und gibt sich dem Genuss des nun schon fünften Glases Chianti hin. Die Stimmung war ausgezeichnet. Lange genug hatte dieser Staatsmann den Journalisten Daumenschrauben angelegt. Nun ist er selbst das Opfer. Die Presseleute stürzen sich auf die pikanten Enthüllungen wie die Aasgeier. Das Jahr 2011 ist noch keine eineinhalb Stunden alt, die meisten Gäste des Lokals haben sich nach der feuchtfröhlichen Silvesterfeier schon auf den Heimweg gemacht.

Nur vier aus der Clique sind übrig geblieben. Dicke Rauchschwaden hängen in der Luft, die leicht übernächtigt Aussehenden vermitteln das typische Bild einer Bar kurz vor der Sperrstunde. Als einer von Jennys Freunden mit einem Auge auf den in der Ecke laufenden Fernsehapparat schaut und plötzlich loslacht: »Ha, ha, ha, in Deutschland ist ein Vulkan ausgebrochen«, wird Jenny von einer Minute auf die andere hellwach.

»Was, was hast du gesagt?«

»Ja, schau da, im Untertitel, Vulkanausbruch in der Eifel.«

Jenny springt auf.

»Die Fernbedienung, die Fernbedienung, drück mal einen deutschen Sender«, bestürmt sie den Wirt. »Die Deutschen, jetzt wollen sie auch noch ihr deutsches Silvesterprogramm sehen, verrückt«, denkt der schon etwas schläfrig wirkende Sizilianer hinter der Theke. Gelangweilt reicht er Jenny die Fernbedienung. Beunruhigt und total aufgeregt drückt Jenny sämtliche Knöpfe, endlich findet sie das ZDF. »... ist in der Nähe von Daun in der Eifel ein Vulkan ausgebrochen. Aufgeregte Bewohner der umliegenden Dörfer meldeten gegen 23.40 Uhr eine gewaltige Explosion. Heiße Lavamassen haben ein Dorf von der Außenwelt abgeschlossen und ergießen sich weiterhin über diverse Zufahrtsstraßen. Eine kilometerhohe Rauchwolke hat sich über der Öffnung gebildet, die sich mit feuchten Luftmassen vermischt und einen dichten Ascheregen verursacht. In einem Umkreis von mindestens dreißig Kilometern rechnen Experten nach ersten Einschätzungen mit einem Anhalten dieses Ascheregens für weitere Stunden, eventuell sogar Tage. Die Bevölkerung wird gebeten, Ruhe zu bewahren, Fenster und Türen geschlossen zu halten und auf weitere Anweisungen zu warten. In den betroffenen Gemeinden rund um den entstandenen Vulkan sind Rettungskräfte im Einsatz.«

»Mama! Mama wollte doch zur Hütte in die Eifel! Vorgestern hat Jenny noch mit ihr telefoniert. Luigi, ruf mal schnell am Flughafen an, wann die nächste Maschine nach Köln, Frankfurt oder Luxemburg geht.« Jenny ist plötzlich stocknüchtern.

»Bist du schon wieder auf eine neue Story aus? – Lavamassen löschen ganzes Dorf aus! – Jetzt hat auch Deutschland seinen Vesuv! – Terroranschlag oder Naturphänomen?«

»Luigi, lass die Scherze. Meine Mama ist da! Genau da! Lieber Gott, lass meiner Mama nichts passiert sein.«

## Flug 4203 Rom – Köln

Jenny schaut sich um. Sicher die Hälfte der Leute, die hier einchecken, sind Fernsehreporter und Journalisten. Sie weiß mittlerweile, wie die hungrige Meute aussieht. Kamerateams der Fernsehanstalten streiten wie immer mit dem Bodenpersonal, welche ihrer kostbaren Geräte sie als Handgepäck mitnehmen dürfen. In aller Eile hat Jenny in ihrer Pension ein paar Sachen zusammengepackt und musste dann geschlagene vierzig Minuten auf ein Taxi warten. Waren wohl alle im Einsatz, um feierfreudige Römer von ihren Silvesterfeten nach Hause zu bringen. Doch nach einer durchzechten Silvesternacht fallen nicht nur Jenny fast die Augen zu. Alle, die auf die Gangway zusteuern, sehen ziemlich übernächtigt aus.

Es gibt kaum ein Durchdrängeln bei der Suche nach den Sitzplätzen. Das Flugzeug ist halb leer. »Wie schön«, denkt Jenny, »wann habe ich das letzte Mal in einem Flugzeug gesessen, wo ich viel Platz hatte?« Es muss an der Zeit liegen. Wer fliegt schon am frühen Neujahrsmorgen, ja eigentlich noch in der Nacht um 3.20 Uhr von Rom nach Köln? Da kuscheln sich die meisten doch erst einmal gerade in ihr warmes Bett. Nur die Journaille ist wieder einmal unermüdlich. Kurz bevor das Flugzeug in Startposition rollt, lässt die Stewardess noch einen brummig aussehenden bärtigen älteren Herrn herein, der nach seiner Suche nach der richtigen Sitznummer ausgerechnet den Platz neben Jenny einnimmt. »Da hat man einmal Platz genug …«, denkt sie, und räumt leicht angefressen ihr Notebook von dem Sitz. Hätte sie zum Start sowieso verstauen müssen. »Buon giorno«, murmelt sie auf ein freundliches Kopfnicken des unbekannten Sitznachbarn.

Als der Startvorgang abgeschlossen ist und mit dem »Kling« die Gurtpflicht aufgehoben wird, erhebt sich Jenny und drängelt sich an ihrem Sitznachbarn vorbei. Zwei Reihen weiter ist eine ganze

Sitzreihe frei. Aus der Klappe über dem Sitz nimmt sie sich ein Kissen, legt sich quer über die drei Sitze und versucht, die zweieinhalb Stunden Flugzeit für ein wenig Schlaf zu nutzen. Obwohl sie nun wirklich sehr müde ist, schafft sie es nicht, sich zu entspannen und einzuschlafen. Dieses Mal ist es nicht die berufliche Anspannung, die sich automatisch jedes Mal vor abenteuerlichen Reportagen einstellt.

Dieses Mal machen sich Emotionen in ihr breit. Ihr Herz klopft. Sie sieht ihre Mutter, eingeschlossen von glühender Lava, in der Hütte, die Bauarbeiter ihrer Firma damals gebaut hatten, als Jenny zwölf war und deren Umgebung in dem dunklen Wald ihr und ihrem Bruder damals so abenteuerlich vorgekommen war. Sie erinnert sich daran, dass sie, als sie siebzehn war, einmal heimlich den Schlüssel der Hütte stibitzt und mit Freunden aus Köln dort eine wilde Party gefeiert hatte. Natürlich hatte Papa es rausbekommen und war fuchsteufelswild geworden. Es war weniger die Tatsache, dass sie die Hütte benutzt hatten, vielmehr mochte er es überhaupt nicht, dass seine Tochter mit diesen »Wilden«, wie er sie bezeichnete, ohne sein Wissen in deren Autos herumfuhr.

Jenny liebte damals schon Abenteuer. Wenn ihre Eltern in der Hütte nur ein ruhiges Wochenende verbringen wollten, dann versuchte sie als Jugendliche immer, dort eine spannende Abenteuergeschichte zu erleben. Sie schwamm quer über die Maare und stellte sich dabei vor, dass in deren unendlichen Tiefen Seeungeheuer wohnten. Sie erkletterte die höchsten Eifelberge und liebte es, sich in der Sternwarte auf dem Hohen List umzuschauen, wenn dort Touristen herumgeführt wurden. Am spannendsten fand sie es am Weinfelder Maar. Die Tatsache, dass man dieses Maar Totenmaar nannte, und es die alte Sage gab, dass darin ein ganzes Dorf versunken sein soll, regte Jennys Phantasie an, und schon damals schrieb sie in einem Schulaufsatz eine tolle Story über das versunkene Dorf im Maar.

Jenny räkelt sich. Sie muss unbedingt noch etwas Schlaf finden. Schließlich steht ihr einiges bevor an diesem Tag. Sie versucht es, wie schon so oft in solchen Situationen, mit ein paar fernöstlichen Entspannungstechniken, die sie einmal bei einem Tai-chi-Lehrer geübt hat.

Als sie in einen unruhigen Schlaf fällt, verfolgen sie wilde Träume. Der abgesetzte italienische Ministerpräsident flüchtet vor den

Lavamassen des Eifelvulkans. Mama ruft nach Jenny. Mama und ihr neuer Lover stehen vor der Hütte, rundherum alles voll glühenden Magmas. Als Mamas Freundin dann aus der Hütte her ruft: »Frühstück«, erwacht Jenny. Sie schaut auf ihre Armbanduhr. Kurz vor sechs. Die Stewardess verteilt Frühstück. Jenny streckt sich ein wenig. Es rauscht in ihren Ohren. Sie geht zur Toilette, macht sich etwas frisch und drückt sich dann über die Beine des Bärtigen wieder auf ihren Platz am Fenster. Mr. Brummbart hat wohl auch ein wenig geschlafen, er sieht ganz zerknautscht aus. Während sie beide das in Plastik verpackte Frühstückspäckchen öffnen und die Stewardess dampfenden Kaffee in die Plastiktassen gießt, kommen die Sitznachbarn erstmals ins Gespräch.

»Che nazionalità ha?«

»Sono tedesda, ich bin Deutsche«.

Jenny spricht mittlerweile recht gut italienisch und auf die Frage, wo die Eifel liegt und ob ihr die Stadt Daun ein Begriff ist, kann sie ausführlich Antwort geben. Nun ist sie hellhörig geworden und ruckzuck wird aus ihrem selbstgetauften Mr. Brummbart Signor Rossini, Vulkanologe des geologischen Instituts in Rom, der sich wegen seiner Forschungen am Ätna so schnell wie möglich ein Bild von dem ausgebrochenen Vulkan in der Eifel machen möchte.

»Und wie kommt man am schnellsten dorthin?«, fragt er.

Jenny hat sich selbst noch gar keine Gedanken darum gemacht. Na klar, wie kommt man dorthin? Mit dem Auto natürlich. Mietauto am Flugplatz? Da werden erst einmal die ganzen Journalisten und die Fernsehleute anstehen. Ob die um diese Uhrzeit überhaupt schon geöffnet haben?

Wie ein Blitz schießt ein Gedanke in Jennys Kopf: »Der Mann hat doch Ahnung. Wäre doch gar nicht so schlecht, sich mit ihm zusammenzutun.«

»Mal sehen«, sagt sie zu ihm. »Ich weiß wo das ist, ich war schon oft da. Ich muss mir nur noch erst ein Auto besorgen, dann kann ich Sie mitnehmen, va bene?«

Senor Rossini ist hoch erfreut. So hat er ein Problem weniger. Unter seinen buschigen Augenbrauen heraus betrachtet er seine Sitznachbarin, wie sie mit ihren spitzen, rot lackierten Fingernägeln das leere Plastikgeschirr zusammenpackt und auf den vorbeirollenden Servicewagen legt, während sie ihm erzählt, dass ihre Mutter wahrscheinlich genau dort ist, wo der Vulkan ausgebrochen ist, oder zumindest im Umkreis von einigen Kilometern. Davon, dass sie Journalistin ist, erzählt sie vorsichtshalber nichts. Jenny weiß, dass gerade Wissenschaftler genervt reagieren, wenn sie merken, dass man sie ausfragen will.

Der Druck in Jennys Ohren steigt. Sie schluckt ein paar Mal und hört das ihr so vertraute Knacken, während das Flugzeug im Sinkflug die Nähe des Flughafens erreicht. Am Fenster sieht sie in der Dunkelheit Wolkenfetzen vorbeifliegen. Nichts zu sehen von diesen schönen weißen Wattewölkchen, von denen man am hellen Tag immer glaubt, sie würden das Flugzeug weich hinuntertragen. Auch vorher, in der Dunkelheit, war weit und breit nichts zu erkennen von einem hellen Punkt in der Landschaft, der sich evtl. als Vulkan abseits der Flugroute gezeigt hätte. Jenny hat noch nie einen Vulkanausbruch erlebt und kann sich nicht vorstellen, wie weit ein solches Spektakel vom Flugzeug aus zu sehen wäre. Doch bei diesen tief hängenden Wolken kann sie das sowieso vergessen.

Am Fließband, an dem die höchstens sechzig bis siebzig Leute des Fluges Rom-Köln ihr Gepäck abholen, kommt erstmals etwas Hektik auf. Wie Jenny schon vermutete, rennen die ersten Reporter wie wild mit ihren Gepäckwagen herum, um möglichst als erste einen Leihwagen zu ergattern. Jenny, mit Signore Rossini im Schlepptau, macht sich ebenfalls auf den Weg dorthin. Als sie mitbekommt, dass der Schalter tatsächlich noch geschlossen ist und ein paar aufgeregte Berufskollegen zur Information laufen, herumtelefonieren und versuchen, jemanden von der Vermietstation zu erreichen, lotst sie Herrn Rossini zum Taxistand.

Auch dort tauchen ein paar Journalisten auf, doch Taxis gibt es hier genug. Jenny nennt dem Taxifahrer die Adresse ihres Vaters in einem noblen Kölner Außenbezirk und erklärt Herrn Rossini, dass sie sich dort ein Auto holt und sie dann sofort in Richtung Eifel aufbrechen können.

Vor dem Garten einer eleganten Villa halten sie. Alles ist noch tief dunkel. Irgendwo muss Jenny noch einen Schlüssel haben. Während sie noch in ihrer Umhängetasche herumkramt, drückt sie den Klingelknopf an dem großen Eingangszaun.

»Wer ist denn da? Was wollen Sie um diese Zeit?«, meldet sich die müde, unfreundlich klingende Stimme von Papas neuer Lebensgefährtin.

»Auch noch Ellen, die blöde Kuh«, denkt Jenny.

»Hallo Ellen«, haucht Jenny in die Sprechanlage, »ich bin 's, Jenny, mach mal bitte schnell auf.«

»Jenny, konntest du dir keine bessere Zeit aussuchen, um hier aufzukreuzen? Wir sind eben erst ins Bett gekommen, hatten einen Haufen Gäste hier.« Ellen gähnt und steht in einem eleganten Negligee im jetzt lichtdurchfluteten Eingangsbereich der Villa.

»Ist Papa da? Ich brauch mal schnell ein Auto.«

Wie auf dem Laufsteg schreitet Ellen mit ihrem durchsichtigen Etwas über die Marmorfliesen. »Kurt, komm mal, deine durchgeknallte Tochter braucht ein Auto!«

Jenny wartet nicht ab, bis Papa aus dem Bett steigt, sie geht hinter Ellen her, drückt ihrem verwuschelt aussehenden Vater einen Kuss auf die Backe und sieht gerade noch, wie er seinen recht dick gewordenen Bauch unter der Bettdecke versteckt. »Papa, kann ich deinen BMW haben? Ich muss ganz schnell in die Eifel. Stell dir vor, da ist ein Vulkan ausgebrochen. Wahrscheinlich genau da, wo die Hütte steht. Papa, Mama ist da! Hörst du mich? Mama!«

Kurt reibt sich die Augen. »Vulkan? Du spinnst ja. Jenny, hast du schlecht geträumt oder was? Wo kommst du denn überhaupt jetzt her? Ich denke, du bist in Italien!«

»War ich ja auch, ich bin gerade auf dem Köln-Bonner Flughafen gelandet. Komm, Papa, rück den Schlüssel raus. Mach dir den Fernseher an, dann siehst du, dass ich nicht spinne.«

»Also gut, aber nimm den Chrysler, Schlüssel hängt im Schlüsselkasten.« Auf dem Absatz dreht sich Jenny um und hastet zum Schlüsselkasten. »Hey, Jenny«, ruft er ihr nach. »Pass auf dich auf – und auf Mama!«

Jenny ist schon an der Haustür, als ihr noch etwas einfällt. »Ellen, hast du irgendwelche Gummistiefel oder so etwas?« Die schöne Ellen verzieht das Gesicht. »Nee, ich nicht, aber guck mal in der Garage, vielleicht stehen da noch welche von deiner Mutter herum.«

Eilig öffnet Jenny das Garagentor, sucht nach ein paar brauchbaren Sachen für einen Ausflug zu einem Vulkan und packt rasch ein paar verstaubte alte Gummistiefel, den Filzhut und den Regenmantel des Gärtners, eine Schaufel und ein paar Gartenhandschuhe in den Kofferraum. Dann verstaut sie ihren Trolley und die Tasche mit der Fotoausrüstung, fährt aus der Garage und durch das geöffnete Gartentor und lässt vor dem wartenden Taxi Senor Rossini einsteigen, der vorsichtig seinen großen Koffer auf den Rücksitz hievt. Ungläubig und zitternd steht Ellen im Türrahmen. Im Wegfahren sieht Jenny, wie sie schnell alle Tore schließt und die Lichter löscht. Ob Papa jetzt wirklich weiterschlafen kann?

Der neue Tag macht so langsam seine Augen auf, als Jenny auf dem Kölner Ring Gas gibt. Welch ein Glück, dass heute kein Arbeitstag ist, sonst würden sie hier um diese Zeit mit Sicherheit im Stau stecken. Heute aber, an diesem Tag, an dem das Neue Jahr gerade mal acht Stunden alt ist, schleichen nur ein paar ganz späte oder ganz frühe Autofahrer über die Autobahn. Herr Rossini sagt nichts, als sie trotz der 100-er Geschwindigkeitsbeschränkung 150 fährt, er zieht nur seine dichten Augenbrauen zusammen. Kurz hinter dem Kreuz Bliesheim haben dann beide endlich ihre einsamen Gedankensprünge beiseite gelegt und kommen ins Gespräch. So behutsam wie möglich, ohne ihr journalistisches Interesse an dem Vulkan preiszugeben, fragt sie Herrn Rossini aus. Sie will alles wissen über Vulkane. Wie kann das hier in der Eifel passieren? Wie wirkt sich so ein Vulkan aus? Je näher sie der Eifel kommen, umso aufgeregter wird Jenny. Als sie an der Raststätte Brohltal vorbeifahren und sie an Höhe gewinnen, liegt Schnee auf der Fahrbahn und Jenny muss wohl oder übel ihre Fahrweise ändern. Kleine Schneeflocken wehen auf die Windschutzscheibe zu, die kurz vor Koblenz dann in zarten Regen übergehen. Kurz hinter Mayen verschlechtert sich die Sicht von einer Minute auf die andere. Irgendetwas verschmiert die Windschutzscheibe. Jenny spritzt laufend Wasser aus der Scheibenwaschanlage, fummelt an dem Knopf für die Scheibenwischer und sieht trotzdem kaum noch, wo sie hinfährt. »Mist«, denkt sie, »jetzt kann es doch nicht mehr so weit sein. Vielleicht wäre ich besser über die A1 gefahren, aber die ist ja immer noch nicht fertig gebaut und dann hätte ich von Blankenheim aus über die Landstraße trotten müssen.«

»Das ist Asche«, sagt Herr Rossini. »Der Vulkan spuckt Asche aus.« In aller Ruhe erklärt er Jenny die Vorgänge eines Vulkanausbruchs, die verschiedenen Arten eines Vulkans, warum es zu Explosionen kommt, wie hoch die Aschepartikel in die Luft fliegen und wie sie dann herunterregnen. Jenny speichert alles in ihrem Gehirn ab. Hier, während der anstrengenden Fahrt, kann sie sich ja keine Notizen machen. Und immer wieder sieht sie Mama vor sich. Mama, wie sie lacht, ihre blonden Locken nach hinten wirft.

Mama, wie sie so traurig war, als die Sache mit Papa sie aus der Bahn warf. Mama, wie sie elegant daher schreitet, nicht wie Ellen, die Modepuppe. Mama, wie sie Jenny in den Arm nimmt, wenn sie Sorgen hat. Und jetzt Mama, wie sie in Gefahr ist. Sie spürt es. Jenny ist nicht ängstlich. Wie oft hat sie schon zu Mama gesagt: »Mach dir keine Sorgen.« Jetzt ist es einmal an ihr, sich Sorgen zu machen. Und wie!

»Wie ist das denn mit so einem Vulkan?«, fragt sie Herrn Rossini. »Angenommen, meine Mama ist in dieser Hütte und der Vulkan ist – sagen wir mal – fünf Kilometer entfernt, oder zehn, was kann da passieren? Fließt da die Lava bis zur Hütte?«

»Ich sage ja, jeder Vulkan ist anders. Das hier, das kann man gar nicht wissen, bis man es sieht. Sehen Sie diese Asche? Vielleicht ist diese Asche das größte Problem. Hören Sie auf dem Autodach diese kleinen Steinchen? Das sind Bimssteinchen. Die bilden sich, wenn sich die Aschepartikel mit Feuchtigkeit in der Luft verbinden.«

Jenny ist ganz erstaunt. Erst jetzt hört sie es. Plim-Plim. Auf der Straße vor ihr zeigt sich mehr und mehr eine graue Schicht. In dem diffusen Licht kann sie nicht erkennen, ob es sich um Schnee, Asche oder Steinchen handelt. Es ist jedenfalls ein sehr unangenehmer Untergrund für ein Auto. Trotz der langsamen Fahrt rutschen die Reifen hin und her, haben keine richtige Haftung mehr. Herrn Rossini kann man die Anspannung jetzt deutlich anmerken. Immer wieder streicht er sich durch seine struppige Mähne, runzelt die Stirn und zieht die buschigen Augenbrauen zusammen.

Zwei Ausfahrten weiter kann man gerade noch erkennen, dass sich dort blaue Ausfahrtschilder befinden. Was darauf steht, ist nicht mehr zu entziffern. Daun kann das wohl noch nicht sein. Jenny erinnert sich, dass sie einmal in so dichtem Nebel in Bayern unterwegs war, dass sie überhaupt nicht mehr wusste, wo sie sich befand und irgendwann einfach auf einem Parkplatz wartete, bis es hell wurde und der Nebel sich lichtete. Das geht jetzt nicht. Ihre Augenlider fallen ihr vor Müdigkeit fast herunter. Sie braucht dringend frische Luft. Vorsichtig lässt sie die seitliche Fensterscheibe ein wenig herunter. Doch sofort weht ihr dieses graue Aschezeug entgegen, das ohne Unterbrechung auch ihre Windschutzscheibe verschmiert. Sogar die Lüftung muss sie ausschalten, irgendwie kommt auch dort ein stickiger Geruch heraus.

Nur ein paar Scheinwerfer von Autos hat sie registriert, die ihr auf der Gegenfahrbahn der ganzen Strecke von Koblenz in Richtung Daun entgegenkamen. Jetzt, als sie nur noch im zweiten Gang ganz langsam durch eine schon recht tiefe Pampe schleicht, erkennt sie auf der Gegenfahrbahn ein paar blinkende Warnlichter. Ob sie hier mitten auf der Autobahn einmal kurz anhalten kann, um sich zu orientieren und nachzufragen, was los ist? Eigentlich unmöglich! Doch hier, wo es aussieht wie auf einer Geisterautobahn ist plötzlich alles ganz anders. Jenny tritt ganz vorsichtig auf die Bremse. Trotzdem dreht sich das Auto im Halbkreis, so als ob der Boden mit Glatteis überzogen sei. Als sie aussteigt und mit ihren Füßen in dem mehligen Brei versinkt, weiß sie, warum das Auto so reagiert hat. Rasch holt sie sich aus dem Kofferraum die verstaubten Stiefel, schlüpft mit ihren Seidenstrümpfen hinein und streift sich dann den Regenmantel über. Ach ja, sie hat vergessen, die Warnblinkanlage einzuschalten. Sie öffnet noch einmal den Fahrersitz, drückt auf den entsprechenden Knopf und unterrichtet Herrn Rossini, der gerade Anstalten macht, auszusteigen, über ihre weiteren Schritte.

»Bleiben Sie nur sitzen, ich will nur mal eben die Autofahrer dort hinten etwas fragen. Wir müssen noch ein ganzes Stück weiterfahren«.

Jenny stampft über die Fahrbahn, vorsichtig um sich blickend, obwohl man selbst die Scheinwerfer eines Autos keine zwanzig Meter weit erkennen würde, so dunkel ist es hier. Sie hält sich die Hand vors Gesicht, damit ihr die Asche nicht in Augen und Mund fliegt. Zwei Autos halten auf der Gegenfahrbahn hintereinander und Jenny erkennt die Umrisse zweier Männer, die beieinander stehen und wild gestikulieren. Sie klettert über die Leitplanken und denkt: »Oh Gott, was mache ich hier? Habe ich nicht oft genug schon gedacht, wie können Leute nur so leichtsinnig sein und auf einer Autobahn herumlaufen?«

»Hallo!«, ruft sie laut zu den Männern hinüber.

»Hallo«, rufen jetzt auch die Männer. Einer von ihnen schwenkt ein Warndreieck vor sich her.

»Kommen Sie aus Richtung Daun?«, fragt Jenny, als sie noch ein paar Schritte näher kommt.

»Ja, aber da können Sie net mehr hin. Kein Durchkommen. Ein Vulkan!«

»Ein Vulkan!«, ruft laut auch der andere Mann.

»Ja, ich weiß«, sagt Jenny. »Wie komme ich dahin? Wo genau ist der Vulkan?«

»Vergessen Sie 's, Sie sehen ja, hier mein Kollege ist schon stecken geblieben. Ich werd dem jetzt hier aus der Pampe heraushelfen und dann sehen wir zu, dat wir nach Hause kommen.«

»Aber ich muss dahin. Meine Mama ist da irgendwo in einer Hütte. Und außerdem habe ich einen Vulkanologen im Auto sitzen, der kommt extra von Italien. Bitte! Wissen Sie, wo genau der Vulkan ausgebrochen ist?«

»Hören Sie, jute Frau«, Jenny mochte immer schon diesen gemütlichen Eifeler Dialekt, »dat hier ist nix für so 'ne junge hübsche Frau. Kucken Se dat se wegkommen. Dat hier is die reinste Hölle!«

In Jennys Hirn arbeitet es fieberhaft. Sie will unbedingt zu ihrer Mama. Jetzt ist sie schon so nahe daran. Sie möchte auch den Vulkan sehen. Bei der Tsunami-Katastrophe war es auch nicht so einfach. Das hatte sie auch überstanden. Die Bilder all dieser Toten hatten ihr noch jahrelang im Kopf herumgespukt. Wenn sie sich jetzt vorstellt, dass der Leichnam ihrer Mama so irgendwo herumliegen würde …

Während einer der unbekannten Männer mit einer kleinen Handschaufel die klebrige Masse vor den Vorderreifen des vorderen Autos wegschippt, versucht sie, mehr aus den beiden herauszubekommen.

Es sind zwei Mitarbeiter von der Straßenverwaltung, die in der Silvesternacht Schneeräumdienst hatten und vor etwa zwei Stunden ihre Schicht beendeten. Beide wohnen in der Nähe von Ulmen. Bei diesen Sichtverhältnissen wollten sie eigentlich im Gebäude der Straßenverwaltung warten, bis es sich aufhellt. Aber dann hat es ihnen doch zu lange gedauert. Sie wollen nach Hause, sind müde, von dem Vulkanausbruch schockiert und haben Angst, dass ihre Heimat unter Asche versinkt.

»Wo ist denn ihr Quartier von der Straßenverwaltung?«

»Gleich hinter der nächsten Ausfahrt, wieso?«

»Ist da noch jemand?«

»Im Moment ist da nur einer, der Telefonnotdienst macht. Kann ja kein Auto mehr fahren.«

Jenny wäre nicht Jenny, wenn ihr jetzt nicht eine Idee im Kopf herumgeistern würde.

»Sagen Sie mal, der Winterräumdienst, sind das nicht solche Fahrzeuge mit einem Schneeräumschild vorne dran?«

»Ja klar.«

»Das heißt, wenn man diese Pampe mit dem Schild beiseite räumen würde, dann könnte das Fahrzeug doch mit seinen Reifen ganz normal fahren.«

»Wir haben damit Schnee weggeräumt und Salz gestreut. Aber jetzt bei der Asche hier, sieht man ja nichts mehr. Und überhaupt, eh, das hier ist ein Supergau. Eh, alles ist total ein Chaos. Da is 'n Vulkan ausgebrochen!«

Jenny lässt nicht locker. »Hören Sie, ich muss meine Mama retten. Der Italiener muss zum Vulkan, das ist ein wichtiger Mann. Vielleicht rettet er ja noch ein paar Leuten das Leben!«

Jenny übertreibt ein wenig. Sie sieht plötzlich eine Chance.

»Ich mache Ihnen einen Vorschlag. Sie fahren mit uns bis zur nächsten Ausfahrt, wir suchen eure Station, und dann fahren wir mit so einem Schneeräumfahrzeug weiter. Ich zahle euch zweihundert Euro bar auf die Hand, ok?

»Hören Se mal Fräulein, die haben da hinten die Autobahn dicht jemacht. Die haben uns heimjeschickt, da ist überall Polizei und Feuerwehr, aber kein Mensch sieht mehr irgendwas. Unsere Leitzentrale hat uns heimjeschickt. Ne, ne, ich fahr jetzt heim! He, Pitter, hör mal auf zu schippen, ich probier mal, ob ich noch mal weiter komm!«

»Herr Kollege, wie ist es denn mit Ihnen, bitte, helfen Sie uns!«

Während sein Kollege sein Auto startet, langsam wieder ins Rollen kommt und seinem Kumpel schnell »tschüss, ich bin dann weg« zuruft, tritt der zweite Mann vom Räumdienst zur Seite. Seine Schirmmütze ist bereits dick mit einer Ascheschicht bedeckt und auch Jenny merkt, dass sie sich allmählich in eine graue Erscheinung verwandelt. Herrn Rossini hat es nun nicht mehr in Jennys Auto gehalten. Mit einem Helm auf dem Kopf und großen Gummistiefeln erkennt Jenny ihn fast nicht und erschrickt, als seine dunkle Gestalt plötzlich neben ihr auftaucht.

»Ach, Herr Rossini, wo haben sie denn die Sachen her?«

»Alles aus meinem Notfallkoffer. Was ist denn hier los, warum fahren wir nicht weiter?«

»Bitte sagen Sie dem Mann hier, dass wir dringend zum Vulkan müssen. Nicht wahr, Herr Rossini, Sie werden dort dringend gebraucht!«

Sie beugt sich ganz nahe zu dem verbliebenen Straßenwärter und flüstert ihm ins Ohr: »Bitte, ich verspreche Ihnen, Sie kommen auch in die Zeitung!«

Peter ist nicht auf den Kopf gefallen. Schnell hat er die Lage erfasst. »Also, ich kann doch net außerhalb meiner Dienstzeit den Schneeräumer holen, das darf ich net! Äh, aber ... Wieviel haben Sie jesagt? Dreihundert Euro?«

»Ja ja, kommen Sie, los gehts!«

Peter verschließt sein Auto und lässt es einfach am Fahrbahnrand stehen. Hier wird in absehbarer Zeit sowieso keiner mehr vorbeikommen. Ein Seitenstreifen ist auch nicht mehr zu erkennen. Die drei stapfen auf Jennys bzw. das Auto ihres Vaters zu. Doch auch der Chrysler hat jetzt ein Problem, wieder anzufahren. Auch hier muss der gute Peter, der seine Handschaufel noch in der Hand hat, die Vorderreifen von der Pampe befreien und dann noch kräftig schieben, während seine Beine bis zu den Knien versinken. Sie kommen nicht weit. Höchstens vier Katzenaugen haben sie passiert, als die Reifen durchdrehen. Auch als die beiden Männer zum Schieben aussteigen, tut sich nichts.

»Dann müssen wir eben zu Fuß gehen. Wie weit ist es noch bis zu Ihrer Straßenmeisterei?«

Peter möchte jetzt nicht mehr. »Dann jeh ich wieder zurück und sehe zu, dass ich mit meinem Auto noch heimkomme.«

»Nichts da, wir haben eine Abmachung. Sie können uns doch jetzt nicht hier stehen lassen!«

Jenny greift den Zipfel seiner Jacke und hält ihn einfach fest.

Herr Rossini mischt sich ein. Plötzlich spricht er sogar deutsch: »Na, was sagen Sie, mein Herr, ist das nicht eine tolle mutige Frau? Kommen Sie, ich werde mich auch erkenntlich zeigen!«

Zu dritt stapfen sie durch die ascheverhangene Dunkelheit, nur das spärliche Licht von Herrn Rossinis Taschenlampe lässt die Katzenaugen kurz aufleuchten, die ihnen den Weg zur Straßenmeisterei zeigen.

»Wer ist dafür, dass wir durch die Wiesen weiter südlich gehen und das nächste Dorf suchen?«

Nachdem sich Jochen und auch Regina ohne Rücksicht auf die nasse Ascheschicht auf einem Holzstapel am Straßenrand niedergelassen haben und beide nach Atem ringen, versucht Anne, ihren Freunden Mut zu machen. Was sollen sie hier auf der Straße stehen bleiben, wer weiß, ob hier je wieder ein Auto vorbeikommt. Sie sind sechs Leute und ein Hund, die werden sowieso nicht in ein Auto passen.

»Ich kann kaum noch gehen«, jammert Monika. Jochen sagt seltsamerweise gar nichts mehr. Klaus, dem mittlerweile alle wie selbstverständlich die Führungsposition überlassen, möchte jetzt nicht alleine eine Entscheidung treffen. So wie sich die Dinge entwickelt haben, würde er viel lieber wieder in der Hütte sitzen und abwarten. Nun aber lässt er sich von Wilfried, Regina und Anne davon überzeugen, dass es keinen Sinn macht, länger hier zu warten. Trotzdem fragt er sich, ob sie bei diesem undurchdringlichen Ascheregen die Richtung behalten und überhaupt etwas finden.

»Komm Jochen, du warst doch eben so schnell, komm wir gehen weiter, wir suchen das Dorf.« Niemand bemerkt in der Dunkelheit, dass Jochen leicht wankt und sich mit der rechten Hand an die Herzgegend greift.

Sie verlassen den Waldrand und rutschen mehr die steile Böschung an der anderen Straßenseite herunter als sie gehen. Hier unten in der Wiese ist der Schlamm noch tiefer. Das Gehen ist ähnlich wie im Wattenmeer, es zieht ihnen fast bei jedem Schritt die Schuhe aus. Monika muss gestützt werden. Sie jammert nicht, aber man merkt ihr an, dass sie Schmerzen hat. Ihre Begleiter haben keine Hand mehr frei, um die Papiertaschentücher vor ihre Nasen zu halten. Monika hat sich zwischendurch ihren Schal vors Gesicht gebunden. Regina hält sich an Wilfried fest. Sie hat Angst, die anderen zu verlieren. Anne, die Jochen an der Hand hält, merkt, wie dieser merkwürdig schwankt. »Jochen, was ist los, ist dir schlecht?«

»Ich kann nicht mehr, ich kann nicht mehr atmen.« Er sackt in sich zusammen und liegt der Länge nach im Schlamm.

»Oh je, was machen wir denn jetzt? Lieber Gott im Himmel hilf uns!« Anne hat schon so lange nicht mehr gebetet. Und alle haben den gleichen Gedanken. Sie beten. Was bleibt ihnen in dieser äußersten Notsituation anders übrig, als sich an eine höhere Macht zu wenden?

»Jetzt müssen wir weiter, hier findet uns nie jemand.« Anne schlägt vor, dass die beiden Freundinnen Monika einhaken und Wilfried und Klaus nun Jochen tragen. Sie versuchen, mit dem restlichen Sprudel aus der Flasche Jochen wieder zu Bewusstsein zu bringen. Er schlägt zwar die Augen auf, kann aber nicht mehr allein auf den Beinen stehen. So schleppen sie sich mühselig weiter. Bei diesen Strapazen sind alle schnell am Ende ihrer Kräfte. Längst ist der erste Schock, diese lähmende Angst, einem stoischen Kampf ums Überleben gewichen.

Sie tappen im Dunkeln. Keiner hätte gedacht, dass der Ascheregen noch dichter werden könnte, als er ohnehin schon war, doch nun sehen sie wirklich nicht mehr die Hand vor den Augen. Sie haben keine Ahnung, ob sie nicht längst die Richtung verloren haben. Mehrere Male stolpern sie über irgendwelche Sträucher, die tiefe Kratzer und Blutspuren in ihren Gesichtern hinterlassen. Niemand sieht es. Niemand spürt den Schmerz. Da ist etwas, das alles übertüncht, die Angst, der Überlebenswille.

Einmal bleibt Wilfried in einer Hecke hängen und lässt Jochen dabei fallen. Mühsam ertasten sie den erschlafften Körper in der grauen Pampe und bringen ihn wieder in die Vertikale. Ab da bilden die Frauen die Vorhut. Auch sie werden immer schwächer und ihre Schritte immer langsamer. In der Dunkelheit registrieren sie überhaupt kein Fortkommen mehr. Für die sechs Leute jenseits der Sechzig entwickelt sich die Flucht vor dem Vulkan zu einer Tortur. Selbst die spärlichen Worte, die sie sich gegenseitig zurufen, sind ihnen zu viel. Hasso läuft nun vor ihnen her, er soll sie vor Hindernissen warnen. Ein paar Mal bellt er, dann tasten sie sich vorsichtig weiter. Regina stößt trotzdem mit ihrer linken Schulter gegen einen Baum. Sie konnte ihn nicht sehen, ihre Augen brennen. Die Zeit, die sie jetzt unterwegs sind, erscheint allen wie eine Ewigkeit. Ihre physischen Kräfte sind am Ende. »Vater unser im Himmel …«

Als die drei Frauen dann abrupt mit den Füßen in einem schlammigen Wassergraben versinken, dabei den Halt verlieren und alle drei eine Bauchlandung machen, ist das Maß voll. Flüche, Weinen und Beten dringen den nachfolgenden Männern an die Ohren, die dann selbst Mühe haben, den fast ohnmächtigen Jochen über das

Rinnsal zu heben. Anne, die mit der besten körperlichen Kondition, hilft schließlich ihren Freundinnen auf und ermutigt sie, weiterzugehen. »Wir sterben!«, schreit Regina verzweifelt auf. »Ich kann nicht mehr!«

»Nun komm schon!« Anne, die einen ihrer schicken Lackslipper im Schlamm verloren hat und ihre Füße überhaupt nicht mehr spürt, zieht Regina hoch. Sie kann nicht gleichzeitig Monika stützen und Regina hinter sich herziehen. Diese wird nun ganz hysterisch, stößt laute Schreie aus und muss anschließend nach Atem ringen.

Monika mobilisiert ihre letzten Kräfte, um alleine weiterzuhinken, damit sich Anne um Regina kümmern kann. Das Häuflein Elend zieht weiter durch die Dunkelheit. »Das ist ja wie im Krieg«, denkt Monika. Sie hat zwar noch keinen miterlebt, aber ihre Gedanken gehen zurück in eine Zeit, als sie schon einmal durch die Eifellandschaft stapfte und tausend Ängste ihr Herz zuschnürten …

## Oktober 1962 – Monika

Sie stieg aus dem roten Triebwagen, der bei dem alten Bahnhofsgebäude anhielt, und winkte ihren Schulkolleginnen, die noch ein paar Stationen weiterfuhren, kurz mit der Hand. Heute war sie mal wieder die einzige aus Unterfeldbach, die mit dem Zug bis ins Nachbardorf gefahren war, die meisten anderen hatten den früher abfahrenden Bus genommen. Monika besuchte das Aufbaugymnasium am Stadtrand von Wittlich, hatte nach Schulschluss immer noch einen langen Weg bis zum Bahnhof und erwischte daher den Bus meistens nicht mehr. So nahm sie dann den Zug in Richtung Eifel und hatte von der Haltestelle aus noch einen etwa fünf Kilometer langen Fußweg bis zu ihrem Dorf. Manchmal ging Monika gerne allein diesen Weg, dann konnte sie so schön ihren Gedanken nachhängen, träumen, Zukunftspläne schmieden. Aber manchmal, an trüben Tagen, wenn schwarze Wolken über der Eifel hingen, dann schien ihr der Wald etwas beängstigend.

Der Weg führte sie durch einen engen Pfad im Wald zuerst eine viertel Stunde lang bergab bis zu einer kleinen Holzbrücke über einen Bach. Von dort aus ging es steil bergauf mit vielen Windungen, einmal durch hohen Mischwald, einmal durch Lichtungen mit Sträuchern, dann wieder hatte man eine wunderschöne Aussicht in ein Seitental.

Für Naturschönheiten hatte Monika an diesem Tag keinen Blick. Man schrieb das Jahr 1962, es war ein schöner Herbsttag im Oktober, aber heute war nichts so wie immer. Es war zwar nichts Ungewöhnliches, wenn Flugzeuge mit viel Krach viel zu tief über die Eifel hinwegdonnerten, aber heute klangen sie irgendwie bedrohlich. Heute war alles unsicher, jeden Moment konnte ein Krieg ausbrechen. Monika konnte sich an diesem Tag einfach an nichts freuen, zu groß war ihre Angst. Sie konnte die Angst fast körperlich fühlen. Krieg – das war etwas aus den Erzählungen ihrer Eltern und Großeltern, Krieg – das war etwas nicht Fassbares, etwas Drohendes, ja überhaupt das Schrecklichste, was man sich vorstellen konnte.

Monika hatte sich mit ihren fünfzehn Jahren nie besonders dafür interessiert, was abends in der Tagesschau erzählt wurde. Aber für ihren Vater war das eine der wichtigsten Fernsehsendungen überhaupt, und so hatte sie zwangsläufig auch das politische Geschehen am Rande verfolgt. In den letzten Tagen hatte sie immer wieder gehört und gesehen, dass dieser kleine dicke Chruschtschow, Ministerpräsident der Sowjetunion, irgendeinen Handel mit Fidel Castro aus Kuba gemacht und in Kuba Raketen aufgestellt hatte. Die USA fühlten sich dadurch bedroht. Nun war der beliebte US-Präsident John F. Kennedy in eine ernste Krise geraten und musste entscheiden, ob er den Russen die Stirn bot oder nicht. Gestern wurde berichtet, dass die USA amerikafeindliche Aktionen von Kuba aus mit Waffengewalt verhindern wollten und dass Kennedy eine Seeblockade um Kuba verhängt hatte. Weil sich aber mehrere sowjetische Schiffe in der Nähe der Sperrzone befanden, drohte die Gefahr einer Konfrontation. Nun stand es also auf Messers Schneide.

Monika mochte diesen Kennedy. Er sah gut aus, war sympathisch und sie war genau in dem Alter, in dem sie für alles Amerikanische schwärmte. So wie das im Fernsehen berichtet wurde, konnte sich Kennedy wirklich nicht gefallen lassen, was die Russen ihm dort in Kuba vor die Nase setzten, und sie hatte vollstes Verständnis für eine starke Entscheidung. Aber Krieg – wer wollte denn schon Krieg in diesen Zeiten mit all diesen sinnlosen schrecklichen Waffen? Diesen Russen musste man ja noch zutrauen, eine Atombombe zu werfen, dann wäre sowieso alles aus. Nein, ihr so junges, hoffnungsvolles Leben sollte nicht in einem sinnlosen Krieg enden. Sie wollte leben, sie wollte weiter träumen von der großen weiten Welt, von einem Studium, von Geld, von einem Auto, und von einem schönen reichen Mann.

Erst im letzten Jahr hatte sie diese Art politischer Bedrohung kennen gelernt, als in Berlin diese fürchterliche Mauer gebaut worden war. Sie hatte im Fernsehen mit verfolgt, wie sich die armen Leute aus dem Ostteil der Stadt verzweifelt bemüht hatten, noch auf die andere Seite zu kommen, wie sie aus Häusern sprangen und wie die VOPOS auf sie schossen. Sie konnte es nachfühlen, wie es sein musste, so eingesperrt zu sein. Natürlich wollte ein Staat wie die DDR es nicht zulassen, dass ihm die Bürger der Reihe nach wegliefen. In den Jahren zuvor waren sie zu Tausenden, ja zu Hunderttausenden in die Bundesrepublik gekommen, in das Land, in dem es einen riesigen Wirtschaftsaufschwung gegeben hatte. Das »Wirtschaftswunder« war zu einem feststehenden Begriff geworden.

Mit solchen Begriffen konnte Monika noch nicht viel anfangen. In Sozialkunde hatten sie dieses Thema noch nicht und zu Hause in Vaters kleinem Bauernbetrieb war von Wirtschaftswunder nicht viel zu merken. Sie hatten zwar genug zu essen, aber Geld war immer knapp und ihre Mutter drehte jeden Groschen dreimal um, damit sie nicht wieder und wieder von Vater gefragt wurde: »Wo ist das Geld denn schon wieder hin?«

Die Schultasche mit all den Büchern über Erdkunde, Mathematik, Deutsch, Englisch und Physik wurde ihr schwer und schwerer und wieder donnerten Flugzeuge im Tiefflug über sie hinweg. Wenn es jetzt plötzlich feindliche Flugzeuge wären und Bomben abwerfen würden? Die Gedanken an den Krieg wollten sie nicht loslassen.

Endlich sah sie nach der letzten Biegung im Wald diese Öffnung zwischen den Büschen, von dort waren es nur noch wenige hundert Meter bis ins Dorf. Ihr Dorf mit etwa fünfhundert Einwohnern, einer Kirche, zwei Gasthäusern, zwei Geschäften und einer Bevölkerung, die ihren Lebensunterhalt überwiegend mit Landwirtschaft verdiente. Sie kam vorbei an dem großen Bauernhof am Ortsrand mit der neuen riesigen Scheune und sah dann Müllers Griet vor dem leicht verfallenen kleinen Bauernhaus, die immer mit der Schubkarre hin und her fuhr, weil sie nicht mehr ganz richtig im Kopf war. Dann nahm sie die Abkürzung durch den Schluff, einen dunklen schmalen Durchgang zwischen zwei Scheunen, in dem sie als Kinder so gerne gespielt hatten, und schon stand sie im Hof ihrer Nachbarn. Die Nachbarin hing gerade ihre Wäsche im Garten auf und rief Monika zu: »Na, hast es geschafft? Gell, ist ein langer Weg von der Bahn bis hierher.«

»Ja«, antwortete Monika, »jetzt hab ich guten Hunger.«

Die letzten Schritte zu ihrem Haus, die sechs Treppenstufen hinauf, sich am Geländer hochziehend, hatte sie nur eines im Sinn: Nachrichten hören, Krieg oder nicht Krieg. Die Nachbarin hätte sicher etwas gesagt, wenn es ganz schlimm wäre, aber am liebsten hätte sie diese trüben Gedanken ganz aus ihrem Kopf verdrängt. Ihre Katze kam miauend aus der Scheune gelaufen und begrüßte Monika freudig, in dem sie sich an ihre Beine kuschelte und ihren buschigen Schwanz nach oben streckte.

»Komm Milli, darfst mit mir ins Haus gehen, kriegst auch was zu essen!« Monika streichelte ihre Katze liebevoll und hielt ihr die schöne, mit vielen Ornamenten verzierte Haustür auf. In den Bauerndörfern waren Haustüren tagsüber nie verschlossen, jeder hatte freien Zutritt. Wenn ein Fremder kam, dann klopfte er höchstens kurz an der Tür und trat dann ein. Wie bei den meisten Bauernhäusern betrat man auch in Monikas Elternhaus zuerst einen langen Flur, der mit Steinfliesen mit buntem Muster belegt war. Von diesem Flur aus führten Türen in die gute Stube, die man nur an hohen Feiertagen nutzte, in die Stube, in der man sich normalerweise aufhielt und in dem der Fernsehapparat stand, in die große Küche, den Abstellraum, zur Speisekammer und zur Treppe ins Obergeschoss.

Monika öffnete die Küchentür und schaute nach, was Mutter ihr vom Mittagessen an dem Rand des großen Herdes, in dem fast immer ein kleines Feuer glomm, warm gestellt hatte. In der Regel wurde in ihrem Elternhaus um zwölf Uhr mittags gegessen, aber bis Monika nach Hause kam, war es meistens halb vier. Das Essen stand also immer eine ganze Zeitlang auf dem Herd und nicht alle Gerichte schmeckten dann noch besonders gut.

Es gab Püree mit Solperfleisch, das rötliche eingesalzene und dann gekochte Fleisch, dazu gab es noch einen Rest Sauerkraut. Das Püree war schon etwas fest geworden und so ging sie zum »Spindchen«, der Speisekammer und nahm etwas Milch aus dem Milchtopf, um es aufzurühren. Zwischendurch schaute sie ins Wohnzimmer, wo ihre Oma um diese Zeit gewöhnlich ihr Mittagsschläfchen hielt. Aber heute war sie nicht da, vielleicht war sie kurz zu ihrer Nachbarin gegangen. Auch gut, dann konnte Monika wenigstens in Ruhe essen und musste nicht dauernd den nervigen Fragen ihrer Oma antworten. Sie drückte die Einschalttaste des großen braunglänzenden Radios auf dem Küchenschrank und setzte sich mit dem gefüllten Teller an den Küchentisch. »Zwei kleine Italiener …« sang die Stimme von Conny aus dem Radio, während Milli auf die Eckbank sprang und mit ihren Vorderpfoten bittend am Tisch kratzte. Sicher ist der Krieg noch nicht ausgebrochen, dachte Monika und war froh, ihre heile Welt noch eine Weile zu behalten. Sicher würden sie dann keine Musik mehr im Radio spielen, bestenfalls etwas Klassisches.

Die Eltern, ihr unverheirateter Onkel und ihre jüngeren Geschwister waren wahrscheinlich auf dem Feld, um Rüben zu ernten. Außer der Kartoffelernte, die bei gutem Wetter eigentlich noch richtig Spaß machte, mochte Monika diese landwirtschaftlichen Arbeiten nicht. Obwohl sie als Kind immer der braunen »Bless« den Schwanz festgehalten hatte, während Mutter auf dem Melkschemel saß und schäumende Milch aus dem Euter der Kuh in den Eimer spritzte und sie mit zwölf Jahren auch schon melken konnte, hasste sie den Stallgeruch. Sie hasste es, im Sommer bei der Heuernte zu helfen, während die Stadtkinder im Schwimmbad herumtollten, und sie fand es auch schlimm, dass ihre Eltern immer Geldsorgen hatten, denn so ein kleiner Bauernbetrieb warf einfach nicht genug ab.

Deshalb hatte sich Monika auch riesig gefreut, als der Dorfschullehrer ihre Eltern überredet hatte, sie zum Aufbaugymnasium gehen zu lassen. Vater vertrat zwar immer noch die Ansicht, dass sich eine solch lange Schulbildung für ein Mädchen nicht rentiert, weil es ja sowieso heiratet und dann alles umsonst war. Aber Mutter hatte sich mächtig für sie eingesetzt. Sie hätte selbst gerne studiert wie einer ihrer Brüder oder wenigstens einen Beruf erlernt, musste aber damals in ihrer großen Familie im Haus und auf dem Feld wie eine Dienstmagd arbeiten.

Monika war ihrer Mutter dankbar, obwohl es auch Zeiten gab, in denen sie die Penne zum Teufel wünschte. Für ihr Ziel, Lehrerin zu werden, nahm sie vieles auf sich. Ihre Schulkolleginnen aus Wittlich hatten es viel besser. Sie mussten nicht morgens um sechs schon aus dem Haus gehen und waren mittags sicher zwei Stunden früher zu Hause als Monika. Sie mussten nicht in den Ferien und an Wochenenden in der Landwirtschaft helfen und sie hatten im Grunde viel mehr Zeit zum Lernen.

Die Haustür ging auf und Monika erwachte aus ihren Tagträumen. Oma kam mit leicht gebeugtem Rücken und dem Stock in der Hand in die Küche. »Du bist ja schon da, ich war nur kurz bei der Käth, die hat es so mit dem Rücken und kann kaum noch gehen.«

»Oma, hast du was gehört, ob es Krieg gibt?«

»Nein«, sagt Oma, »bei Heinzen hatten sie das Radio an und die haben gesagt, es hat sich noch nichts verändert. Wenn es nur keinen Krieg mehr gibt, ich habe ja schon zwei Kriege mitgemacht und möchte nicht noch einen erleben, dann will ich lieber gleich sterben, oh je, oh je!« Wenn Oma nur nicht immer diesen weinerlichen Ton drauf hätte. Oma konnte oft nervig sein. Immer meckerte sie an Mutters Essen herum und schimpfte dauernd, wenn Monika im Radio Musik hörte, vor allen Dingen war sie ständig anwesend.

Nun wurde es aber Zeit für die Hausaufgaben, denn abends wollte Monika noch zu ihren Freundinnen. Als sie einen Blick aus dem Fenster warf, sah sie draußen einen jungen Mann auf dem Fahrrad vorbeifahren. Das war sicher wieder Herbert. Herbert war zwei Jahre älter als Monika und hatte wie sie die Dorfschule besucht, war jetzt schon längst entlassen und war im letzten Winter auch jeden Tag mit nach Wittlich zur Landwirtschaftsschule gefahren. Die Schule bot den jungen Männern aus den Bauernbetrieben jeden Winter die Gelegenheit, sich fachlich weiterzubilden. Es gab auch Kurse für Mädchen und Monikas Freundin Regina überlegte sich, dort die ländliche Hauswirtschaft zu erlernen.

Herbert und Monika waren im letzten Winter oft zusammen den langen Fußweg vom Bahnhof nach Hause gegangen und sie hatten sich ganz gut verstanden. Seitdem fuhr Herbert verdächtig oft an ihrem Haus vorbei und hoffte, Monika draußen anzutreffen, um ein paar belanglose Worte mit ihr zu wechseln. Monika hatte schon bemerkt, dass sie Herbert mehr bedeutete als die anderen Mädchen im Dorf. Sie hatte jedoch nicht das Gefühl, dass ihr Herz hüpfte, wenn sie Herbert sah. Dieses Gefühl hatte sie durchaus schon kennen gelernt, dieses aufregende Herzklopfen, dieses Prickeln im Körper. Es gab da einen Jungen, der immer schon im Zug saß, wenn Monika einstieg, und natürlich stieg sie immer in den ersten von den drei Triebwagen ein, weil sie wusste, dass »er« auch dort saß. Dieser »er« war zwei Klassen über ihr im Gymnasium. Sie hatte sich natürlich über ihn erkundigt, aber leider war es ihr bisher noch nicht gelungen, seine Aufmerksamkeit so weit auf sich zu lenken, dass er sie ansprach. Vielleicht war er auch einfach schüchtern.

Ohne es eigentlich gelernt zu haben, wusste Monika die Waffen einer Frau einzusetzen. Sie konnte ihm Blicke zuwerfen, sich so mit ihren Schulfreundinnen unterhalten, dass er sie hören musste, sie konnte versuchen, so oft wie möglich seine Wege zu kreuzen, so dass sie sich begegneten. Sie konnte ihn aber nicht direkt ansprechen, so etwas machte ein Mädchen einfach nicht. Wenn sie schon nur an ihn dachte, dann machte ihr Herz einen Hüpfer. Eigentlich schade, dass es nicht Herbert war, bei dem das Herz so hüpfte, dann wäre alles viel einfacher gewesen.

Bald war Kirmes im Dorf und Monika und ihre beiden Freundinnen Anni und Regina, die zum ersten Mal mit zum Tanzen gehen durften, freuten sich schon mächtig. Doch nun schossen Monika wieder diese Kriegsgedanken durch den Kopf. Wenn es wirklich Krieg gäbe, dann würde sicher nichts aus dem Kirmestanz. Schluss jetzt mit diesen Gedanken, sagte sie sich. Sie klappte ihr Englischbuch auf und las laut die Texte der neuen Lektion. Ihre Lehrerin hatte ihnen geraten, viel laut zu lesen, damit sie ihre Aussprache übten.

»Oh je, was ihr heute nicht alles in der Schule lernt, warum musst du denn Englisch können?« Oma musste mal wieder ihren Kommentar abgeben. Monika seufzte, Oma war noch von dem alten Schlag, noch nie in ihrem Leben war sie weiter als Trier gekommen. Ihr Dorf, das war ihr ganzer Lebensraum. Sie war zufrieden, wenn sie in ihrem Sessel saß, ihre Strümpfe strickte und möglichst viele aus der Familie um sie herumsaßen.

»So will ich nie im Leben werden«, dachte Monika, »ich werde mehr aus meinem Leben machen!«

Um siebzehn Uhr hörte Monika dann endlich die Nachrichten. Es hatte sich nicht viel getan in der Kubakrise. Amerikanische Schiffe waren rund um Kuba aufgezogen, aber man hatte auch sowjetische Schiffe in der Nähe der Sperrzone gesehen. Alles konnte passieren, die Lage war angespannt, ein Krieg wurde nicht ausgeschlossen.

Als Monika später über einer schweren Mathe-Aufgabe grübelte, hörte sie draußen den Traktor tuckern. Der Traktor war Vaters ganzer Stolz, immerhin war er der erste im ganzen Dorf gewesen.

Als er ihn vor einigen Jahren gekauft hatte, da hatten ihn manche Dorfbewohner für verrückt erklärt und sind weiterhin mit ihren Kuhgespannen auf die Felder gefahren. Andere waren neidisch und manche fanden das einfach mutig. Aber wie auch immer die Meinungen dazu waren, in der Zeit danach kamen nach und nach immer wieder Anfragen wie: »Kannst du mir mal mit dem Traktor meinen Heuwagen nach Hause fahren, einen Wagen voll Rüben holen?« Oder dies und jenes. Doch so ein Traktor kostete richtig Geld und von jedem Schwein, was verkauft wurde, ging ein Teil zum Abbezahlen des Traktors weg. Mutter wäre sicher froh gewesen, einmal ein regelmäßiges Haushaltsgeld zu haben. Stattdessen sparte sie an allen Ecken, gönnte sich selten mal selbst etwas, nähte viel auf ihrer Nähmaschine und sparte so manchen Groschen.

Einmal war Monika einen ganzen Sommer lang mit Winterschuhen herumgelaufen, die schon etwas zu klein waren, weil ihre Eltern kein Geld für Sommerschuhe hatten. Mit den halbhohen Schuhen hatte sie sich etwas geschämt und abends hatte sie immer die Zehen weh. Damals ging sie noch in die Dorfschule, da war es nicht allzu sehr aufgefallen, denn die meisten anderen Kinder hatten auch keine reichen Eltern. Jetzt auf dem Gymnasium war das schon etwas anders. Heute schämte sie sich oft, weil sie nicht so schicke Sachen hatte wie andere, wenn sie nicht das Geld hatte, um nach der Schule noch in die neue Frittenbude zu gehen oder in die Kneipe, in denen die anderen immer noch eine Cola trinken gingen.

Es wurde unruhig in der Küche und Monika konnte sich nicht mehr aufs Lernen konzentrieren. Vater fragte nach den neuesten Nachrichten und verschwand dann im Stall. Mutter band sich ihr Kopftuch um und schnappte sich den Melkeimer. Aus dem Kuhstall tönte das brummende Muh der Kühe und auch aus dem Schweinestall erhob sich das allabendliche durchdringende Geschrei der Ferkel und Säue. Sie hatten Hunger. Während die Eltern in den Ställen arbeiteten, richtete Monika das Abendessen. Seit sie sich erinnern konnte, gab es abends Bratkartoffeln und Dickmilch, ab und zu auch einmal eine Milch-Brotsuppe. Die Dickmilch wurde jeden Abend frisch angesetzt, man gab zwei Löffel von der fertigen Dickmilch in einen Topf aus blauem Steingut und goss dort frisch gemolkene Milch hinein. Der Steingut-Topf wurde mit einem Teller abgedeckt und in der Nähe des Herdes platziert, damit durch die Wärme die Milch angedickt wurde.

Monika holte im Abstellraum die große gusseiserne Pfanne und stellte sie auf den Herd, in dem sie vorher das Feuer durch Nachlegen einiger kleiner Holzscheite noch einmal angefacht hatte. Von dem großen Stück geräucherten Speck, das in der Speisekammer an einem Fleischerhaken am Fenster hing, schnitt sie einige Scheiben ab, zerkleinerte sie auf einem Brettchen und gab sie in die Pfanne. Es roch gut, wenn das Fett aus den Speckstücken herausquoll. Jetzt konnte sie die Kartoffeln, die mittags in so großen Mengen gekocht wurden, dass für abends immer noch genügend Reste übrig waren, in die Pfanne geben. Alle mochten gerne, wenn sie knusprig braun wurden. Auch Monika mochte dieses Abendessen, hatte es aber mittlerweile durchgesetzt, dass wenigstens sonntags abends Brote mit Wurst und Schinken auf den Tisch kamen. Vater hatte erst gemeckert. Obwohl er im Grund ein recht fortschrittlicher Mensch war, fielen ihm solche Veränderungen schwer. Doch Monika fühlte sich berufen, in ihrem Haus ein paar Änderungen einzuführen.

Es war sowieso eine Zeit angebrochen, in der sich einfach alles änderte. Neuerdings flogen Menschen durch den Weltraum. Erst Anfang des Jahres war der erste Amerikaner mit einer Rakete in den Weltraum geschossen worden und war wieder gut auf der Erde gelandet. Auf dem zweiten vatikanischen Konzil wurde sogar darüber beraten, ob Latein als Liturgiesprache abgeschafft werden sollte und die Messen in der jeweiligen Landessprache gehalten werden dürfen. Das wäre doch auch für ältere Menschen eine gute Neuerung, dann würden sie wenigstens verstehen, was der Pastor da vorne sprach.

Sogar eine Pille gab es neuerdings, die verhinderte, dass man ein Kind bekam. Eigentlich wusste Monika noch gar nicht recht, wie das alles so richtig vor sich ging mit der Zeugung und so. Bei ihrer Mutter war das Thema Sexualität immer ein Tabu gewesen. Alles was damit zu tun hatte, war »Schweinerei«. Eigentlich wunderte sich Monika, dass sie und ihre Schwestern auf der Welt waren, denn das musste ja auch etwas mit dieser »Schweinerei« zu tun haben.

Monikas hatte einmal das Gespräch zweier junger Nachbarsfrauen belauscht, die sich darüber unterhielten, dass die Kirche »es« selbst Ehepaaren nur erlaubte, wenn sie damit ein Kind zeugen wollten und dass sie es beichten mussten, wenn sie es öfter getan hatten. Nun gab es also eine Antibabypille, hatten sie im Fernsehen gesagt, nun konnten Frauen selbst bestimmen, wann sie ein Kind haben wollten. Selbstverständlich hatte der Papst allen Katholiken streng verboten, so etwas zu nehmen und Monika konnte sich nicht vorstellen, dass Frauen aus dem Dorf sie je nehmen würden.

An ihre eigene Sexualität hatte sie noch keine Gedanken verschwendet. Ja, da war dieses Herzklopfen und Kribbeln, wenn sie diesen hübschen jungen Mann mit den braunen Augen im Zug sah, aber schon der Gedanke an einen eventuellen Kuss machte sie ganz zittrig. Da kamen ja wirklich aufregende Sachen auf sie zu, sie wagte noch nicht, daran zu denken. Es war ein ganz eigenartiges Gefühl. Alles war verboten, aber irgendwie war da doch eine innere Sehnsucht, eine Unruhe.

Pünktlich um zwanzig Uhr saß die ganze Familie vor dem Fernsehschirm und verfolgte die Tagesschau. Dieser Fernsehapparat war auch so eine Neuheit gewesen, die Vater sehr früh erworben hatte. Es gab 1959 noch kaum Fernsehgeräte im Dorf und Monika war richtig stolz, wenn alle Nachbarn, Bekannte und Verwandte zum Fernsehgucken in ihr Haus kamen. Wenn samstagabends aus dem Millowitsch oder Ohnesorg-Theater übertragen wurde, hatten sie manchmal nicht genug Stühle im Haus gehabt und die Nachbarn mussten Stühle mitbringen und saßen dann bis in den Hausflur hinein. Zum Dank fürs Zuschauen brachten die Besucher für Vater eine Schachtel Zigaretten mit. Auch jetzt kamen bei besonderen Sendungen noch einige Nachbarn, aber nach und nach schafften sich doch immer mehr Leute einen eigenen Fernseher an.

Nachdem wieder keine Veränderung der politischen Krise gemeldet, der Ernst der Lage aber hervorgehoben wurde, machte sich Monika auf zu ihren Freundinnen. Sie schlug den Weg zum Dorfrand ein, wo das große alte Bauernhaus der Familie Scholten stand, in dem ihre Freundin Regina mit ihren Eltern, ihrem großen Bruder, ihren Großeltern und ihrer Tante Suss wohnte. Um diese Uhrzeit hörte man noch aus allen Ställen und Scheunen die typischen Geräusche der Fütterzeit: das Geschmatze der Schweine, ab und zu unterbrochen von einem Quieken, wenn eines der Schweine vom Trog abgedrängt wurde, scheppernde Eimer, das Geräusch von Mistgabeln, die über den Boden schrubbten, und ab und zu Stimmen der Leute, wenn sie ihren Tieren gut zuredeten. Monika schickte in alle Richtungen ein »Guten Abend«, wenn sich jemand sehen ließ. Von klein auf hatte sie von ihren Eltern gelernt, immer alle Leute zu grüßen, denn das war im Dorf so üblich. Wenn einmal jemand nicht grüßte, dann wurde gemutmaßt, dass er wegen irgendetwas beleidigt sein musste. Hier und da saßen auch noch ein paar ältere Leute auf den Bänken vor ihren Häusern und schauten, was sich auf der Straße so tat. Bald würde die Zeit zu Ende gehen, in der man draußen sitzen konnte, denn abends wurde es doch schon recht kalt. Im Sommer saßen die Leute oft noch lange dort, dann kamen die Nachbarn zusammen und hielten ein kleines Schwätzchen. Das tat gut nach einem langen Arbeitstag.

Vor dem Scholten-Haus saß Reginas Opa auf der Bank. Er konnte nicht mehr gut sehen und erkannte Monika erst, als sie schon recht nahe herangekommen war. »'n Abend, Opa Scholten«, sagte Monika und er erwiderte mit seiner schon etwas zittrigen Stimme: »Siehst du, siehst du, jetzt hab ich dich schon fast nicht mehr erkannt, du wirst ja immer schöner, Monika!« Ja, Opa Scholten machte immer ein paar Scherze, auch wenn es ihm gar nicht mehr so gut ging. Schade, dachte Monika, so einen Opa möchte ich auch haben. Er ist immer freundlich und lustig. Monika hatte ihren Opa nie kennen gelernt, er war schon im ersten Weltkrieg gefallen, als ihr Vater gerade mal drei Monate alt war. Vielleicht war Oma ja auch deshalb so weinerlich geworden.

Monika ging durch den langen Flur im Scholten-Haus geradewegs zur Küche, denn sie war sicher, dass Regina dort noch beim Abspülen war. Tatsächlich wischte Regina gerade mit dem großen Spültuch den Tisch ab und räumte die letzten gespülten Teller weg. Nach einer kurzen Begrüßung und nachdem Regina ihrer Mutter, die noch mit den Milchkannen beschäftigt war, zugerufen hatte: »Wir gehen noch ein Stündchen zu Anni«, machten sich die beiden Freundinnen auf den Weg zu der dritten im Bunde.

Anni wohnte im rückwärtigen Teil eines größeren Hauses in einer Seitenstraße, der früher einmal als Scheune gedient hatte und den Annis Onkel Paul für Anni und ihre Mutti richtig schön hergerichtet hatte. Sie hatten dort jeweils ein Zimmer für Mutti und Anni, einen Wohnraum mit Küche und Abstellraum und ein kleines Bad. Auf dieses Bad waren sowohl Monika als auch Regina ganz neidisch, denn in ihren viel größeren Bauernhäusern hatten sie noch nicht solche Bäder. Das Klo war immer noch draußen im Häuschen, wo es immer fürchterlich stank und wo sich mit Wonne Mücken und Spinnen aufhielten.

In Annis Bad gab es ein richtiges Klobecken mit Wasserspülung. Monika und Regina nutzten jedes Mal die Gelegenheit, dort zu thronen und lagen ihren Eltern schon seit einiger Zeit in den Ohren, endlich auch so ein richtiges Badezimmer zu installieren. Sie schwärmten ihnen vor, wie schön es doch wäre, in einer Badewanne voller Wasser zu liegen und nicht mit einem kleinen Büttchen vorlieb nehmen zu müssen, in dessen Seifenwasser man den Waschlappen immer tunken musste, mit dem man sich samstags von oben bis unten wusch.

Annis Mutter hielt sich abends oft im Haus ihres Bruders auf, weil sie dort Fernsehen konnte. Auch das war ein Grund, warum sich die drei gerne bei Anni trafen, dort konnten sie sich ungestört unterhalten.

An diesem Abend waren die drei Freundinnen nicht so ausgelassen wie sonst. Die politischen Ereignisse machten ihnen Angst. Doch trotz aller trüben Gedanken fanden sie doch irgendwann zu ihren gewohnten Gesprächen zurück um Kleider, Jungens, blöde Ziegen, die sie immer ärgerten, Geschwister, Familien. Sogar kichern konnten sie wieder. Wie so oft empfanden sie die Sorgen, die sie miteinander teilen konnten, nur noch als halb so schlimm.

Als Monika sich auf den Heimweg machte, fühlte sie sich schon viel besser. Im Dorf war es jetzt ruhig geworden und sie huschte schnell durch die dunklen Ecken bis zu ihrem Haus. Oma war in ihrem Sessel eingeschlafen, wie eigentlich jeden Abend, und ihre Eltern und Onkel Franz saßen noch vor dem Fernsehapparat.

»Das wird aber auch Zeit«, sagte ihr Vater. »Du musst doch morgen wieder früh aufstehen!« Darauf hatte Monika schon gewartet. Ihr Vater war ziemlich streng und mochte es gar nicht, wenn sie nach zweiundzwanzig Uhr nach Hause kam.

»Morgen nehmen wir auf der großen Wiese die Äpfel runter, da musst du auch helfen«, sagte er noch.

Ja, im Moment war noch gutes Wetter und es wurde Zeit für die Äpfel, viele lagen schon auf der Erde. Oft war es um diese Zeit feucht und kalt und es machte gar keinen Spaß, die Äpfel aus der nassen Wiese aufzuklauben, in Körbe und in Säcke zu füllen. Aber wenn es dann frischen Viez gab, der am Anfang noch süß schmeckte, dann freuten sich alle. Im Nachbarort gab es einen Schnapsbrenner, der auch Viez aus Wagenladungen voller Äpfel und Birnen presste. Viez war sozusagen das Eifeler Nationalgetränk. Fast jede Familie hatte ein Fass Viez in ihrem Keller stehen, der nach dem Gären mehr und mehr herb schmeckte.

Als sie sich an diesem Abend unter ihre Steppdecke und das Plumeau kuschelte und das Getrippel der Mäuse auf dem Speicher vernahm, kreisten ihre Gedanken angstvoll um Krieg, um Kennedy, um Atombomben, aber auch erwartungsfroh um den Kirmestanz, das neue Kleid und die Stöckelschuhe.

## Silvesternacht 2010/2011

Sie wissen nicht, ob sie im Kreis herum stapfen, sehen nichts mehr. Sie müssen auf Hörweite beieinander bleiben, was sich als äußerst schwierig herausstellt. Abgesehen von ihren röchelnden Atemgeräuschen herrscht Stille, denn sie haben kaum noch Kraft zum Sprechen. Ab und zu lässt sich jemand zu wilden Flüchen hinreißen, gleich danach wird Gott im Himmel zum wiederholten Male angerufen. Die Schmerzen im Knie sind für Monika so unerträglich wie die lähmende Müdigkeit, sie ist vollkommen ausgepumpt. Wie in Trance bewegt sie sich weiter und lenkt sich durch die Erinnerungen an frühere Zeiten und das immer wieder aufflackernde Herzklopfen bei dem Gedanken an Klaus, an die Berührungen und den Kuss von ihren Schmerzen ab.

Annes Gedanken kreisen um ihren Freund Jochen. Wie konnte er nur so eklig sein? Und jetzt? Was ist los mit ihm? Wird man einfach so ohnmächtig?

»Wie geht es Jochen, atmet er noch?«, ruft sie den Männern durch das graue Dunkel zu. Wilfried und Klaus, die sich beim Tragen dieses zwar schlanken, aber sich wie ein nasser Sack hängen lassenden Jochen mit jeder Minute mehr und mehr ihres doch schon etwas fortgeschrittenen Alters bewusst werden, bleiben wieder einmal stehen und versuchen, tief durchzuatmen. Wilfried hält sein Ohr an Jochens Mund, hört wie er flach atmet, und fühlt seinen Puls. Sehr unregelmäßig. Als Feuerwehrmann muss er ab und zu an Erste-Hilfe-Lehrgängen teilnehmen. Er könnte Jochen jetzt in eine stabile Seitenlage bringen und den Notarzt holen – normalerweise. Aber hier ist alles anders. Sie können ihn nicht hier draußen in

Kälte, Dunkelheit und Ascheregen hinlegen und warten. Sie müssen weiter. Er beruhigt Anne: »Wird schon wieder.«

Für Regina ist es höchste Zeit, einen Augenblick stehen zu bleiben. Ihr Atem pfeift wie bei ihrer alten Tante, die mit Asthma geplagt ist. Sie spürt ein Gefühl der Enge in ihrer Brust. Der Schmerz in ihren Füßen ist unerträglich. »Bitte lieber Gott, hilf uns, heilige Mutter Maria, ich kann nicht mehr!«

Durch die verklingenden Wortfetzen hören sie Hasso bellen. »Hasso, hierher, was ist denn los?«, ruft Anne ihm zu. Aufgeregt kommt Hasso und stupst mit seiner nassen Nase an Annes Hand. Sie will ihm über den Kopf streicheln, aber Hasso springt an ihr hoch und versucht, sie mit sich zu ziehen. Hat er etwas gefunden? Das Dorf?

Sie aktivieren ihre letzten Kräfte. Monika schleppt sich mit dem wehen Knie vorwärts. Jeder Schritt verursacht einen unerträglich stechenden Schmerz, der vom Knie aus in das ganze Bein ausstrahlt. Ihr ist ganz schlecht von all den Schmerzen, den Anstrengungen und der Angst. Anne zieht Regina mit sich, die sich kaum noch auf den Beinen halten kann und nur noch wimmert. »Komm Regina, Hasso hat bestimmt ein Haus gefunden!« Die Hoffnung verleiht ihnen Flügel. Wenige Meter weiter hören sie vor sich ein Geräusch wie ein Kratzen an Blech. Hat Hasso tatsächlich etwas gefunden? Sie tasten sich näher heran. Fühlen mehr als sie sehen. Das hier ist kein Haus, das ist ein Schuppen, eine Scheune oder ein Tierunterstand. Klaus ringt seinem Feuerzeug noch einmal einen winzigen Schein ab. Ja, hier ist eine Öffnung, ein Blechtor zum Aufschieben. Es ist ein Strohschuppen.

Niemand von ihnen spricht nun noch von Weitergehen, ein Dach über dem Kopf erscheint ihnen wie ein Paradies. Rechts und links von dem Spalt, den das Schiebetor freigibt und durch den sie sich der Reihe nach durchquetschen, sind riesige Strohballen aufgestapelt. Dazwischen ertasten sie einen Zwischenraum von gerade mal zwei Metern, wo der Boden mit losem Stroh bedeckt ist. Womöglich wurde hier ein Strohballen entnommen. Mit einem Aufstöhnen lassen sie sich der Reihe nach dort hinein fallen. Schnell schiebt Klaus als Letzter das Tor wieder hinter sich zu. Bis hier hinein ist der Ascheregen noch nicht durchgedrungen. Hier können sie endlich wieder richtig durchatmen.

Eine ganze Zeitlang ist jeder mit sich selbst beschäftigt. Erst einmal zu Atem kommen, ausruhen. Nie im Leben hätten sie sich vorstellen können, dass solch ein Strohlager so eine Wohltat bedeuten könnte.

»Hasso, mein guter, ohne dich wären wir vielleicht noch an der Scheune vorbeigelaufen.« Anne umarmt ihren Hund. »Jochen, wo bist du, wie geht es dir?« Sie tastet sich über die erschöpften Körper, bis sie ihren flüsternden Jochen erkennt. Er hält sich seine linke Brustseite, ringt nach Luft. »Klaus, was machen wir mit Jochen? Er braucht dringend einen Arzt!«

Klaus robbt heran. Er versucht herauszufinden, ob Jochen Schwierigkeiten mit seinem Herzen hat. Zuerst war er ja irgendwie erleichtert, als Jochen gar nichts mehr sagte. Besser, als dass er mit seinen aggressiven Ausbrüchen die ganze Gruppe durcheinander bringt. Nun aber hat er doch Sorge, dass Jochen ein schwerwiegenderes Problem hat.

»Jochen, versuche tief einzuatmen!« Wilfried kommt ihm zu Hilfe. Er schiebt einen Haufen Stroh zusammen und bettet Jochen so, dass sein Oberkörper etwas höher liegt, fast Sitzstellung einnimmt. Mehr kann er nicht für ihn tun.

»Monika, was macht dein Knie? Komm lass mich mal sehen.« Ein wenig Gas ist noch im Feuerzeug. Klaus weiß selbst, dass er hier bei dem vielen Stroh äußerst vorsichtig damit umgehen muss. Wenn jetzt auch noch hier ein Feuer ausbrechen würde, dann wären sie ganz verloren. Vorsichtig bewegt er das kleine Flämmchen. Er erschrickt, wie diese Menschen hier aussehen. Sie sind alle über und über bedeckt mit diesem grauen Schlamm aus Asche. Hände und Gesichter sind zum Teil mit blutigen Streifen überzogen. An Monikas Knie kann man keine Wunde mehr erkennen, Hosenfetzen und Schlamm bedecken alles. In dieser verschlammten Kleidung können sie hier nicht liegen bleiben. Langsam fangen sie an, sich die dick verschmutzen Hüte, Jacken und Hosen auszuziehen. Die Füße schmerzen so arg, dass sie Schuhe und Strümpfe kaum aus bekommen.

Liebevoll kümmert sich Wilfried um Regina, die sich wieder beruhigt hat, jetzt aber sogar etwas apathisch wirkt. Klaus nimmt die wimmernde Monika in den Arm und hält sie einfach nur fest. Anne streicht ihrem Jochen immer wieder über die Stirn. Wenn sie doch nur etwas tun könnte. Irgendetwas in ihren Gefühlen für

Jochen hat sich jedoch verändert. Es ist jetzt nicht der Zeitpunkt, darüber nachzudenken, die existenziellen Ängste überwiegen im Moment einfach alles. Wenn sie aber jetzt Jochens Hand festhält, dann ist das ganz anders, als es sonst immer war. Das ist nicht der starke, selbstbewusste Jochen, den sie kennt. Das ist nicht der Mann von Welt, der in der Politik so gut Bescheid weiß wie in Börsenkursen und Wirtschaftsnachrichten. Nicht, weil er jetzt so armselig hier liegt. Nein, nicht in der Art »in guten und in schlechten Zeiten«, das hier ist etwas anderes. Jochen hat sich vorhin einfach unmöglich benommen. Dieser Mann hier neben ihr ist ihr fremd geworden.

* * *

Es muss die Erschöpfung gewesen sein. Trotz höchster Anspannung, Todesangst und der bangen Frage, was aus ihnen wird und was diese Naturkatastrophe mit sich bringen wird, sind wohl alle nach und nach in einen leichten Schlaf gefallen. Als Anne aufwacht, Jochen flach atmend neben ihr liegt und von den anderen die verschiedensten Schnarchtöne hört, weiß sie zuerst gar nicht, wo sie ist. Sofort aber spürt sie das Unbehagen, die Angst. Irgendetwas ist wie damals, als ihre Ehe zerbrach. Es ist dieser erste Gedanke nach dem Aufwachen. Die Erinnerung, dass etwas Schlimmes passiert ist. Etwas, dass ihr einen stechenden Schmerz verursacht. Sie friert. Stroh piekt durch ihre Bluse und an ihren Beinen. »Oh Gott, der Vulkan«! Die Ereignisse holen sie ein. Sie sieht sich an ihrem Aussichtspunkt stehen und erlebt noch einmal dieses überwältigende Naturschauspiel eines Vulkanausbruchs mit der glühenden Masse und der riesigen Rauchwolke. Faszination und gleichzeitig Angst, Panik, der ausgeflippte Jochen, der undurchdringliche Ascheregen, die elende Plackerei bis hierher, der rettende Schuppen.

Anne scharrt sich ein wenig Stroh zusammen, um sich etwas zuzudecken. Die nasse, schlammige Jacke kann sie nicht benutzen. Dabei berührt sie einen Fuß. Er gehört zu Regina, die sich abrupt aufsetzt. »Wo bin ich?«

»Pssscht!«, flüstert Anne. »Lass sie noch etwas schlafen!«

Auch Regina muss sich erst einmal orientieren. Durch das Rascheln im Stroh sind nun doch alle nach und nach wach geworden, recken ihre schmerzenden Glieder. Die Erinnerung erreicht sie allmählich. Stöhnen, Worte wie: »Oh Gott, wo sind wir bloß?«

– »Wir leben noch!« – »Aua, mein Bein!« – »Puh wie kalt«, dringen durch die Dunkelheit. Auch Hasso, den Anne zu ihren Füßen ertastet, streckt sich und tappt sachte zwischen den Liegenden herum. Wie spät wird es wohl sein? Die Leuchtziffern von Annes Gucci-Uhr zeigen 8.54 Uhr an. Es ist immer noch dunkel. Um diese Zeit müsste es doch schon hell werden. Na klar, hier in dem Schuppen gibt es ja auch kein Fenster und durch die großen Strohballen würde sowieso kein Licht dringen.

Klaus schüttelt seinen rechten Arm, der eingeschlafen ist und sich anfühlt, als ob ihn tausend Nadeln stechen. Wie wenn es die normalste Sache der Welt sei, hatte er die ganze Zeit Monika liebevoll umschlungen gehalten. Und als ob sie schon lange Zeit sehr vertraut miteinander wären, drückt er sie zart an sich und robbt dann zu seinem Freund Jochen.

»Hallo Jochen, bist du wach, wie geht es dir?«

»Ich glaube, es ist mein Herz«, haucht dieser. Er hat immer noch Schmerzen in der linken Brustseite. Kein gutes Zeichen.

Monika, deren Knie bei jeder Bewegung höllisch schmerzt, stöhnt, als sie sich aufrichtet. Die Schmerzen haben sie immer wieder wach werden lassen und nur der Tatsache, dass sie mit ihren körperlichen Kräften völlig am Ende war, verdankt sie ein paar Minuten, vielleicht auch Stunden unruhigen Schlafes.

»Habt ihr eigentlich noch die Taschen?«, fragt sie. Erst jetzt denkt sie daran, dass sie doch noch Aspirintabletten in ihrer Handtasche hat. Abgesehen davon, dass sie selbst eine benötigt, könnte so eine Blut verdünnende Tablette Jochen wohl auch nicht schaden. Regina sucht in ihrem Umfeld. Sie hat nach ihrer rettenden Ankunft hier im Schuppen alles von sich geworfen. So wie sie sich erinnern kann, hatte sie noch die zwei Handtaschen um den Hals hängen, sowohl ihre als auch die von Monika, die sie nach deren Sturz mitgenommen hatte. Sie tastet, ja da ist sie. Monika wühlt in ihrer Handtasche.

»Da ist ja auch noch mein Feuerzeug.« Sie schnippst es an. »Hilfe, wie sehen wir alle aus«, denkt Monika, »wenn es nicht so ernst wäre, müsste man glatt darüber lachen.«

»Ich habe Hunger!« Reginas Lebensgeister sind auch wieder erwacht. »Zuerst brauchen wir was zum Trinken, wo sind die Taschen, ist da noch was drin?«, fragt Monika in die Runde.

Bei all den Anstrengungen in dieser Nacht hat keiner mehr registriert, ob er noch eine Tasche, einen Rucksack, einen Menschen schleppt.

»Leuchte noch mal mit dem Feuerzeug, aber vorsichtig, das Stroh!« Wilfried kriecht auf allen vieren herum und sucht, was nach der nächtlichen Flucht übrig geblieben ist. Tatsächlich wird er fündig. Ein Rucksack und eine total vermatschte Tasche. Ein paar Tüten mit Lebensmitteln vom Silvestermenü, eine Flasche Wein. Mehr ist es nicht. Die Sprudelflaschen haben sie auf dem Weg schon leer gemacht.

»Wie sollen wir jetzt die Aspirin schlucken?«, fragt Monika. »Mit Wein? Habt ihr denn einen Öffner für die Flasche?«

»So etwas habe ich immer dabei.« Wilfried sucht in seiner Hosentasche. Dort hat er immer ein Allzweckmesser mit sämtlichen Funktionen, auch ein kleiner Flaschenöffner ist daran. Er entkorkt die Flasche und reicht sie Monika. Es nützt nichts, auch Jochen muss die Aspirintablette mit etwas Wein hinunterschlucken.

Er verschluckt sich im Liegen, kann sich gar nicht richtig aufrichten. Er hustet und wird wieder ganz kurzatmig.

»Was glaubt ihr, was jetzt mit dem Vulkan ist?«, fragt Anne. »Meint ihr, hier kann uns noch etwas passieren?«

»Hmm, wenn man das wüsste. Also in dem Film, den ich von der Insel in Island gesehen habe, da ist die heiße Lava nur unmittelbar in der Umgebung des Vulkans geflossen. Der Vulkan war aber so nah an der Stadt, dass er dort viele Häuser zerstört hat. Die Leute von Haemey konnten damals alle gerettet werden, weil zufällig alle Schiffe und Boote wegen eines Sturms nicht ausgelaufen waren. – Also von der Entfernung her, glaube ich kaum, dass Lava bis hierher ausgespuckt wird. Das Problem ist der Ascheregen. Auf Haemey lag die Asche, glaube ich, nachher meterhoch.«

»Aber jeder Vulkan ist ja anders, man weiß doch gar nicht, wie dieser hier sich auswirkt«, Klaus möchte den anderen Mut machen, freilich denkt sich jeder von ihnen seinen Teil.

»Wartet, ich mache mal das Tor auf, vielleicht sieht man ja draußen irgendwas.« Wilfried schiebt das Rolltor vorsichtig einen Spalt auf, schließt es aber schnell wieder, weil die Asche draußen mindestens einen halben Meter hoch liegt und sie sich beim Öffnen schnell einen Weg ins Innere sucht. Er hat in dem kurzen Augenblick registriert, dass es draußen nicht mehr ganz so dunkel, eher grau ist, aber längst nicht taghell, und dass immer noch Asche herunterkommt.

»Da kommen wir nicht durch, wir müssen hier drin bleiben«!

Die erste kleine Zuversicht, die der Morgen mit sich gebracht hat, verschwindet wieder. Was ist, wenn sie für Tage hier gefangen sind, wenn sie verhungern, vor allen Dingen verdursten?

»Das Handy, vielleicht geht es ja hier«, ruft Regina plötzlich. Sie greift nach ihrer Handtasche und stößt einen schrillen Schrei aus, als sie in das Fach von oben hineingreift. Alles voller Matsch.

»Scheiße, das kann ich wegwerfen«, ruft sie wütend. »Was ist mit euren Handys?«

Anne hat nicht daran gedacht, ihres einzupacken. Monika nimmt immer nur eins mit, wenn sie wirklich einen Anruf erwartet und dringend telefonieren muss. Klaus besitzt kein Handy. Er braucht keines, findet es absolut blöd, wenn er überall in der Stadt zuhört, wie sie in ihre Sprechmuschel hauchen: ich steige jetzt in den Bus – wo bist du? – was machst du gerade? Und solche banalen Sachen. Sollen sich doch gleich eine Videoüberwachungsanlage anschaffen. Der gläserne Mensch. Überall beobachtet und überwacht.

Jochen, der hat sicher ein Handy dabei. Anne tastet in seiner Jacken-, dann in seiner Hosentasche. Ja, er hat eines. »Akku leer! Mist, das wars. Wir sind hier wirklich von der Außenwelt abgeschnitten.«

* * *

Sie warten. Auf was? Auf Rettung? Kein Mensch kann ahnen, dass irgendwo in der Vulkaneifel in einem einsamen Schuppen, von dem sie selbst nicht wissen, wo er sich überhaupt befindet, sechs Menschen und ein Hund auf Rettung warten. Sechs Menschen, von denen eine Frau Gefahr läuft, sich eine Blutvergiftung einzufangen, weil ihr aufgeschlagenes Knie nicht nur tierische Schmerzen verursacht, sondern die Wunde auch verunreinigt ist, und von denen ein Mann höchstwahrscheinlich einen Herzinfarkt erlitten hat, zumindest erhebliche Herzprobleme hat.

Stunden vergehen. Sparsam stecken sie hier und da etwas Essbares aus den übrig gebliebenen Tüten in den Mund. Sie können nicht wissen, wie lange sie hier gefangen sein werden. Mit ein paar Tropfen Wein versucht Monika, ihre Wunde am Knie zu reinigen. Die Hose hat sie einfach ausgezogen. Es ist dunkel und in der Situation ist es nicht angebracht, sich wegen irgendetwas zu genieren. In einer Öffnung hinter dem Strohballen verrichten sie ihre Notdurft. Es stinkt.

»Wären wir doch bloß nicht zu dieser blöden Hütte gefahren.« Regina hadert mit ihrem Schicksal. Als niemand darauf antwortet, steigert sie ihren Angriff, sucht einen Schuldigen. »Du mit deiner angeberischen Blockhütte«, richtet sie sich an Anne, »musstest uns mal wieder zeigen, was du so alles besitzt.« Betroffen schweigen alle einen Moment lang.

»Regina, was hast du denn? Anne wollte doch nur, dass wir Freundinnen uns noch mal treffen. Und außerdem war es doch ein sehr schöner Abend. Konnte doch niemand damit rechnen, dass es so endet.« Monika merkt, dass Regina die Situation nicht verkraftet. »Ja du, du musst ihr natürlich die Stange halten, gehörst ja auch eher zu der feinen Gesellschaft. Seht ihr, jetzt könnt ihr euch von eurem Geld auch nichts mehr kaufen.«

»Nun ist es aber gut«, jetzt ist Anne beleidigt. »Ich habe nie mit meinem Geld angegeben, das kannst du mir nicht vorwerfen.«

»Nein, gesagt hast du das nicht, aber jedes Mal, wenn wir uns getroffen haben, hast du uns vor Augen geführt, was du alles hast. Immer den neuesten Mercedes, die edlen Klamotten, die Hütte, die Möbel, die Bilder. Weißt du überhaupt noch, wo du herkommst? Deine Mutter hatte früher kaum genug zu essen.«

»Regina!« Anne ist schockiert. »Was ist denn mit dir los? Ich wusste gar nicht, dass der Neid dich zerfrisst! Ich dachte immer, du bist so zufrieden! Aber eines rate ich dir: Lass meine Mutti aus dem Spiel. Die hat so vieles auf sich genommen, um mich großzuziehen.«

Wilfried versucht, seine Frau zu beruhigen, aber die hat sich jetzt gerade eingeschossen. »Wilfried, du hast doch auch immer den Eindruck gehabt, dass sie dich von oben herunter behandeln. Es muss ja mal gesagt werden. Du auch, Monika, hast immer deinen – äh – Intellekt raushängen lassen. Wolltest immer viel schlauer sein als wir. Aber zum Umbauen von deinem Haus war Wilfried noch gerade gut genug. Da hattest du einen billigen Arbeiter.«

Monika ist vollkommen baff. Was ist nur mit ihrer lieben, sanften, gutmütigen Freundin Regina los? Natürlich ist diese Situation hier äußerst Nerven belastend. Aber diese aggressiven Sprüche hier können nicht alleine daher rühren, da muss etwas tiefer sitzen. Sicher, wenn sie jetzt darüber nachdenkt, hatte auch sie zwischendurch den Eindruck, dass Anne, die den Aufstieg von der kleinen Eifeler Tippmamsell in die große Kölner Geschäftswelt geschafft hatte, gerne den Leuten in der Eifel zeigt, was sie hat. Ist wahrscheinlich auch normal. Immerhin ist ihr das ja nicht in den Schoß gefallen. Sie hatte sich kontinuierlich weitergebildet, hatte irgendwann sämtliche Büroarbeiten voll im Griff. Sie konnte gut mit Geschäftspartnern umgehen und ohne die tüchtige Frau an seiner Seite hätte ihr Mann es damals nicht geschafft, die Firma so erfolgreich aufzubauen.

Und sie – Monika? Hat sie, die Lehrerin, sich wirklich so verhalten, als ob sie alles besser wüsste? So, wie man es ihrem Berufsstand nachsagt? Nicht bewusst. Ja, vielleicht hat sie etwas in höheren Regionen geschwebt, als sie jünger war. Als sie in München lebte, ihre kulturellen Ansprüche wuchsen.

Blitzartig fällt ihr eine Situation ein, als Regina sie in den Siebziger Jahren einmal in München besucht hatte. Regina hatte damals schon zwei Kinder und gönnte sich eine Auszeit von zwei Tagen, um einer Einladung von Monika zu folgen. Monika wollte ihr etwas Besonderes bieten und hatte Theaterkarten besorgt. Sie hatte sich ein wenig geschämt, weil Regina so hinterwäldlerisch angezogen war, und Regina konnte dann mit dem modern inszenierten Stück überhaupt nichts anfangen. Als sie anschließend noch ein Feinschmeckerrestaurant aufsuchten, war Regina enttäuscht, dass sie auf der Speisekarte kein Wiener Schnitzel fand. Außerdem fand sie alles viel zu teuer. Mit einem Wort gesagt, man merkte ihr an, dass sie vom Land kam.

Sicher, damals hatte Monika Fehler gemacht. Sie hätte Regina nicht so vorführen müssen. Sie hätte damals besser daran getan, allenfalls Operettenkarten zu besorgen oder mit ihr zum Hofbräuhaus oder einem Volksfest zu gehen und später ein gutbürgerliches Lokal auszusuchen anstelle des exklusiven Nobelrestaurants. Wahrscheinlich wollte sie einfach zeigen, dass sie, Monika, jetzt in einer anderen Welt lebte. Es war ihr nicht bewusst, dass sie Regina damit abqualifizierte. Im Nachhinein, so dachte sie, würde wohl jeder vieles anders machen in seinem Leben, besonders im Verhalten zu seinen Mitmenschen.

Regina ist noch nicht alles losgeworden, was auf ihr lastet. Wahllos greift sie irgendein Thema auf, was sie ihren Freundinnen zur Last legen kann. »Ihr zwei wart ja immer schon etwas zu raffiniert für mich. Wisst ihr noch, wie ihr mit den Wittlicher Jungen im Auto weggefahren seid und zu Hause erzählt habt, ihr wärt bei mir gewesen? Da musste ich für euch lügen, eure Eltern hätten euch das nie erlaubt. Mich habt ihr ja gar nicht gefragt, ob ich mitfahren wollte.«

»Regina, das sind aber jetzt wirklich alte Sachen, und außerdem hättest du ganz sicher nicht mitfahren wollen. Außerdem könnte ich jetzt auch sagen: Weißt du noch, wie wir dir in der Schule immer vorgesagt haben? Wie du so ängstlich warst und nicht mehr von dem Jägerstuhl herunter kamst? Oder als du schwanger warst und du hattest noch nicht einmal Wilfried etwas davon erzählt? Da haben wir dich aufgepäppelt.

Anne ärgert sich. Insgeheim überlegt jedoch auch sie, ob es nicht wirklich Situationen gab, in denen sie Regina von oben herab behandelt hat. Wenn ja, dann hat sie das wirklich nicht gewollt. Klar, dass sie teure Sachen trägt. Aber soll sie sich extra Sachen im Billigladen kaufen, damit sie in der Eifel nicht »die Schau« macht? So sehr fällt sie mittlerweile hier auch nicht mehr auf. In der Eifel sind die Leute heute auch wirklich gut angezogen. Vielleicht kaufen sie nicht gerade in einer Düsseldorfer Nobelboutique ein, aber mit der neuesten Mode geht man hier auch. Selbst ein großer neuer Mercedes ist heutzutage nichts Besonderes mehr.

»Nun hört aber mal auf zu streiten.« Wilfried ist es sehr peinlich, dass seine Frau so ausgerastet ist. Zu Hause haben sie sich auch früher schon öfter über die Freundinnen unterhalten. Und obwohl Regina starke Freundschaftsgefühle für diese beiden Frauen hegte, hat er ab und zu dann auch aus Reginas Worten leise Misstöne herausgehört, ja vielleicht auch ein wenig Neid. Er, Wilfried, tat immer sein Bestes, um seine Familie zu ernähren, und das ist ihm auch bis jetzt ganz gut gelungen. Er dachte auch immer, Regina sei damit zufrieden. »Lasst uns lieber nachdenken, wie das hier weitergeht. Wenn Jochen wirklich ein ernsthaftes Herzproblem hat, dann muss er dringend ins Krankenhaus. Und wenn hier ein Schuppen ist, dann kann das Dorf doch nicht mehr so weit entfernt sein. Solche Schuppen stehen meistens irgendwo am Dorfrand. Klaus, meinst du nicht, wir sollten versuchen, das Dorf zu finden?«

»Hmm, du hast recht, hier findet uns wirklich niemand. Ich könnte mir vorstellen, dass bei so einer Katastrophe Rettungskräfte von überall herkommen, vielleicht ist auch schon die Bundeswehr im

Einsatz. Die machen sicher mit irgendwelchen Geräten die Straßen frei. Es ist nur die Frage, wie lange das dauert, wo wir hier überhaupt sind und wann dieser Ascheregen aufhört. Außerdem, wie sollen wir durch den Schlamm waten?«

»Durst«, kommt es kläglich aus Jochens Mund. Alkohol ist sicher gar nicht gut für ihn, aber da sie sonst nichts haben, hält Anne ihm die Flasche Wein an den Mund und lässt ihn ein paar Tropfen trinken. Hasso jault, der arme Hund hat sicher auch Durst. In eine leere Plastiktüte, in der sich noch ein paar Reste des köstlichen Borretschs befinden, schüttet Anne ebenfalls ein paar Tropfen Wein. Aber dem Hund schmeckt das nicht, er schüttelt sich und verdrückt sich unter die Strohballen.

Bis auf das Rascheln im Stroh ist es wieder still im Schuppen. Alle hängen ihren Gedanken nach. Regina kennt sich plötzlich selbst nicht mehr. Sie hatte ihre Worte nicht bedacht, sie sind einfach so aus ihr herausgesprudelt. Sie erkennt, dass da wirklich ein Gefühl in ihr ist, das man als Neid bezeichnen könnte. Eine negative Eigenschaft. Will sie das? Ist sie wirklich neidisch auf diese Äußerlichkeiten, auf den schnöden Mammon? Es war doch nicht alles schlecht in ihrem Leben, im Gegenteil. Sie hatte es doch ganz gut zu Hause. Na ja, Vater war streng, sie musste viel arbeiten, sie hatten nie viel Geld. Aber dann, als sie Wilfried kennen lernte, als sie so verliebt war …

## Ostermontag 1966

Regina betrachtete sich im Spiegel. Gut sah sie aus. Sie hatte einen Hauch von Make-up aufgelegt und mit dem zarten Beige-Ton ihre roten Backen übertüncht. Mit ihrem ersten und einzigen Lippenstift hatte sie die Lippen rosafarben geschminkt und sie hoffte, dass Vater es nicht bemerkte. Noch vor zwei Jahren, als sie das erste Mal mit geschminkten Lippen zum Tanzen ging, hatte ihr Vater eine in die Backe gehauen und sie als Flittchen beschimpft. Das ließ sie sich heute nicht mehr gefallen, obwohl sie noch nicht volljährig war und sich immer wieder diese Reden anhören musste: »So lange du die Füße unter meinen Tisch streckst …« Sie kämmte den Pony seitlich in die Stirn, toupierte das Haar am Hinterkopf hoch und zog sich die Haarspitzen rechts und links der Wangen zu einem Kringel nach vorne.

Ihr Herz schlug heftig, wenn sie nur an ihn dachte, an ihren Wilfried. Ihre Gefühle waren wie der Frühling, der gerade Einzug hielt. Wenn man das Fenster öffnete, konnte man die Frühlingsluft riechen. Die Tage wurden länger, die Wiesen zeigten schon ihr erstes Grün, die Weidenkätzchen hinterm Haus blühten und hier und da streckten die Gänseblümchen ihre weiß-gelben Köpfchen nach oben. Für Regina war alles so herrlich aufregend, sie verspürte Lebensfreude, das Erwachen der Lust, Liebe.

Schon letzten Winter hatte sie Wilfried in der Landwirtschaftsschule kennen gelernt. Damals hatten sie sich nur schüchterne Blicke zugeworfen. Als er dann aber beim Tanzabend am zweiten Weihnachtstag im Nachbarort plötzlich vor ihr stand und sie mit einer höflichen Verbeugung zum Tanzen aufforderte, da hatte es eingeschlagen wie eine Bombe. Seitdem kreisten Reginas Gedanken nur noch um ihn. Morgens, wenn um 5.30 Uhr der Wecker klingelte, war er ihr erster Gedanke, und wenn sie dann mit dem Firmenbus zur Schuhfabrik fuhr, in der Regina diesen Winter über am Fließband arbeitete, um sich etwas Geld zu verdienen, war Wilfried im Geiste ihr ständiger Begleiter.

Wilfrieds Eltern besaßen einen großen Bauernhof in einem Dorf in der Nähe von Bitburg, den er einmal übernehmen sollte. Regina hatte sich in den letzten Monaten schon die Zukunft ausgemalt. Für sie wäre es kein Problem, die Frau eines Landwirts zu sein. Sie war es gewohnt, hart zu arbeiten und hatte in ihrem Elternhaus und in der Landwirtschaftsschule alles gelernt, was mit Haus- und Landwirtschaft zu tun hat. Ihre Freundinnen Anni und Monika könnten sich gar nicht vorstellen, in diesen Zeiten noch einen Bauern zu heiraten, bei dem Feierabend ein Fremdwort war und der nie ein geregeltes Einkommen hatte. Sie mochten sich nicht schmutzig machen, im stinkigen Stall stehen und all die Arbeiten verrichten, die für Regina eher ein einträchtiges Miteinander mit der Natur darstellten.

Eine ganze Zeit lang hatte Regina ihren Wilfried immer nur heimlich getroffen, bis sie nun endlich den Mut gefunden hatte, ihn gestern am Ostersonntag zum Kaffee einzuladen und ihn ihren Eltern vorzustellen. Regina hatte mit Widerstand gerechnet und wunderte sich, dass Vater nicht meckerte. Er, der strenge, der noch mehr als Mutter über die Moral seiner Kinder wachte, der als gläubiger Katholik äußerst enge Maßregeln setzte. Wilfried musste wohl Eindruck gemacht haben.

Regina schaute auf ihre Armbanduhr, die sie zur Kommunionfeier von ihrer Patin geschenkt bekommen hatte und die sie immer nur sonntags trug. Es war schon spät. Heute, am Ostermontag wollte sie mit Wilfried zum Tanzen in den Gasthaus-Saal in Unterfeldbach. Sie wusste, dass die Leute um zwanzig Uhr nur so in den Saal strömten, und hoffte, dass ihre Freundinnen für sie einen Platz frei hielten. Als Wilfrieds dunkelblauer NSU-Prinz endlich in den Hof einbog, beeilte sich Regina, ihm entgegenzugehen und ihn zu begrüßen. Doch ausgerechnet in dem Moment, als sie die Haustür öffnete, ertönte aus dem etwas heruntergekommenen Nachbarhaus ein markerschütternder Schrei. Wilfried war etwas irritiert und schickte sich an, der Sache auf den Grund zu gehen, doch Regina schüttelte schnell den Kopf.

»Komm rein, Trina hat sicher mal wieder Streit mit ihrem Alten.« Regina war es peinlich, was sollte Wilfried wohl von den Unterfeldbacher Leuten denken?

Bevor sie die Haustür hinter sich schlossen, sahen sie Trina laut lamentierend aus ihrem Haus Richtung Dorfplatz laufen.

»Na, hat Jupp mal wieder einen über den Durst getrunken?«, fragte Tante Suss, nachdem sie Wilfried Guten Abend gesagt hatte, und auch Mutter nahm es gelassen, als sie durch das Fenster hörte, wie der Trunkenbold Jupp im Nachbarhaus mit irgendwelchen Sachen um sich warf. »Pack schlägt sich, Pack verträgt sich. Passt auf, morgen sind sie wieder ein Herz und eine Seele.«

Trina war als Klatschweib bekannt im Dorf. Zwar machten alle Leute drei Kreuze, wenn sie wieder ging, aber die Höflichkeit gebot, ihr einen Kaffe anzubieten, wenn sie zur Kaffeezeit aufkreuzte oder wenigstens zu sagen: »Setz dich.« So sehr die Leute im Dorf auch versuchten, Trina möglichst wenig aus ihren Familiengeschichten preiszugeben, so sehr hofften die meisten aber auch, von ihr Neuigkeiten aus dem Dorf zu erfahren. Alle wollten wissen, wer demnächst ein Kind bekam, wer mit wem was hatte, wer in der Kirche gefehlt hatte und folglich krank sein musste, welche Jugendlichen mit unanständig kurzen Röcken herumliefen und welcher Dorftratsch in aller Munde war. Ab und zu saß Trina auch bei Tante Suss in der Küche und Regina spitzte die Ohren, wenn über ihre

Freundinnen geredet wurde, die schon allein durch ihr Äußeres oft zu Dorfgesprächen Anlass boten.

Im großen Saal des Wirtshauses war es schon recht voll, als Regina und Wilfried endlich dort aufkreuzten, aber Anni und Monika hatten ihnen einen Platz an ihrem Tisch frei gehalten. Annis Freund Berni war noch nicht da und Anni war schon etwas gereizt. Sie hatte sich extra fein gemacht, trug einen weit schwingenden schwarzen Rock und eine weiße Bluse mit Spitzenrüschen, ihre Haare hatte sie hoch toupiert, an ihren Ohren steckten dicke schwarze Ohrclips. Sie und auch Monika hatten eine dicke Schicht Make-up aufgetragen und die Lippen mit einem kräftigen Rosa geschminkt. Monika tanzte mit Herbert, der es immer noch nicht aufgegeben hatte, obwohl Monika ja demnächst studieren ging und mit Sicherheit nichts mit einem Landwirt anfing.

Wenn auch Anni und Monika sich jedes Mal freuten, wenn die etwas altbackenen Dorfmusikanten zwischendurch einmal einen Twist, Let Kiss oder Bossa nova spielten und sie neuerdings viel lieber zu Beat-Abenden mit den modernen Bands aus Wittlich gingen, liebten sie es auch immer noch, im Arm eines hübschen jungen Mannes im Walzer- oder Tangoschritt über die Tanzfläche zu schweben. Regina freute sich ganz besonders, wenn diese Musiker der alten Schule ihre romantische Standardschnulze »Wenn bei Capri die rote Sonne im Meer versinkt ...« spielten und Wilfried sie beim Tanzen ganz eng an sich zog und ihr tief in die Augen schaute. Dann würde sie am liebsten alle Leute um sich herum vergessen und sich ganz der Stimmung hingeben.

Um halb elf Uhr war Berni immer noch nicht da und Anni war den Tränen nahe. Sie wurde zwar oft zum Tanzen aufgefordert, sehnte sich aber nach ihrem Berni und schaute immer wieder auf die Uhr. Regina wusste, wie so oft in letzter Zeit kämpfte Anni nun wieder mit ihren zwiespältigen Gefühlen. Anni hatte in einer stillen Stunde mit ihren Freundinnen darüber geredet. Auf der einen Seite hatte sie eine Stinkwut auf diesen Kerl und fragte sich, was er sich einbildete. Sollte sie bloß auf Abruf für ihn da sein und konnte er nur auftauchen, wenn es ihm Spaß machte? Stimmte es doch, was ihre Arbeitskollegin erzählt hatte, die ihn angeblich mit anderen Mädchen gesehen hatte? Auf der anderen Seite aber war da Annis Sehnsucht, diese erste große Liebe, dieses Herzklopfen. Sie wusste ganz genau, sie konnte so wütend sein wie sie wollte, wenn Berni vor ihr stand und sie mit seinen blauen Augen anschaute, wenn sie in sein hübsches Gesicht schaute, dann war sie wieder hin und weg.

Um elf erschien Berni dann mit zwei Freunden und erzählte Anni irgendetwas von Autoproblemen, Abschleppen usw. Anni war mittlerweile ernsthaft böse, dass Berni sie ausgerechnet in ihrem Heimatort so vorführte. Alle Leute hatten gesehen, wie spät er kam und sicher haben auch alle bemerkt, wie oft Anni auf die Uhr schaute. Sie konnte ihre schlechte Laune nicht verbergen und schmollte erst einmal eine halbe Stunde lang. Das wiederum passte Berni nicht, er blieb nur eine Stunde und machte sich dann wieder mit seinen Kumpels auf den Weg, wohin auch immer, aber sicher noch nicht nach Hause. Für Anni war der Abend gelaufen, mit Tränen in den Augen machte sie sich auf den Weg nach Hause. Es nützte auch nichts, dass ihre Freundinnen gegen Berni wetterten und Anni rieten, jetzt erst recht zu bleiben und sich zu amüsieren. So einfach war das nicht.

Sie konnte nicht einfach wegstecken, was in diesem letzten Jahr alles passiert war. Mit Berni hatte sie die ganze Palette von Liebe kennen gelernt, von himmelhochjauchzend bis zu Tode betrübt. Er hatte in ihr erotische Gefühle erweckt, er war ihr näher und näher gekommen, bis sie endlich ihre ganze Erziehung und all die kirchlichen Grundsätze über Bord geworfen hatte und sich ihm hingab. Sie fand es so schön, wenn er sie überall streichelte, wenn er so lieb zu ihr war, wenn es überall prickelte, wenn das Herz bis zum Halse schlug, obwohl sie jedes Mal so ein schlechtes Gewissen hatte und Mutti nicht mehr in die Augen schauen konnte. Und es war immer wieder so schlimm für Anni, wenn Berni sie versetzte, Verabredungen nicht einhielt und sie Zweifel an seiner Liebe und Treue haben musste. Warum konnte er nicht so sein wie Wilfried?

Regina tat es so Leid für Anni und irgendwie war auch Monika nicht mehr so recht in Stimmung. Sie hatte mit einem Amerikaner einen Rock 'n' Roll getanzt, wobei ihr kurzer Rock ganz hoch über ihre Knie gerutscht war, und sich anschließend mit ihm an der Theke eine Weile in Englisch unterhalten. Da war doch tatsächlich Monikas Vater aufgestanden und hatte Monika an ihren Tisch zurückbeordert mit der Drohung, sie unverzüglich nach Hause zu schicken, sollte sie sich noch einmal mit einem Ami abgeben. Monika war empört, welch eine Blamage vor all den Leuten. Sie wollte doch gar nichts von dem Ami, sie wollte sich nur mit ihm unterhalten und etwas über Vietnam erfahren. Diese Eltern aber auch!

Reginas Eltern hatten eigentlich auch vorgehabt, die Gelegenheit zum Tanzen zu nutzen, die sich ihnen in Unterfeldbach nur dreimal im Jahr bot. Doch Reginas Oma hatte es mal wieder mit dem Herzen und ließ Mutter nicht aus dem Haus. Vater konnte nicht weg, weil eine Kuh kalben sollte. Regina fühlte sich an diesem Abend viel freier als sonst. Heute konnte Vater kein Auge auf sie werfen, wenn Wilfried sie beim Tanzen etwas enger umfasste, und endlich konnte sie jetzt offiziell mit Wilfried »gehen«.

Auf dem Heimweg, als das tippelnde Geräusch von Reginas Stöckelschuhen durch die nachtstille Dorfstraße hallte, zog Wilfried sie im Schatten der großen Friedhofsmauer fest an sich und küsste sie leidenschaftlich. Den ganzen Abend hatte er sich danach gesehnt, keine Minute länger wollte er warten. Es war nicht nur die Kälte der Nacht, die Regina erzittern ließ. Sie spürte seine Leidenschaft in der engen Umarmung und ihr ganzer Körper vibrierte. Jetzt nur vernünftig bleiben, sagte sie sich. Sie könnten ja im Wohnzimmer noch ein wenig schmusen. Wenn Wilfried nicht allzu lange blieb, würde Mutter hoffentlich nicht im Nachthemd erscheinen und ihn nach Hause schicken, wie sie es schon einmal gemacht hatte, als sie mit ihren Freundinnen und den Dorfjungen noch nachts zum Kaffee trinken in der Küche gesessen hatten.

Im Stall des Scholzenhofes brannte Licht und auch die Hofbeleuchtung war noch hell, als Regina eng umschlungen mit Wilfried in den Hof einbog. Sie hörten Stimmen im Stall, wahrscheinlich kalbte die Kuh gerade. Schade! Jetzt konnten sie die viertel Stunde Schmusen im Wohnzimmer vergessen, denn wenn erst das Kälbchen auf der Welt war, würden die Männer im Haus noch einen Schnaps zu sich nehmen.

Regina zog ihren Liebsten daher ganz sachte in eine dunkle Ecke neben dem Schuppen und überlegte angestrengt, ob Wilfried es unanständig fände, wenn sie ihn noch einmal in Ruhe küssen wollte. Solche Aktivitäten gingen normalerweise von dem Mann aus. Er jedoch hatte nur auf die Gelegenheit gewartet, seiner Regina noch einmal ganz nahe zu kommen. Zärtlich ließ er seine Hände unter Reginas Jacke um ihren Rippenbogen und die Rundungen ihrer Taille wandern, während ihre Lippen heiß zueinander fanden. Als seine Fingerspitzen ganz allmählich die Ansätze ihrer kleinen festen Brüste fanden, spürte sie, wie sich ihre Brustwarzen aufrichteten und die Lust ihren Körper mit einer Gänsehaut überzog. Rasch befahl sie sich, dieses verbotene Spiel abzubrechen, zog entschlossen Wilfrieds Hände von dieser Stelle weg und hauchte: »Du musst jetzt fahren, ich muss morgen früh aufstehen.«

»Es tut mir leid, ich wollte nicht ...« Auch Wilfried hatte keine Erfahrung, wusste nicht mit seiner Lust und der Liebe umzugehen und wollte seine Regina nicht bedrängen.

Als Regina die alte Holztreppe zu ihrem Schlafzimmer hoch gestiegen war und die Dielen ihres Schlafzimmers unter ihren Schritten knirschten, während sie sich fröstelnd auskleidete, spürte sie dieser Lust nach, die sie eben ergriffen hatte. So also fühlte sich Liebe an. Mit jeder Faser ihres Körpers liebte sie diesen Mann. Was hatte sie, Regina doch für ein Glück, Wilfried kennen gelernt zu haben. Er tat ihr so gut, sie fühlte sich geliebt, begehrt, geachtet, und sie war auch ein klein wenig stolz darauf, ihren Freundinnen etwas voraus zu haben.

## Neujahrstag 2011

»Seid mal leise, was ist das für ein Geräusch?«

Alle spitzen die Ohren. Da ist doch irgendwo hinter den Strohballen ein Plätschern, ein Gluckern, so als ob Hasso gierig Wasser trinkt. Wo kann das herkommen? Wilfried geht der Sache auf den Grund. Er kriecht, nachdem er sich Monikas Feuerzeug eingesteckt hat, genau da, wo die runden Strohballen eine kleine Öffnung frei lassen, auf allen vieren weiter. Erstaunt stellt er fest, dass sich dahinter ein größerer Raum auftut. In dem kleinen flackernden Lichtschein des Feuerzeugs sieht er einen Traktor sowie einige andere landwirtschaftliche Geräte stehen. In einer Ecke steht ein altes, verrostetes Wasserfass. Wilfried weiß, dass Landwirte solche Wasserfässer oft im Sommer auf die Weide stellen, damit das Regenwasser aufgefangen wird und das Vieh daraus getränkt werden kann. Wieso da aber jetzt mitten im Winter noch Wasser drin ist? Viel kann es nicht sein.

Hasso steht mit den Vorderbeinen auf dem Rand des oben offenen Fasses, hat den Kopf tief hinein gesenkt und schlürft gierig.

Wilfried tappt vorsichtig an den Pflügen und Eggen vorbei und lässt den kleinen Lichtschein des Feuerzeuges kurz über dem Wasserfass aufleuchten. Na ja, hoffentlich ist es wirklich nur Wasser, diese braune Brühe dort. Er zieht Hasso am Halsband: »Komm Hasso, das ist erst mal genug, sonst kriegst du Bauchweh.« Hasso knurrt, zieht sich dann aber wieder hinter die Strohballen zurück.

Das durchsichtige Plastik-Feuerzeug lässt Wilfried erkennen, dass der Gasvorrat zu Ende geht. Nun möchte er aber noch schnell den Traktor inspizieren. Eine Idee reift in seinem Kopf. Wenn der Zündschlüssel steckt oder hier irgendwo zu finden wäre, könnte man vielleicht damit durch das einen halben Meter hohe Gemisch aus Schlamm, Bimssteinen und Asche fahren. So ein Traktor hält schon so einiges aus.

Der Zündschlüssel steckt nicht im Schloss. Wilfried sucht alle möglichen Verstecke am Traktor ab. Er als Landwirt weiß, welche Möglichkeiten es da gibt. Tatsächlich entdeckt er den Schlüssel in einem kleinen Werkzeugkästchen. Er hat ihn kaum in seine Hosentasche geschoben, da erlischt das kleine Flämmchen und es wird wieder dunkel um ihn herum. Vorsichtig tastet er sich um die Geräte herum und sucht die Öffnung seitlich unter dem Heuballen, um zu den anderen zurückzukriechen.

Klaus, dem er seine Idee mit dem Traktor erzählt, kennt sich mit solchen landwirtschaftlichen Fahrzeugen nicht aus. Er glaubt jedoch, ein Versuch ist es allemal wert. Sie überlegen, wie wahrscheinlich es ist, das Schiebetor überhaupt öffnen zu können, wenn von draußen der pappige Schlamm dagegen drückt und wie schnell der Schlamm dann in den Schuppen hinein läuft, wenn das Tor tatsächlich offen ist. Können evtl. die Frauen das Tor von innen wieder schließen, damit der Ascheregen nicht in den ganzen Schuppen eindringt? Alle theoretischen Überlegungen bringen nichts. Sie müssen es versuchen. Wenn Jochen keine ärztliche Hilfe bekommt, wird er noch sterben. Und wenn sie hier noch tagelang unentdeckt bleiben, dann haben sie nichts mehr zu essen und zu trinken und besonders warm ist es auch nicht.

Zusammen machen sie einen Plan. Wilfried wird versuchen, den Traktor zu starten, während Klaus mit den Frauen versucht, das Blechtor in dem Geräteraum nebenan von innen zu öffnen. Wilfried fährt hinaus, Klaus springt auf den Traktor und die Frauen müssen unmittelbar danach das Tor wieder schließen. Wenn es denn so funktioniert.

Wilfried erzählt Anne noch schnell, dass der Hund irgendein schmutziges Wasser getrunken hat. Falls er also erbricht, dann weiß sie, wovon das kommt. Klaus und Wilfried rüsten sich, die Aktion Traktor zu starten. Der Schlamm auf den Jacken und Mänteln, die alle irgendwo im Stroh auf einem Haufen liegen, ist mittlerweile getrocknet. Es ist sinnlos, nach der eigenen Jacke zu suchen, sie sehen alle gleich aus. Diese Jacken sind so hart von dem trockenen Schlamm, dass sie von alleine stehen würden. Auch auf den Hüten ist eine dicke Schicht getrocknet. Einen letzten kleinen Lichtschein entringt Klaus noch seinem Feuerzeug, dann kriechen alle der Reihe nach durch die Öffnung in den Raum mit den Geräten. Nur Jochen, dem es zwar mittlerweile ein wenig besser geht, der aber noch sehr schwach ist, bleibt im Stroh zurück und Hasso erhält Anweisung, bei ihm zu bleiben. Regina drückt ihren Wilfried noch einmal fest an sich und fängt an zu weinen: »Könnt ihr mich nicht mitnehmen? Oh Schatz, ich wünschte, du würdest bei mir bleiben. Wenn dir nur nichts passiert.«

»Mein Muckelchen, sei vernünftig. Wir wissen doch gar nicht, ob wir da draußen irgendwas finden. Stell dir vor, wir bleiben stecken und müssen zu Fuß weiterwaten. Bleib lieber hier. Hier bist du erst einmal in Sicherheit.«

Auch Klaus gibt Monika, als ob es die normalste Sache der Welt sei, einen liebevollen Kuss auf den Mund, umarmt sie noch einmal zärtlich und gibt dann das Kommando, sich alle an ihren geplanten Ausgangspositionen einzufinden. Monika, die sich in der Nähe dieses Mannes die ganze Zeit trotz der äußeren Gefahrensituation irgendwie beschützt vorgekommen ist, wird plötzlich schmerzlich bewusst, wie weh es ihr tut, ihn gehen zu lassen, ihn weiteren Gefahren ausgesetzt zu wissen und nicht sicher zu sein, ihn jemals wieder zu sehen. Mehr denn je kommt ihr das ganze Geschehen total unwirklich vor. Jahre, ja Jahrzehnte lang passierte in ihrem Leben gar nichts und nun plötzlich, in einer einzigen Nacht, begegnet sie einem Mann, in den sie sich spontan verliebt. Verliebt, was ist das überhaupt für ein Wort, in ihrem Alter? Ja, verliebt! Warum nicht – in ihrem Alter? Und in der gleichen Nacht passiert noch so etwas Unglaubliches: ein Vulkanausbruch! So etwas kann man sich nicht einmal in einem Traum zusammenreimen.

Mehrere Male muss Wilfried den Traktor starten. Bei den ersten drei Versuchen gibt der Motor nur erstickende Geräusche von sich. Die Batterie ist wohl nicht mehr ganz auf der Höhe. Dann endlich, er springt an. Mit vereinten Kräften schieben sie am Tor, bis es endlich – ganz langsam – nachgibt. Sofort weht ein kleiner Luftzug eine Schicht Asche herein. Trockene Asche, nicht mehr diese nasse Pampe, durch die sie gewatet waren. Das Licht der Scheinwerfer des Traktors bricht sich in dem immer noch dichten Ascheregen. Draußen ist es nicht ganz so dunkel wie in dem Schuppen, aber von Tageslicht keine Spur. Klaus klettert so schnell er kann auf den Beifahrersitz. Wilfried gibt Gas und mit lautem Tuckern entschwindet der Traktor wie in einer dichten Nebelwand. Schnell drücken die Frauen mit aller Kraft das Tor wieder zu. Jetzt ist es noch schwerer als vorher, weil sich ein Teil dieser pampigen Schicht in den Eingang geschoben hat. Wie zäher Zement. Es ist wieder stockdunkel. Wieder brauchen ihre Augen eine Zeitlang, sich an die Dunkelheit zu gewöhnen, ehe sie die Umrisse der anderen erkennen können.

»Jetzt hat Klaus auch noch das Feuerzeug mitgenommen, jetzt sehen wir gar nichts mehr.«

Monika hinkt zu der Öffnung im Stroh. Sie hat sich ihren Schal um ihr wehes Knie gebunden. Nach der Einnahme der Schmerztablette haben die Schmerzen nachgelassen, aber beim Kriechen durch die Öffnung kann sie das Knie nicht belasten und robbt daher mit dem ganzen Körper über die Erde. Regina folgt ihr, ist ihr jedoch ein wenig zu dicht auf den Fersen und bekommt Monikas Fuß ins Gesicht. »Au! Jetzt trittst du mich auch noch, pass doch auf!«

»Ich seh doch hier nichts, entschuldige!« Monika erreicht wieder ihre Strohspalte und spürt Hassos nasse Nase in ihrem Gesicht. »Mein Gott«, denkt sie, »wenn uns jemand so sehen würde! Das wäre ja filmreif.«

»Ich habe Durst.« Anne ist noch nicht ganz aus ihrem Loch gekrochen, da hört sie schon Jochens klägliche Stimme. Hätten sie doch nur noch etwas zum Trinken. Die Flasche Wein war ruck zuck leer bei den sechs durstigen Kehlen. Alle lechzen nach etwas Trinkbarem.

»Es tut mir Leid, Jochen, wir haben nichts mehr zu trinken. Wilfried und Klaus holen jetzt Hilfe. Es dauert sicher nicht mehr lange.«

Anne drückt Jochens Hand. Sie ist ganz kalt.

»Anne, ich glaube, ich sterbe.«

»Aber Jochen, sag doch nicht so etwas.«

»Ich habe Angst, mir ist so eng in der Brust.« Anne darf Jochen nicht zeigen, dass sie genau so viel Angst hat. Sie muss ihre ganze Kraft zusammennehmen, um Jochen Optimismus vorzuspielen. Kurze Zeit später versinkt er in einen unruhigen Schlaf.

* * *

»Ob sie es wohl schaffen, das Dorf zu finden? Die wissen ja überhaupt nicht, in welche Richtung sie fahren müssen.«

Anne macht ein paar gymnastische Übungen, um sich aufzuwärmen. Normalerweise würden sie an einem Wintertag wie diesem in der Scheune fast erfrieren ohne entsprechende Kleidung. Die warme Asche jedoch, die draußen alles bedeckt, lässt es auch in der Scheune ein wenig wärmer werden. Nur ihre nackten Füße fühlen sich mittlerweile an wie Eisklumpen, dazu piekt das Stroh sie bei jedem Schritt. In der verschmutzten und verschwitzten Kleidung von gestern fühlen sich alle äußerst unwohl.

Regina weint immer noch: »Lieber Gott, lass sie Hilfe finden!« Ihre Gedanken sind bei den Männern auf dem Traktor.

Und wieder schicken alle still für sich ein Stoßgebet zum Himmel. Anne betet auch für Jochen. Sie weiß, es ist nicht fair, immer nur in Notsituationen zu beten. Ja, sicher, sie hat auch zwischendurch schon einmal Gott gedankt, dass es ihr so gut geht. Aber mit Kirche hatte sie in den letzten Jahren gar nichts mehr am Hut. Kirchen waren für sie eher ein Besichtigungsobjekt in fremden Städten, als ein Haus zum Niederknien und Beten. In dieser Situation aber wird ihr vor Augen geführt, wie klein der Mensch ist im riesigen Universum, wie machtlos gegenüber Naturgewalten. Es wird ihr bewusst, dass es irgendeine Macht geben muss, die die Fäden in der Hand hält.

»Du, Monika«, sagt sie kurze Zeit später, »was war denn das eben mit Klaus? Du hast dich doch nicht etwa verliebt?«

Monika weiß nicht, was sie sagen soll. Unter normalen Umständen würde sie jetzt lachen und alles von sich weisen. Wieder und wieder hat sie sich selbst schon gefragt, wieso sie diese Gefühle zulässt. Ja, sie fühlt sich mächtig hingezogen zu diesem Klaus. Sie kennt ihn doch erst seit gestern Abend und versteht selbst nicht, wieso sich in dieser einen Nacht ein solches – Vertrauensverhältnis

– eine körperliche und geistige Nähe aufgebaut hat. Es war nicht nur diese Grenzsituation, die alles verändert hat, auch vorher schon hat ganz einfach die »Chemie« gestimmt. Hunderte von Männern könnten ihr begegnen, doch bei keinem wäre es so wie bei Klaus.

Doch nun in dieser Notsituation? Wer weiß, wie das hier ausgeht? Wer weiß, ob sie überhaupt überleben werden oder in diesem Schuppen elend verhungern müssen? Wer weiß, ob diesen beiden Männern da draußen nichts passiert? Klaus, nein es darf ihm nichts passieren. Monikas Herzklopfen und der Gedanke an Klaus sind stärker als der Schmerz in ihrem Knie, der wieder zurückgekommen ist, nachdem die Wirkung der Schmerztablette nachgelassen hat.

Trotz allen Elends heute Nacht hat es ihr so gut getan, von diesem lieben Menschen im Arm gehalten zu werden, seine Nähe zu spüren. Plötzlich ist ihr bewusst, dass das Leben so kurz ist. Warum soll sie nicht noch einmal dieses Glück spüren dürfen? Ja, sie will! Sie will das hier überstehen, sie will diesen Klaus, seine Zärtlichkeit, seine Fürsorge. Gibt es eine Zukunft für sie?

»Ach, was würde ich jetzt so gerne duschen«, lenkt Monika schließlich ab, »und Zähne putzen.« Als Klaus sie eben auf den Mund küsste, hatte sie schon Angst, er würde ihren allmorgendlichen Mundgeruch abstoßend finden.

»Ich wäre schon zufrieden mit einem Schluck Wasser«, meint Regina. »Ich habe so einen Durst.«

»Ich auch«, Anne wühlt in ihren Tüten herum. »Zu essen haben wir auch nicht mehr viel. Wie gut, dass ich überhaupt etwas mitgenommen habe.«

»Wie viel Uhr ist es denn überhaupt?« Reginas Uhr hat keine Leuchtziffern. Einfach nur hier herumliegen nervt sie total. Sonst hat sie nie genug Zeit und jetzt wartet sie verzweifelt, dass sie vorbeigeht. »Viertel nach vier! Jetzt ist schon fast der ganze Tag vorbei und es ist immer noch nicht hell.«

Anne denkt bei sich, dass es normalerweise um diese Zeit schon wieder dunkel wird. »Diese Dunkelheit macht einen ja total fertig.« Monika, die nun eine Schmerztablette ohne etwas zu trinken herunterwürgt, weiß zum Thema Dunkelheit aus den nördlichen Ländern zu berichten.

»Im Winter wird es in Island fast überhaupt nicht mehr hell. Deshalb ist dort auch die Selbstmordrate so hoch. Außerdem gibt es trotz strengen Alkoholgesetzen ganz viele Alkoholiker. Die brauen sich das Zeug selbst. Stellt euch vor, es ist die ganze Zeit dunkel, wahrscheinlich würden wir dann auch trinken.

Auch als ich in den Weihnachtsferien einmal in Norwegen zum Skifahren war, machte mir die lange Dunkelheit Probleme. Kaum war man bei Tageslicht zweimal den Hang hinuntergefahren, war es schon wieder dunkel. An manchen Hängen hatten sie Flutlicht, aber das mochte ich gar nicht. Irritierte mich. Also in den Weihnachtsferien dort, das war wirklich nichts, da kann man höchstens in den Osterferien hinfahren, dann ist es heller und dann liegt dort auch noch Schnee.«

»Ja ja, ihr mit euren Reisen. Ihr habt es ja mal gut. Und unsereins muss gucken, wo er das Geld zum Leben herbekommt.« Regina fängt wieder an zu meckern.

»Regina, ich glaube, wir müssen jetzt mal Klartext reden.« Obwohl Monika eine Konfrontation vermeiden möchte, will sie dennoch herausfinden, wo Reginas Problem liegt.

»Ich mache euch einen Vorschlag: Lasst uns der Reihe nach einfach mal offen sagen, was uns an den anderen stört oder gestört hat und wie wir das Verhalten der anderen empfinden. Hier im Dunkeln braucht eine die andere nicht anzuschauen. Ich finde, wenn man wirklich gut befreundet ist, muss es auch möglich sein, den anderen offen die Meinung zu sagen. Es gibt ja manchmal Fehler, die man selbst nicht erkennt.«

Monika hatte so etwas einmal mit einer kleinen Schulklasse im Landschulheim gemacht. Da kamen viele Sachen zum Vorschein, die lange vorher geschwelt hatten und nun endlich ausgesprochen wurden.

»Regina, du hast ja gerade schon den Anfang gemacht, also mach ruhig mal weiter. Sag uns, was du denkst, sag uns, was du an uns auszusetzen hast!«

Regina zögert. Diese Angriffe heute Morgen und jetzt eben kamen spontan aus ihr heraus. Aus einer Unzufriedenheit? Aus Neid? Wenn sie aber jetzt nachdenkt, was sie nun offen sagen soll, dann weiß sie nicht wirklich, was sie konkret zu bemängeln hat. Sie muss nachdenken.

Bis auf das Knistern von Stroh bleibt es eine Weile ruhig in dem Schuppen. Irgendwann bricht es nach und nach aus Regina heraus. Trotz der Kühle in dem Schuppen bricht ihr der Schweiß aus allen Poren. Sie erzählt, zuerst stammelnd, dann mit weinerlicher Stimme, wie das war, als sie jung verheiratet in dem Haus der Schwiegereltern gelebt hat. Wie viel Arbeit sie hatte mit den Kindern, wie die Schwiegermutter sie schikanierte, wie schlimm es dann auch noch für die Schwiegereltern war, als Wilfrieds Schwester heimlich einen Amerikaner heiratete und mit ihm nach Amerika ging, wie Wilfried so oft im Wirtshaus versackte. Sie erzählt von den Problemen in der Landwirtschaft, wie schwer sie arbeiten musste. Als die Kinder dann größer waren, hatte einer ihrer Söhne Schulprobleme, er wurde aggressiv und sie wussten später keine Lehrstelle für ihn zu finden. Später dann die schlimme Sache mit BSE, als sie den ganzen Viehbestand verloren und große finanzielle Einbußen hatten. »Und dann trifft man seine Freundinnen und man bekommt die neueste Mode aus Paris gezeigt und erzählt, wie schön der letzte Urlaub war, und dann soll man nicht neidisch werden? Ist das nicht normal?«

Monika bleibt ganz ruhig: »Regina, warum hast du denn nie darüber gesprochen? Du hast immer so getan, als ob du so glücklich bist.«

»Ich war ja auch glücklich mit Wilfried. Ich war nie vorher im Leben so glücklich wie damals, als ich Wilfried kennen lernte. Ihr wisst ja, wie das war, als wir Kinder waren. Ich war immer die dicke, die nie hinterher kam und die immer von den anderen gehänselt wurde. Was glaubt ihr, wo oft ich vor dem Spiegel stand und meine roten Backen mit Schnee einrieb, damit sie weiß würden, und wie sauer ich dann wurde, wenn sie dann noch umso mehr in allen Rot- und Blau-Farben leuchteten.« Dass ihr ein paar dicke Tränen aus den Augen tropfen, sieht keiner, aber als ihre Stimme ins Stocken gerät, merken die Freundinnen, dass sie weint. Sie redet weiter von ihrem strengen Vater, der Hansi und ihr mehr als einmal den Hintern versohlte und sich nicht scheute, dafür den Gürtel auszuziehen oder einen Stock zu benutzen. Die Sache mit dem Weiher, die Lungenentzündung.

»Wir drei waren zwar immer Freundinnen, aber ihr beide habt mich doch in die Tasche gesteckt, wie ihr wolltet, war es nicht so? Ihr wart doch immer viel raffinierter als ich und später habt ihr lauter englische Lieder gehört und habt mich belächelt, wenn ich lieber Roy Black gehört habe. Und dann? Dann habt ihr die großen Damen von Welt gespielt. Wenn wir uns mal trafen, habt ihr euch über irgendwelche Galerien in New York unterhalten, über moderne

Schriftsteller oder was weiß ich für hochtrabende Themen. Meint ihr, ich hätte nicht gemerkt, dass ihr mich immer so ein wenig als die Doofe vom Land angesehen habt, die nichts kapiert?«

»Ach Regina«, Monika tastet nach deren Hand und drückt sie. »Du hast es doch nicht nötig, einen Minderwertigkeitskomplex zu haben. Menschen sind nun einmal unterschiedlich und es ist doch gut, wenn jeder andere Fähigkeiten hat. Schau mal, du kannst so toll Handarbeiten, du vermarktest eure guten Bio-Sachen, du versorgst deine Familie gut, da kannst du doch stolz darauf sein. Wenn es den Anschein erweckt hat, dass Anne und ich dir nicht genug Achtung entgegengebracht haben, dann tut mir das wirklich Leid.

Und wegen früher: wir konnten doch nichts dafür, dass du so dick warst, und uns war das auch ganz egal. Im Gegenteil, wir haben dir doch immer geholfen, auch als dein Vater immer so streng mit dir war. Ich kann mich noch gut erinnern, wie du in den Weiher gefallen warst. Da hatten wir Schuldgefühle ohne Ende, weil wir dich überredet hatten, mit zu gehen. Was glaubst du, was wir eine Angst hatten, als dein Vater mit uns so gebrüllt hatte und wir dich dann besuchen wollten. Und Hansi war auch sauer mit uns, weil er die Wut deines Vaters zu spüren bekam. Im Übrigen: Ich habe damals zu Hause auch eine Tracht Prügel bekommen.«

Regina ist noch nicht fertig mit ihrer Abrechnung. Sie druckst herum: »… von wegen Geld! Wenn ihr einmal in der Situation gewesen wärt, wie wir damals, als man uns die ganzen Kühe einfach so getötet hat, da standen wir sozusagen vor dem Nichts. Keine von euch hat mir damals angeboten, uns finanziell unter die Arme zu greifen. Ich meine – ich hätte ja auch nichts von euch genommen, aber wenigstens fragen hättet ihr können.«

Aus Annes Ecke ertönt plötzlich ein ironisches Auflachen. »Ich finde das überhaupt nicht lustig«, sagt Regina. »Bitte, Regina, lass mich dass erklären. Regina, ich wollte dir damals tatsächlich anbieten, mit Geld auszuhelfen. Ich war mir aber nicht sicher, ob du dann nicht die Beleidigte spielen würdest. Gell, Monika, wir beide haben hin und her überlegt, wie wir es richtig machen. Hätten wir dir Geld angeboten, hättest du es wahrscheinlich stolz abgelehnt. Ich kann das auch gut verstehen, ich würde von Freunden und Freundinnen auch kein Geld annehmen oder auch nur leihen. Aber weil wir dir unbedingt etwas Gutes tun wollten, versuchten wir dir einen kleinen Urlaub zu ermöglichen. Kannst du dich erinnern? Monika rief dich an, weil angeblich eine Kollegin von ihr im letzten Moment abgesagt hatte, mit ihr nach Schweden zu fahren. Wir mussten das so drehen, damit es dich keinen Pfennig gekostet hätte. Wenigstens den Urlaub hätten wir dir gerne finanziert. Aber du wolltest ja nicht.«

»Ich konnte doch damals meine Familie nicht allein lassen. Das ist wieder typisch. Wie kann man denn in so einer Situation an Urlaub denken?«

»Regina«, meldet sich Monika zu Wort, »du kannst das ruhig glauben. Wir wollten dir in irgendeiner Weise Gutes tun. Und so etwas Abstand von der Sache wäre vielleicht gar nicht so schlecht gewesen. Aber wenn wir damals gewusst hätten, dass du Wert auf unser finanzielles Angebot gelegt hättest, dann ...«

»Nee, nee, ist schon gut, ich hätte es ja auch nicht genommen. Ich dachte nur ..., na ja, ich fühlte mich schon mehr als einmal so ... zurückgesetzt, minderwertig.«

Anne rückt etwas von Jochen ab und redet mit gesenkter Stimme: »Regina, kannst du dich erinnern, als das mit der Trennung von meinem Mann war. Da habe ich dich einmal besucht. Mir ging es ganz schlecht, ich war am Boden zerstört, und ich habe dich wahnsinnig beneidet, weil du so ein harmonisches Familienleben hattest. Ich habe immer gedacht, bei dir ist alles in Ordnung. Wilfried ist doch ein guter Ehemann. Wenn ich sehe, wie liebevoll er heute noch mit dir umgeht, da kannst du doch wirklich froh sein.«

»Na ja, schon, heute ist es ja auch ganz gut, aber es war auch nicht immer so. Wie gesagt, ich habe oft sonntags mit meinen Kindern daheim gesessen und er kam nicht aus dem Wirtshaus. Andere haben mit ihren Familien einen Ausflug gemacht oder sind ins Schwimmbad gefahren. Und dann noch die Landwirtschaft. Jeden Abend hat er auf dem Hof gearbeitet, wenn er vom Flugplatz nach Hause kam. Das war auch nicht immer schön!«

»Ich verstehe das.« Monika, die sich als Single viel Kultur, Reisen und Luxus gönnte, hat trotzdem auch unter dem Problem des Alleinseins gelitten. Und plötzlich kann auch sie darüber reden.

»Ich hatte nicht das ganz große Glück mit den Männern«, sinniert sie. »Ehe ich Pierre getroffen habe, waren die Beziehungen immer kurz und heftig. Himmelhoch jauchzend und zu Tode betrübt. Dann spielten die Gefühle auch Achterbahn. Damals habe ich beschlossen, auf die wirklich große Liebe zu warten. Die kam auch, spät aber herrlich. Da war ich ja schon siebenunddreißig, als ich Pierre kennen gelernt habe. Die Zeit mit ihm war phantastisch. Er war ein Lebenskünstler. Wir pendelten zwischen München und der Provence, verbrachten die Ferien in seinem Haus in Avignon. Wenn ich Zeit hatte, nahm er mich mit zu seinen Konzerten in Deutschland und Frankreich. Doch als wir uns entschlossen, Kinder zu bekommen, war es zu spät. Es klappte nicht. Ach, warum musste dieser Mann nur sterben, und dann noch so unsinnig.« Sie fühlt, wie sich ein paar salzige Tränen den Weg bis zu ihrem Mundwinkel bahnen und wischt sie mit dem Handrücken trocken.

»Siehst du Monika, darüber hast du mit uns auch nie gesprochen. Und dann hast du dich auch eingeigelt, nicht wahr?«

»Ja, aus meinem Bekanntenkreis in München, der überwiegend aus meinen Kollegen von der Schule bestand, hatte ich mich mehr oder weniger zurückgezogen. Pierre hatte sich in dieser Gesellschaft nie wohl gefühlt. Er fand es »horrible«, wenn man dort den ganzen Abend über kein anderes Thema fand als Schule, Kinder und Eltern. Er hatte ja Recht, das ist so unter Lehrern. Selbst merkt man das schon gar nicht mehr.

Ich bin ja dann wieder in die Eifel gezogen, weil ich es nicht aushalten konnte in unserer Wohnung in München. Alles hat mich an Pierre erinnert. Unser Bett, sein Klavier, die Aussicht aus unserem Fenster, unsere Freunde. Ich konnte es nicht mehr ertragen. Als ich dann zurück in die Eifel kam, war ich sehr einsam. Die Menschen hier hatten sich auch verändert. Die Dörfer, die Städte, die Heimat, nichts war mehr so wie früher. Natürlich nicht, nichts bleibt so wie es ist. Und ihr, meine besten Freundinnen, ihr hattet auch eure eigenen Familien und eure Probleme. Ich mache euch keinen Vorwurf, aber ich fühlte mich auch von euch allein gelassen. Ja, ich weiß, in den Jahren vorher hatte ich auch nicht nach euch gefragt. So ist das eben. Wenn man die Freundschaft in guten Zeiten nicht pflegt, dann kann man sie auch in schlechten Zeiten nicht erwarten.«

»Aber eines muss ich euch einmal sagen«, Anne tastet im Dunkeln nach den Händen ihrer Freundinnen, »schon bei der Sache mit Bernie damals, meiner ersten Liebe, als alles so schlimm für mich war, da habt ihr mir so gut beigestanden. Und als ich in der schwierigsten Phase meines Lebens war, da habt ihr beide das Sicherheitsnetz unter mir festgehalten. Ich weiß gar nicht, ob ich mich jemals dafür bedankt habe. Diese Wunde ist zwar immer noch nicht ganz vernarbt, aber jetzt kann ich wenigstens darüber sprechen, wie es mir damals ging.

Es war mir damals einfach so unbegreiflich, dass ein Mensch, mit dem ich dreißig Jahre meines Lebens verbracht habe, mit dem ich durch Höhen und Tiefen gegangen bin, sich so einfach abwendet. Wir beide hatten doch so vieles gemeinsam. Wir liebten uns, wir haben zusammen die Firma, die wir von Kurts Vater als kleine Baufirma übernommen haben, zu einem der renommiertesten Unternehmen der Branche aufgebaut. Wir hatten Connections. Politiker, führende Leute der Kunstszene, Medienbosse gaben sich bei uns die Klinke in die Hand. Es war für mich nicht immer einfach, die feinen Leute zu betütteln, aber nur so kann man es zu etwas bringen.

Aber dann, nach so langer Zeit, als wir mit der Firma ganz oben waren, da kam Kurt plötzlich mit Reden wie: »Es tut mir leid, ich habe mich verliebt.« Stellt euch vor, verliebt, in seinem Alter. Ich war so verletzt, es tat so höllisch weh. Ich war so eifersüchtig auf diese andere, jüngere Frau, die seine Hormone aufwirbelte. So gerne hätte ich die Zeit zurückgedreht. Alles habe ich daran gesetzt, meinen Körper jünger aussehen zu lassen. Ich bin ins Fitnessstudio gegangen, zur Kosmetikerin, ich habe noch mehr in der Firma geschuftet, ich habe gute Abschlüsse gemacht, es hat alles nichts genützt. Man fragt sich hundert, ja tausend Mal: Was habe ich falsch gemacht? Warum liebt er mich nicht mehr? Man fühlt sich so wertlos.

Und dann wiederum habe ich die kalte Wut bekommen. Mein Gott, schließlich hatte er auch einen Bauchansatz und einen schlaffen Hintern – und Falten im Gesicht, wieso sucht sich so eine junge Frau nicht einen knackigen Mann? Sind die Weiber blöd? Lassen sie sich von dem Auftreten blenden, suchen sie finanzielle Sicherheit? Für mich war das Schlimmste: diese Leere im Leben. Mein Mann und die Firma waren mein Lebensinhalt. Ich habe mich nach der Trennung immer wieder gefragt, warum lebe ich eigentlich noch? Die Kinder brauchen mich nicht mehr, in der Firma geht es auch ohne mich, die Jüngeren haben neue Ideen, meine gesamte Basis ist unter mir weggebrochen. Ich glaube, dass kann nur jemand wirklich verstehen, der so etwas erlebt hat. Das alles nur wegen so einem bisschen Sex, und das in dem Alter!«

»Nun ja, Anne, wenn wir schon offen reden. Ich möchte jetzt nicht sagen, dass ich Verständnis dafür habe, aber als ich noch jung war, habe ich auch einmal auf der anderen Seite gestanden.«

Monika druckst ein wenig herum. Wenn sie jetzt schon einmal bei den Lebensbeichten sind … Unter normalen Umständen hätte sie das wohl nie ihren Freundinnen anvertraut. Sie erinnert sich an die Monate in München, als sie eine heiße Affäre mit ihrem Schuldirektor hatte.

»Ich kann heute auch nicht mehr nachvollziehen, wie das kam. Vielleicht hat es mich gereizt, dass dieser gestandene Mann scharf auf mich war. Er war einfach ganz anders als die jungen Kerle. Er war reif, war mir in allen Dingen des Lebens überlegen, ich konnte zu ihm aufschauen und ich war ganz stolz darauf, dass er mich begehrte. Heute tut es mir so leid, dass wir seine Frau so hintergangen haben. Dass wir uns sämtliche Tricks einfallen lassen mussten, um ungestört zusammen zu sein. Irgendwann später war ich froh, dass er die Beziehung beendet hat und bei seiner Frau und den Kindern geblieben ist. Wie hätte ich glücklich werden können, wenn ich dafür andere unglücklich gemacht hätte.«

Monika hat Glück, dass es so dunkel ist und sie nicht Reginas empörten Blick wahrnimmt. »Ich bin ja geschockt, Moni, wie konntest du nur so etwas machen? Das erzählst du uns erst jetzt, nach all den Jahren?«

»Es war doch schnell vorbei, im Nachhinein war das unwichtig.

Aber Anne, wie war das denn bei dir, hattest du denn als junges Mädchen nie einen Drang zu reiferen Männern? Vielleicht habe ich dich das schon einmal gefragt, aber könnte es nicht sein, dass du auch schon einmal in einem Mann so eine Art Vaterersatz gesucht hast?«

»Hmm, nein, als Kind habe ich mich zwar eine Zeitlang unheimlich nach einem Vater gesehnt, aber als Ehemann? Nein.«

Sie schüttelt den Kopf. »Aber mein Schwiegervater, der mich damals in der Firma eingestellt hat, mit dem habe ich mich sehr gut verstanden, der war dann schon so etwas wie ein Vater für mich.«

»Hast du eigentlich jemals irgendetwas über deinen richtigen Vater erfahren?« Monika denkt zurück an die Unterhaltungen in ihrer Familie über den »Franzosen« und an ihr Gespräch damals im Urlaub.

»Erinnert ihr euch noch, wie mal in der Schule dieser blöde Eugen gesagt hat, ich sei ›unehelich‹ und ich gar nicht wusste, was er meint? Danach hatte ich eine wirklich schwere Zeit. Am Anfang habe ich noch geglaubt, was meine Oma mir erzählt hat. Im Laufe der Zeit habe ich dann scheibchenweise immer mehr erfahren. Im Unterbewusstsein war ich eine ganze Zeit lang irgendwie sauer auf meine Mutti. Ich hatte ja keinen anderen Schuldigen und es hat mir ja auch niemand etwas Richtiges erzählt. Da habe ich immer angenommen, dass Mutti etwas Schlimmes getan hat und mein Vater deshalb nicht mehr da war.

Als ich dann älter wurde und Mutti endlich mit der Wahrheit herausrückte, tat es mir so leid, dass ich manchmal so eklig zu ihr gewesen war. In meiner Pubertätszeit hatte sie es wirklich nicht leicht mit mir. Erst als ich mit Bernie merkte, wie schön diese Gefühle waren und wie schnell man in die Versuchung geraten konnte, ihnen nachzugeben, da konnte ich verstehen, wie es Mutti damals ergangen war und was sie dann alles auf sich nehmen musste mit mir als unehelichem Kind. Damals wandelten sich meine Gefühle dem unbekannten Vater gegenüber. Ich hasste ihn, weil er Mutti allein gelassen hatte. Viel später, als das mit dem Internet anfing, kam ich dann in Versuchung, nach ihm zu suchen. Ich habe sogar herausgefunden, wo er lebte. Ich bin sogar hingefahren.«

»Was? Du hast ihn gesehen? Das hast du uns ja nie erzählt!«

»Nein, ich habe ihn nicht gesehen. Ich bin in das Dorf gefahren in der Champagne. Vor dem Haus mit der angegebenen Nummer spielten kleine Kinder, eine alte Frau saß auf der Bank und eine junge Frau kam aus der Tür und stieg in ein Auto. Ich stellte mich eine Zeitlang auf einen Parkplatz vor der Kirche, mein Herz ist fast zersprungen und dann, urplötzlich gab ich Gas und machte mich so schnell wie möglich auf den Weg nach Hause. Stellt euch vor, ich wäre da hingegangen und hätte zu der alten Frau gesagt: Ich bin die Tochter ihres Mannes, wo ist er? Oder zu den Kindern: Ich bin eure Tante! Ich hätte der Familie den Schock ihres Lebens versetzt, und wozu? Um einen Vater zu sehen, den ich nicht kenne, mit dem ich mich kaum unterhalten kann? Nein, ich habe mich damit abgefunden, es ist besser so.«

Monika rückt nun ganz nahe an Anne heran, legt ihren Arm um deren Schulter und drückt sie an sich. »Oh mein Gott, nun kennen wir uns fast das ganze Leben lang und wissen doch im Grunde gar nicht viel voneinander. Es ist schon seltsam, wieso sich plötzlich alles so verändert, wenn man sich in so einer Situation befindet.

Wirklich merkwürdig. Warum müssen Menschen eigentlich immer nach außen hin so tun, als ob sie so stark sind, warum geben wir unsere Schwächen nicht zu, unsere Ängste, unsere Bedürfnisse? Warum haben wir, die wir uns Freundinnen nennen, nicht längst einmal so einen Seelenstriptease gemacht?

Auf deine Frage von eben, Anne, ich will ganz ehrlich sein. Ja, ich glaube wirklich, ich habe mich in Klaus verliebt, und jetzt sage bitte nicht wieder, in diesem Alter. Es hat mir so gut getan, wie er sich um mich gekümmert hat. Es war mir gar nicht so bewusst, aber jetzt merke ich, was ich all die letzten Jahre so vermisst habe. Einfach nur einmal umarmt zu werden, die Nähe eines lieben Menschen zu spüren, eine geistige Ebene zu finden, sich zueinander hingezogen zu fühlen, zu lieben!

Und noch etwas ist mir gerade klar geworden. Regina war neidisch wegen der materiellen Sachen oder auch der kulturellen Interessen. Ich habe euch beide immer beneidet, weil ihr Familie habt, weil ihr Kinder habt. Du Anne, hast uns vielleicht auch in irgendeiner Weise beneidet.«

»Ja, ich habe dich zum Beispiel beneidet um deine Freiheit, um deine Reisen, ich hatte ja wegen der Firma gar keine Zeit für so etwas. Nach meiner Scheidung habe ich dann Regina beneidet wegen ihrer intakten Familie und wegen der Enkelkinder. Ich habe ja nur eines und sehe es nie.«

»Seht ihr, das wollte ich damit sagen. Das, was wir haben, sehen wir als selbstverständlich an und wir beneiden andere um das, was uns fehlt. Glück ist so relativ.«

»Warum muss erst ein Vulkan ausbrechen, dass wir endlich einmal offen und ehrlich über unsere Gefühle reden können und nicht immer nach außen hin so tun, als sei alles in Ordnung?«

»Als wir jung waren, da war doch auch noch alles in Ordnung.« In Monika kommen Erinnerungen hoch. »Was hatten wir doch eine schöne Jugend. Wisst Ihr noch, wie wir von der Bushaltestelle aus zu Fuß nach Unterfeldbach gingen und laut Bar-ba-ra-Ann gesungen haben? Wie Anni ihr Auto bekam? Wie wir – du, Anni und ich – das erste Mal in Urlaub gefahren sind? Entschuldige Regina, dass ich das Thema Urlaub schon wieder anschneide. Das war in dem Jahr, als du geheiratet hast und dein erstes Kind bekamst. Und danach trennten sich dann unsere Wege. Ich ging nach dem Studium nach München, du, Anni, nach Köln und nur du, Regina, bist in der Eifel geblieben. Aber irgendwie lässt uns wohl die Eifel nicht los …«

Hätte man eine Wanduhr in der Scheune gehabt, dann hätte man sie jetzt ticken hören. So hören sie nur das gurgelnde Rumpeln des entfernten Vulkans und hängen ihren Gedanken und Erinnerungen nach.

## Sommer 1967 – Anni

Unruhig rutschte Anni auf ihrem Bürostuhl hin und her. Ausgerechnet heute kurz vor Feierabend musste ihr Chef ihr noch einen Brief diktieren und ausgerechnet heute vertippte sie sich drei Mal. Mit Tipp-Ex konnte sie das nicht mehr verdecken. Schnell zog sie das Blatt Papier aus ihrer neuen elektrischen IBM-Schreibmaschine, spannte ein neues ein und versuchte, sich zu konzentrieren. Zu allem Überfluss erzählte gerade einer ihrer zwei Kollegen, mit denen sie sich ein Büro teilte, dem anderen einen schmutzigen Witz. Anni hatte sich an diese Art der Unterhaltung während der Bürostunden schon gewöhnt. Aber heute ging ihr dieser Kollege mal wieder fürchterlich auf die Nerven. An jedem und allem hatte er etwas zu nörgeln. Sogar als Anni ihren Kollegen freudestrahlend erzählt hatte, dass sie heute endlich ihr eigenes Auto bekommt, hatte er mal wieder alles schlecht gemacht. Hatte von schlimmen Unfällen erzählt, von Pannen von Kosten. Hätte nicht ihr Abteilungsleiter ihn in seinen Ausführungen gestoppt, dann wäre Anni die ganze Freude verdorben gewesen.

Endlich hatte sie den Brief fehlerfrei abgetippt. Mittlerweile konnte sie richtig schnell tippen und auch die Aufnahme eines Briefes in Steno bereitete ihr keine Schwierigkeiten mehr. Sie hatte viel geübt in letzter Zeit. Für den Sekretärinnenkurs bei der Industrie- und Handelskammer in Trier, zu dem sie sich angemeldet hatte, musste sie erst eine Aufnahmeprüfung bestehen. Wenn sie erst einmal ihr Auto hätte, dann wäre es ihr endlich möglich, solche Kurse an Wochenenden in Trier zu besuchen.

Sie ließ die Briefe des ganzen Tages von ihrem Chef unterschreiben, steckte sie in Umschläge und jagte sie durch die neue Frankiermaschine. Dann klemmte sie sich frohgemut die Tasche mit der

Post, ihre eigene Handtasche und ihre Jacke unter den Arm und verließ eilig das neue Bürogebäude mit den riesigen Fenstern, hinter denen es an sonnigen Tagen unerträglich heiß wurde. Ein letztes Mal legte sie den Weg von ihrer Firma im Industriegebiet bis zur Innenstadt zu Fuß zurück.

Endlich! Endlich bekam Anni ihr heiß ersehntes Auto, das sie sich auf jedem ihrer langen Fußwege von Unterfeldbach zum Bus und von der Haltestelle am Bahnhof in Wittlich zu dem neuen Industriegebiet so sehr herbeigewünscht hatte. Jedes Mal, wenn der Wind ihren Schirm umstülpte, wenn Autos sie nass spritzten oder wenn ihr in den spitzen Stöckelschuhen die Füße wehtaten, hatte sie sich geschworen, jeden Pfennig beiseite zu legen, damit sie sich irgendwann ein Auto anschaffen konnte. 2.100 DM, ihre kompletten Ersparnisse, hob sie von ihrem Sparkonto ab. Den ganzen Sommer über und besonders im Herbst zur Weinlese hatte sie neben ihrer Arbeit im Büro noch an Wochenenden in einem Hotel an der Mosel serviert. Das war Bares, zehn Prozent vom Umsatz, dazu noch die Trinkgelder.

Es herrschte reger Verkehr in der Wittlicher Innenstadt, als Anni die Kreissparkasse verließ und ihre Handtasche mit dem vielen Geld fest umklammerte. Sie jubelte innerlich, heute brauchte sie nicht in der Stadt herumzulaufen, bis der Bus nach Unterfeldbach fuhr. Beim Krementz in der Burgstraße kaufte sie sich noch schnell ein paar Bananen, die sie und Mutti so gerne aßen, und dann schwebte sie wie auf Wolke sieben durch die Friedrichstraße zu dem Autohaus, wo »ihr« roter Käfer auf sie wartete. Er war nicht mehr der neueste, aber noch gut erhalten, und so ein Käfer der läuft und läuft.

Unendlich stolz nahm sie die Autopapiere in Empfang, setzte sich in ihr Auto, rückte Sitz und Spiegel zurecht und fuhr erst einmal vorsichtig zur nächsten Tankstelle. Sie saß etwas tief im Sitz, sie würde sich ein Kissen hineinlegen müssen, damit sie eine bessere Sicht hatte und den Kopf nicht so sehr nach vorne strecken musste. In dem Ford 17 M, in dem sie die Führerscheinprüfung gemacht hatte, hatte sie besser gesessen. Darin hatte sie Lenkradschaltung, und Anni hatte zunächst ein kleines Problem, sich an die Schaltung in dem Käfer zu gewöhnen. Ab und zu ruckte es und sie ließ die Kupplung zu früh kommen. Der Tankwart, ein junger Mann aus dem Nachbarort, war der erste, der Anni zu ihrem Auto gratulierte. Er füllte den Tank mit Benzin, nahm die geforderten 16,80 DM in Empfang und meinte: »Eigentlich hätte das Autohaus ihn ja voll tanken können.«

Anni war das heute ganz egal. Endlich! Endlich hatte sie ihr Auto. Sie schwebte im siebten Himmel. Ihr Herz klopfte heftig, als sie auf die Straße in Richtung Neuerburg abbog, von wo ein Stück Autobahn in Richtung Eifel führte. Obwohl sie seit ihrer Führerscheinprüfung nicht mehr gefahren war und dieses unbekannte Fahrzeug noch nicht recht beherrschte, stieg ihr Selbstbewusstsein steil nach oben. Noch kein einziges Mädchen aus ihrem Dorf hatte ein eigenes Auto.

Hinter einem Waldstück sah sie ihren Heimatort Unterfeldbach umrahmt von Wiesen und Feldern in der Senke liegen und Anni streckte sich noch ein wenig nach vorne, damit auch alle Leute sie sahen. Die würden Augen machen! Und sie machten Augen, die Unterfeldbacher. »War das nicht Anni? Hat Anni ein Auto? Müllers Anni hat ein Auto, hast du das gesehen?«

Sämtliche Leute, die rechts und links der Dorfstraße wohnten oder vor dem Haus arbeiteten, schauten erstaunt. Die kleine Anni, das uneheliche Kind, deren Mutter früher kaum etwas zu beißen hatte, die noch nicht einmal volljährig war, die konnte sich jetzt schon ein Auto leisten? Anni konnte sich denken, was die Leute jetzt so tuschelten. Jetzt würde der Dorftratsch wieder auf Hochtouren laufen. Sie platzte fast vor Stolz, als sie in ihre Seitenstraße einbog und vor ihrer Wohnung laut hupte und Mutti alles fallen ließ und freudestrahlend nach draußen gerannt kam. Onkel Paul und die Kinder kamen, die Nachbarn spähten erst hinter den Fensterscheiben. Nach und nach kamen auch sie und dann wurde das Auto ausgiebig inspiziert. »Wie viel Kilometer hat er denn drauf? Wie schnell fährt er denn? Wie alt ist er? Wo hast du ihn denn gekauft? Kannst du denn auch einen Reifen wechseln?«

Anni rauschte es in den Ohren. Sie kannte das Auto ja selbst noch nicht und schaute interessiert zu, als Onkel Paul vorne den abgerundeten Kofferraumdeckel öffnete und hinten am Motor den Ölstand prüfte.

»Mutti, komm, wir machen eine Probefahrt«, sagte Anni, und Mutti streifte schnell ihre Schürze ab und warf sie in hohem Bogen auf das kleine Kellergeländer. Vor den Augen der versammelten Gesellschaft gab dann das Getriebe ein paar merkwürdig knirschende Geräusche von sich, als Anni den Rückwärtsgang nicht richtig reinbekam. »Wir holen noch Monika und Regina!«

Auch die Freundinnen beglückwünschten Anni ganz begeistert zu ihrem Auto. Monika hatte gerade Semesterferien und verbrachte ein paar Tage zu Hause, ehe auch sie wieder die Verdienstmöglichkeiten an der Mosel nutzte und in Bernkastel in einem Hotel servierte.

»Toll, Anni! Wenn ich nicht studieren würde, dann würde ich mir auch ein Auto kaufen!« Reginas Vater schüttelte den Kopf, als er Anni mit dem Auto vorfahren sah: »So junge Frauleut fahren heutzutage schon mit dem Auto herum.«

Anni fuhr vorsichtig. Nur auf der langen Geraden hinter dem Hügel gab sie einmal richtig Gas und veranlasste dadurch Mutti gleich auszurufen: »Oh Gott, Anni, fahr langsam!«

»Das geht ja schon gut los«, dachte Anni, denn Mutti würde doch jetzt jeden Morgen mit ihr nach Wittlich fahren, denn seit kurzem arbeitete sie in der Wäscherei des Krankenhauses und hatte endlich ein geregeltes Einkommen. Jetzt ging es den beiden richtig gut, bis auf die kleinen täglichen Differenzen in punkto Musik, Klamotten, Ausgehen und Männer.

Monika, die als junge Studentin zu jeder Gelegenheit ein wenig die Revoluzzerin heraushängen ließ, versuchte, während der Fahrt eine Diskussion über den Vietnamkrieg anzufangen. Sie fragte die anderen, ob sie davon gehört hätten, dass Martin Luther King in Amerika ein paar Hunderttausende von Demonstranten auf die Beine bekommen hatte, die gegen den Vietnamkrieg protestierten, und dass Cassius Clay, der berühmte hübsche schwarze Boxer, der sich neuerdings Mohamed Ali nannte, den Wehrdienst verweigert hat und dafür wahrscheinlich ins Gefängnis muss. Ja, sicher, sie hatten die Nachrichten gehört und im Fernsehen die Tagesschau gesehen, aber weder Anni noch Regina wussten so recht, was da in Vietnam eigentlich los war. Es war alles so weit weg. Sie wollten nicht darüber diskutieren und Anni hatte jetzt nur ihr Auto im Sinn.

Am nächsten Morgen regnete es und Anni hatte Mühe, das Auto aus dem engen Schuppen, in den sie es am Abend vorher das Auto mit viel Vorsicht eingeparkt hatte, wieder zurückzusetzen. Nach hinten war die Sicht durch das kleine Rückfenster des VW Käfer nicht besonders gut. Mutti stellte sich an den Gartenzaun und winkte, wenn es an den Seiten zu knapp wurde. Das Ausparken musste Anni noch ein wenig üben. Mutti war stolz und glücklich, dass ihre Tochter sie bis zu ihrem Arbeitsplatz im Krankenhaus fuhr. Sie, die sich immer so schnell eine Erkältung einfing, fand es sehr unangenehm, wenn Wind und Regen schon am frühen Morgen ihre Kleidung durchnässten.

Auf dem großen Parkplatz vor dem riesigen Neubau des Industriebetriebes, in dem Anni seit drei Jahren im Verkauf arbeitete, lenkte sie ihren roten Flitzer vorsichtig in eine Parklücke und fand es äußerst schade, dass es gerade an diesem Morgen regnete. So gerne hätte sie auch hier den Kollegen, die sich morgens oft in Grüppchen langsam zu dem großen Bürogebäude bewegten, ihr Auto vorgeführt. So aber schnappte sie sich schnell ihren Regenschirm und eilte zu ihrem Büro, eine tiefe Befriedigung verspürend, in diesem Wetter nicht den Weg vom Bahnhof aus zu Fuß zurücklegen zu müssen.

Nach Feierabend fuhr sie stolz mit ihrem Auto in die Stadt. In einer halben Stunde würde auch Mutti Feierabend haben, bis dahin konnte sie noch ein wenig bummeln. Der Regen hatte aufgehört. Sie parkte auf dem Bahnhofsvorplatz neben Krügers Goldenen Hähnchen und lustwandelte in der euphorischen Stimmung einer frischgebackenen Autobesitzerin Richtung Kino, um zu sehen, welche Filme angesagt waren. Jetzt mit dem Auto hatte sie sogar die Möglichkeit, abends nach Wittlich ins Kino zu fahren. Oh nein, ausgerechnet jetzt stand Bernis Auto vor »Omas« Kneipe. Das gab ihr wieder einmal einen Stich ins Herz. Es war doch zum Weglaufen. Jetzt war sie gerade so gut gelaunt, nun musste sie wieder an ihn denken. Es tat immer noch weh.

Immer noch war sie in irgendeiner Weise in ihn verliebt, obwohl sie schon vor zehn Monaten mit ihm Schluss gemacht hatte und öfters mal mit anderen jungen Männern ausging. Ihr war klar, dass ein endgültiger Schlussstrich die beste Lösung war. Dieses dauernde Hin und Her, diese ewige Unzuverlässigkeit, seine Flirterei mit anderen Frauen wollte Anni nicht mehr ertragen, es hatte sie zu viele Nerven gekostet. Und trotzdem fühlte sie in ihrem Inneren noch diese Sehnsucht, und wenn Berni nur wollte, würde sie wohl doch wieder dahinschmelzen und sämtliche Grundsätze über Bord werfen. Sie wusste, er hielt sich jetzt wieder in seiner Lieblingskneipe auf und sie musste ihre ganze Willenskraft zusammennehmen, um nicht dort hineinzugehen und wenigstens ein paar Worte mit ihm zu reden.

Die Kinoplakate zeigten für die nächste Woche den spektakulären Film »Zur Sache Schätzchen« mit Uschi Glas an, über den sie schon so viel gehört und gelesen hatte. Anni schaute sich den offenherzigen Ausschnitt der gut aussehenden Uschi Glas an und dachte darüber nach, in welch einem Wandel sich die Gesellschaft zurzeit befand. Sex wurde zu einem Thema, worüber man offen sprach. Die meisten jungen Leute wollten nicht mehr bis zur Hochzeit warten, bis sie endlich miteinander schlafen konnten. Anni wusste sogar von einer Kollegin, die zum Frauenarzt gegangen war, um sich die Pille verschreiben zu lassen. Die ältere Generation und vor allem die Kirche hatten für diese neuen Sitten absolut kein Verständnis, und auch Annis Mutter dürfte nie erfahren, wie weit sie es mit Bernie hatte kommen lassen. Die einzige, mit der sie solche Sachen besprechen konnte, war Monika, die in Bezug auf Sex und auf die Emanzipation der Frau absolut moderne Ansichten vertrat.

»Verlogene Gesellschaft«, sagte Monika immer.

Selbst Regina, die schon so lange einen festen Freund hatte, war noch so verklemmt, weil sie von zu Hause immer wieder zum »anständig bleiben« angehalten wurde.

Anni war mit sich und der Welt zufrieden, als sie an diesem Abend mit Mutti in ihrem eigenen Auto nach Hause fuhr. Jetzt, mit dem Auto, stand ihr die Welt offen. Jetzt konnte sie an Wochenenden sämtliche Feste in der Umgebung besuchen, zu ihren Wochenendjobs in dem Hotel an der Mosel selbst fahren, sie konnte mit Mutti in dem neuen Einkaufszentrum am Stadtrand von Wittlich einkaufen, mit Mutti mal einen Ausflug machen, ihre Verwandten in Frankfurt besuchen, und wenn sie noch einmal Geld gespart hatte, dann würde sie auch gerne einmal in Urlaub fahren. In dieser abgelegenen Gegend der Eifel war so ein Auto das Tor zur Welt.

## Februar 1968 – Regina

Immer wenn sie daran dachte, gab es ihr einen Stich ins Herz. Am liebsten hätte sie all diese trüben Gedanken weit weg verbannt. Es nützte nichts, ihre Befürchtungen, ihre Sorgen waren allgegenwärtig. Abends lag sie lange wach und konnte nicht einschlafen und morgens, wenn sie aufwachte, schnürten sie Regina fast den Atem ab. Seit Tagen, ja eigentlich schon seit Wochen, konnte sie ihrer Mutter nicht mehr in die Augen sehen. Sie hatte Angst, dass Mutter spürte, was mit ihr los war. Regina wartete auf ihre »Tage«. Sie hoffte immer noch, dass ihre Periode doch noch käme, obwohl sie schon drei Wochen überfällig war. Tief im Inneren wusste sie, dass sie schwanger war, und wenn sie in sich hineinhorchte, bemerkte sie auch schon erste Veränderungen in ihrem Körper. Trotzdem hoffte sie, dass sie sich das alles nur einbildete.

Mit ihrem geliebten Wilfried hatte Regina schon Pläne geschmiedet. Sie hatten davon gesprochen, wie es wäre, wenn sie irgendwann einmal heiraten würden, wenn sie zusammenwohnten, wenn sie zusammenlebten. Das waren Zukunftsträumereien. Natürlich wollten sie warten bis Regina einundzwanzig wurde, denn es war für Eltern nicht besonders angenehm, mit ihren minderjährigen Kindern zum Standesamt gehen zu müssen, um dort mit ihrer Unterschrift das Einverständnis zur Heirat zu geben. Für die Leute im Dorf war das immer ein Zeichen, dass die jungen Leute »heiraten mussten.« Diese Blamage wollte Regina ihren Eltern und auch sich selbst auf jeden Fall ersparen. Und jetzt würde es genau so kommen. Gar nicht auszudenken, was für ein Drama da auf sie zukam im Scholten-Haus.

Bis jetzt hatte sie auch vor Wilfried ihre Sorgen geheim gehalten. Sie war sich aber ganz sicher, Wilfried würde zu ihr halten. Sie liebten sich so sehr, sie waren so glücklich miteinander und sie hatten sich so lange beherrscht, bis es dann irgendwann doch passiert war. Samstags abends nach dem Tanzen auf dem Sofa im Wohnzimmer. Die Eltern hatten sich an die Besuche von Wilfried gewöhnt, und wenn sie auch manchmal nachts wach lagen und sich Sorgen machten um das, was die jungen Leute unten im Wohnzimmer wohl so trieben, so vertrauten sie doch darauf, dass ihre Tochter »anständig« blieb und nicht bis zum letzten ging.

Deren Generation hatte in jungen Jahren ein strenges Regiment erfahren, die Kirche hielt auch in der Ehe die Hand über die Sexualität und man musste alle Gelüste beichten, die nicht dazu dienten, ein Kind zu zeugen. In ihren jungen Jahren wäre es einfach undenkbar gewesen, dass junge Leute »es miteinander treiben«, ohne zumindest ein unsagbar schlechtes Gewissen und eine unbeschreibliche Angst vor eventuellen Folgen zu haben. Männer hatten damit naturgemäß das kleinere Problem. Es kam immer wieder vor, dass ein junges Mädchen in anderen Umständen war und nicht geheiratet wurde. Diese jungen Frauen wurden verachtet und oft von der eigenen Familie verstoßen. Die Allgemeinheit zeigte dabei sogar oft noch ein gewisses Verständnis für Männer, die eben diesen Trieb ja von Natur aus hatten. Für Frauen jedoch war es einfach unanständig, Lust zu empfinden und auch zu zeigen. Dass diese Zeiten sich zugunsten der Frauen verändert hatten, fand auch Reginas Mutter gut. Sie hielt es aber trotzdem immer noch mit den Gesetzen der Kirche und würde ihrer Tochter nie erlauben, sich vor der Hochzeit ihren Gefühlen hinzugeben.

Regina und Wilfried hatten sich die Filme von Oswald Kolle angeschaut. Regina war nun wirklich eine, die man als ordentliches Mädchen bezeichnen konnte. Aber auch sie merkte sehr gut, dass sich in punkto Sexualität eine wesentliche Wandlung vollzog. Oswald Kolle hatte wirklich Recht, wenn er die jungen Leute richtig aufklären wollte und die Sexualität als etwas sehr Schönes darstellte. Genauso mochte Regina auch damit umgehen und trotzdem wurde sie nach dem ersten Mal auf dem Sofa von den vielfältigsten Gefühlen heimgesucht. Da war zuerst einmal dieses normale Zurückweisen, sich selbst Zurückhalten, dann diese unbeschreibliche Sehnsucht nach mehr und das wunderschöne Gefühl, endlich total eins zu sein, in Liebe zu zerfließen, auf ungeahnten Höhen zu schweben.

Da war aber auf der anderen Seite auch dieses ewige schlechte Gewissen, etwas Verbotenes zu tun, den Eltern nicht mehr in die Augen schauen zu können und das Gefühl zu haben, dass alle es ihr ansehen, was sie getan hat. Die Angst, es beichten zu müssen, ließ ihr Herz erzittern. Und dann auch noch die Angst, schwanger zu werden. Beim ersten Mal war es gut gegangen, kurz danach hatte sie noch ihre Periode bekommen. Natürlich passierte »es« in der nächsten Zeit immer wieder und Wilfried hatte ihr versprochen »aufzupassen«. Das war zwar nicht so schön, weil beide die ganze Zeit unter einer gewissen Anspannung standen, aber einen Gummi wollten sie auch nicht benutzen, das fanden sie irgendwie eklig. Auf die Idee, die Pille zu nehmen, wäre Regina nie gekommen. Sie hätte sich viel zu sehr geschämt, zu einem Frauenarzt zu gehen und als Unverheiratete nach der Pille zu fragen.

Aber jetzt, zwei Monate nach dem ersten großen Ereignis wartete sie schon drei Wochen auf ihre Periode und sie spürte ganz genau, es war passiert. Sie konnte bis jetzt noch mit niemandem darüber sprechen. Selbst ihren Freundinnen hatte sie noch nichts erzählt. Wenn es wirklich so war, dann sollten sie mit der Hochzeit nicht mehr lange warten, dann könnte es später immer noch ein Sieben- oder Acht-Monats-Kind werden. Auch wenn die Leute im Dorf dann zurückrechnen werden, das wäre ihr egal. Der Dorftratsch war sowieso nicht aufzuhalten. In Reginas Kopf schwirrte es. Sie wusste, sie musste jetzt handeln, denn schließlich war es kein Weltuntergang. Ihr Wilfried würde sie heiraten und sie würden auch mit einem Kind sehr glücklich werden.

Mittwochs abends ging Regina immer zu Anni. Annis Onkel Paul besaß seit kurzem ein Telefon und Regina hatte mit Wilfried vereinbart, dass er dort immer mittwochs um 20.30 Uhr anrief. So konnten sie wenigstens auch einmal in der Woche miteinander reden. So ein Telefon wäre auch im Scholten-Haus eine schöne Sache, aber Reginas Vater zögerte immer alle Neuerungen hinaus. Ihr Bruder Hansi hatte nun auch eine Freundin, und Hansi würde sicher nicht locker lassen, bis auch er ein Telefon beantragen könnte. So oft mussten sie zur Post gehen, um von dort aus den Tierarzt anzurufen oder in Hansis Firma, wenn er einmal krank war, denn Hansi arbeitete mittlerweile in einer Maschinenfabrik in Wittlich und half Vater nur noch als Nebenerwerbs-Landwirt. Ja, so ein Telefon wäre eine schöne Sache.

Regina saß mit ihrer Freundin Anni in deren Zimmer und konnte endlich jemandem ihre Sorgen mitteilen. Anni nahm es ganz gelassen auf, als Regina ihr erzählte, dass ihre Periode ausgeblieben ist. Anni pfiff immer auf alles, was die Leute im Dorf so redeten. Sie fand es viel wichtiger, dass Wilfried wirklich ein prima Kerl war. Er war zwar sicher nicht ihr Typ, aber Regina spürte, dass Anni ihr das Glück gönnte und wusste, dass die beiden ein glückliches Ehepaar abgeben würden.

»Was glaubst du, was das im Dorf ein Gerede wird, wenn ich heiraten muss!«

»Ach Gerede! Gerede gibt es immer. Davon kann ich auch ein Lied singen. Wenn bei unserem männerlosen Haushalt auch nur ein fremdes Auto im Hof hält, dann zerbrechen sich die Leute schon fast die Zunge.«

»Ach ja, das wollte ich dich ja auch noch fragen. Gestern hat Trina mal wieder mit Tante Suss in unserer Küche ein Schwätzchen gehalten. Die hat erzählt, dass deine Mutter einen Freund hat, ist da was dran?« Unwillkürlich hatte Regina geflüstert, sie wollte nicht, dass Annis Mutter solche Reden hörte.

»Hmm, na ja, sieht so aus!«

Anni erzählte, dass sie ihre eigene Mutter immer so etwas als geschlechtslos angesehen hatte und nie wirklich auf die Idee gekommen wäre, dass auch ihre Mutti sich noch einmal verlieben könnte. Sie war zunächst total schockiert, als Mutti sehr zögerlich mit der Wahrheit herausgerückt war. Entsprechend skeptisch war sie auf diesen Mann zugegangen, der eines Sonntags am Nachmittag zum Kaffee erschien. Anni war selbst nicht in der Lage, ihre Gefühle ganz zu analysieren. War da so etwas wie Eifersucht oder schämte sie sich, dass ihre Mutter in dem Alter noch verliebt war und diesen fremden Mann anhimmelte wie ein junges Mädchen?

»Na ja, weißt du, das ist nicht so ganz einfach, wenn plötzlich die eigene Mutter einen Freund hat. Wenn er mir wenigstens noch sympathisch wäre!

Wenn ich vernünftig überlege, dann ist es doch eigentlich ganz natürlich, dass eine Frau nicht bis ans Lebensende allein bleiben will und im Grunde genommen könnte ich doch ganz froh sein, wenn ich nicht weiterhin ein schlechtes Gewissen haben muss, Mutti so oft allein zu lassen. Außerdem weißt du ja, irgendwann will ich endlich aus diesem Dorfmief herauskommen und in eine Großstadt ziehen.«

Anni hatte schon öfter erzählt, dass sie sich samstags Kölner, Frankfurter oder Stuttgarter Zeitungen kaufte, in denen jede Menge Stellenanzeigen standen. Demnächst wollte sie sich allen Ernstes irgendwo bewerben.

»Wenn also Mutti diesen Mann hätte, würde es ihr vielleicht nicht so schwer fallen, mich gehen zu lassen. Aber – der soll sich ja nicht bei mir als Vater aufspielen!«

Schrill klingelte das Telefon nebenan bei Onkel Paul. Aufgeregt sprang Regina auf, schob sich durch die Tür, die Annis Hausflur mit dem von Onkel Paul verband, und hob den schweren schwarzen Hörer des Telefonapparates ab, der in Onkel Pauls Hausflur an der Wand hing. »Hallo?«

»Ja, hallo, ich bin's, Wilfried.«

Sie wussten eigentlich nie so recht, was sie sich am Telefon sagen sollten. Doch allein das Gefühl zu haben, dem Liebsten nahe zu sein, seine Stimme hören zu können, ließ jedes Mal Reginas Herz höher schlagen. Sie druckste ein wenig herum. Heute war sie ganz unsicher. Sie konnte doch Wilfried nicht am Telefon sagen, was sie so arg beschäftigte. Aus Annis Wohnung hörte sie die klare Stimme von Esther Ofarim »In the morning of my life«. Anni immer mit ihren englischen Liedern.

Als sie Wilfried mit einem liebevoll in den Hörer gehauchten »Tschüss« verabschiedet hatte und Annis Zimmer wieder betrat, suchte Anni gerade ihre neu erworbene Schallplatte und erzählte stolz: »Hör mal zu, ›Xanadoo‹, die ist von Dave, Dee, Dozy, Beaky, Mick and Tich.«

Verrückt, dachte Regina, ich könnte mir nicht einmal die fünf Namen in der Reihenfolge merken. Auch Annis Schwärmerei für die Beatles ging ihr total auf die Nerven.

»Schon gut, ich weiß.« Anni hatte Reginas Blick registriert. »Die Schnulzen von Heintje hab ich nicht. Aber hier«, sie hielt eine Single hoch, »die habe ich Mutti geschenkt, soll ich die auflegen? Die passt jetzt zu deiner Stimmung: ›Frag nur Dein Herz‹ von Roy Black.«

Regina war es im Moment ganz egal, welche Schallplatte Anni auf ihren neuen Plattenspieler legte, den sie ihren Freundinnen erst vor kurzem stolz präsentiert hatte.

»Und? Ist Wilfried ausgeflippt? Was sagt er dazu, dass er Vater wird?«

»Quatsch, ich kann ihm das doch nicht am Telefon sagen. Außerdem bin ich ja auch noch nicht sicher. Vielleicht …?«

Sie redeten. Es tat Regina so gut, dass Anni das alles so leicht nahm. Der schwere Stein auf ihrem Herzen rutschte ein klein wenig nach unten. Sie machten Pläne, überlegten, was zu tun war für eine Hochzeit. Es war jetzt Ende Februar und am Wochenende war Fastnacht. Bis alles organisiert war, alle Gäste eingeladen waren, würden bis zur Hochzeit mindestens drei Wochen vergehen Alle Leute würden fragen, warum sie mit der Hochzeit nicht noch gewartet hatten bis zu den wärmeren Sommermonaten oder bis zu Reginas einundzwanzigsten Geburtstag. Ende März, Anfang April würde es sicher noch kalt sein und sie müsste ein Hochzeitskleid mit langen Ärmeln haben. Sie musste unbedingt mit den Eltern reden, das alles würde ja auch viel Geld kosten. Regina sank das Herz fast bis zum Boden, wenn sie daran dachte. Wie gut, dass sie mit Anni jetzt alles durchsprechen konnte.

Alles wurde hin und her überlegt, wie sollte Regina ihre Haare machen mit dem Schleier, wer würde als Vorbräutchen ausgesucht, welche Trauzeugen könnten sie haben, würde der Kirchenchor bei der Messe singen, wer müsste alles eingeladen werden? Bis dreiundzwanzig Uhr saßen die beiden Freundinnen und schmiedeten Pläne, nur der arme Wilfried wusste noch nichts von seinem Glück. Das allerschlimmste für Regina aber war die Angst vor der Reaktion der Eltern, wenn sie erführen, wie unanständig sie gewesen ist, und dass sie ihre Familie im ganzen Dorf blamiert hat.

Diese schwere Aufgabe stand Regina an dem folgenden Samstag bevor. Wilfried, der – bereit zum Fastnachtsball in Unterfeldbach – mit Cowboyhut erschien, fiel zwar aus allen Wolken, war aber auch dann überaus stolz als angehender Vater.

Er hatte sich schon länger mit dem Gedanken getragen, Regina einen offiziellen Heiratsantrag zu machen. Irgendwie war das jetzt nicht mehr so ganz passend. Jetzt fühlte er sich gefordert, jetzt musste er endlich zu Hause klare Verhältnisse schaffen und die alte Scheune in eine Wohnung für das junge Paar umbauen. Nun ja, so schnell würde das alles nicht gehen. Seine Eltern würden sicher nichts dagegen haben, wenn Regina erst einmal mit ihm im elterlichen Haushalt wohnen würde. Im Gegenteil, seine Mutter hatte sich schon so oft beschwert über die viele Arbeit im Haus, im Garten, im Stall und auf den Feldern, sie konnte gut Hilfe gebrauchen.

Aber Wilfried kannte auch seine Mutter. Wahrscheinlich würde es für Regina nicht ganz leicht werden, ihr alles recht zu machen. Sie konnte manchmal recht nervig sein, alles musste immer hundertprozentig sein. Vor allen Dingen bekäme sie jetzt sicher einen Herzanfall, wenn Wilfried ihr beibrachte, dass ein Kind unterwegs war. Vielleicht wäre es wirklich am besten, ihr das vorerst gar nicht zu sagen. Wahrscheinlich kam sie dann selbst darauf, denn das

Argument, dass es doch viel schöner ist, im Sommer zu heiraten, konnte Wilfried nicht von der Hand weisen.

An diesem Abend hatten Regina und Wilfried keine Lust mehr, zu dem Fastnachtsball zu gehen. Es gab so vieles zu besprechen und Wilfried beschloss spontan, offiziell bei Reginas Eltern um ihre Hand anzuhalten. Wilfried war kein besonders guter Rhetoriker und es kostete ihn schon erhebliche Überwindung, so feierlich zu sagen, dass er Regina heiraten möchte. Die anderen Fakten wurden vorerst verschwiegen. Reginas Mutter ahnte, was los war, sagte aber nichts, weil sie Angst hatte, dass ihr Mann ausrastete. Die erste Reaktion von Reginas Vater war erwartungsgemäß die Feststellung, dass er es ja nicht schlecht fände, wenn sie heiraten, es ja aber besser wäre, bis zum Spätsommer zu warten, wenn Regina Geburtstag hatte. Schließlich wollten sie als Eltern ja nicht mit zum Standesamt.

Regina und Wilfried drucksen eine Weile herum, und als Vater merkte, was los war, bekam er einen knallroten Kopf, sagte kein Wort mehr, nahm seinen Hut und verschwand Richtung Wirtshaus. Reginas Mutter weinte und auch Regina konnte ihre Tränen nicht mehr zurückhalten. Es dauerte eine Weile, bis Reginas Mutter sich wieder im Griff hatte. Sie behandelte die jungen Leute nicht gerade freundlich, zeigte aber dann ihre Stärke und bestimmte, dass jetzt keine Zeit mehr zu verlieren war und man jetzt alles in die Wege leiten sollte, damit so schnell wie möglich geheiratet werden konnte. In der Kirche wurden Brautleute dreimal »ausgerufen«, beim Standesamt musste man einen Antrag abgeben, damit man in den »Kasten« kam.

Die Stimmung war stark getrübt. Trotzdem saß das angehende Brautpaar bis lange in die Nacht hinein zusammen. Sie machten eine große Liste mit allen Verwandten und Freunden, die sie zur Hochzeit einladen wollten. Gleich am nächsten Wochenende würden sie sich auf die Rundreise begeben, um alle Tanten, Onkel, Vetter und Kusinen sowie ihre Freunde einzuladen. Von jeder Seite sollte ein weiblicher und ein männlicher Trauzeuge zugegen sein. Hier kam jetzt Regina ganz arg in Bedrängnis, der männliche Trauzeuge war ganz klar ihr Bruder Hansi, aber die weibliche? Es kam nur eine ihrer Freundinnen in Betracht, aber welche? Eine war dann mit Sicherheit beleidigt, wenn sie nicht gefragt würde.

Trotz ihres »Umstandes« wollte Regina auf jeden Fall ein weißes langes Brautkleid haben. Offiziell war sie dazu nicht mehr berechtigt, aber ihre Schwangerschaft hatten schon vor ihr viele Bräute verheimlicht. »Was ich nicht weiß, macht mich nicht heiß«, würde Annis Mutti sagen. Gleich morgen würde sie mit ihrer Mutter in die Dorfgaststätte gehen und das Hochzeitsessen planen. Nun ja, Vater würde ein paar Tage nichts mit Regina sprechen, aber es war ja noch einigermaßen glimpflich abgegangen. Immerhin hatte er nicht herumgebrüllt. Kurz vor Mitternacht hörte Regina, wie die Haustür aufging und Vater versuchte, leise ins Schlafzimmer zu gelangen, er aber wohl vom Schnaps beseelt ordentlich torkelte und die Holzstiegen quietschen.

In dieser Nacht schlief Wilfried im Scholten-Haus im Wohnzimmer auf dem Sofa. Regina hatte ihre Eltern gar nicht erst um Erlaubnis gefragt, bald würden sie sowieso zusammen in einem Ehebett liegen. Ihn aber mit in ihr Schlafzimmer zu nehmen, so kühn war Regina nun doch nicht. Sie schlich leise in ihr Schlafzimmer, konnte es aber mal wieder nicht vermeiden, dass die Holzdielen im Obergeschoss quietschende Geräusche von sich gaben. In diesen alten Bauernhäusern hörte man, wenn jemand aufstand und herumging. Sie zog ihre Kleider aus und hängte sie sorgfältig auf den Stuhl neben ihrem Bett. Es war eiskalt in ihrem Zimmer, an dem Fenster hatten sich Eisblumen gebildet. Einen kurzen Augenblick lang stand sie vor ihrem Spiegel am Waschtisch und betrachtete ihre Figur. Sie war so stolz, dass sie in den letzten Jahren durch eisernes Fasten ihren Kinderspeck losgeworden war. Ihr Oberkörper war verhältnismäßig schlank, sie hatte kleine feste Brüste, nur ab der Hüfte war sie noch etwas fülliger. Immer schon hatte sie einen viel zu dicken Po und für ihren Geschmack dicke stämmige Beine. Demnächst würde also ihr Bauch anschwellen. Würde sie dann wieder wie der runde Kloß von früher aussehen?

Schnell streifte sie sich einen mollig warmen Schlafanzug über und freute sich, dass Tante Suss immer so gut für die Wärmflaschen in den Betten sorgte.

Regina kroch zitternd ins Bett.

Lange konnte sie nicht einschlafen. Nur langsam wich das Unbehagen, bis schließlich die Vorfreude auf die Hochzeit und das wachsende Leben in ihrem Leib die Überhand gewannen. Sie malte sich aus, wie sie an der Seite ihres geliebten Wilfried feierlich im langen weißen Kleid durch die Kirche schritt und wie freudig sie sagen würde: ... nehme ich dich, Wilfried Meier, zu meinem Ehemann und will dich lieben und ehren, bis dass der Tod uns scheidet.

## August 1968 – Monika und Anni

Endlich! Endlich hatten sie es geschafft. Anni und Monika waren in Spanien. Sie saßen in Kikis Bar in einer kleinen Seitenstraße in Calella und tranken genüsslich schon ihr drittes Glas Sangria. Welch ein köstliches Getränk, und auch noch die leckeren Früchte darin! Kiki, der großgewachsene schwarzhaarige spanische Inhaber der Bar führte gerne Gespräche mit seinen Gästen. Deshalb herrschte in dieser Bar immer eine ganz besonders entspannte Atmosphäre, und ganz schnell lernten auch die Gäste sich untereinander kennen.

»Ihr seid Deutsche?«

»Ja.«

»Wo kommt ihr denn her?«

»Hmm, kennst du Trier?«

»Nein, aber ich habe in Stuttgart gearbeitet.«

»Also wir sind aus der Eifel, das ist in der Nähe von Trier, Mosel, Luxemburg.«

Kiki zuckte mit den Achseln. »Egal, gefällt es Euch in Spanien?«

»Oh ja, super hier!«

Monika und Anni hatten zum ersten Mal in ihrem Leben das Meer gesehen. Als sie mit ihrem roten Käfer in Südfrankreich die Küstenstraße in Richtung Spanien entlang krochen, von der aus man das Meer sehen konnte, da hatten sie ihre Augen nicht mehr abwenden können. Es machte ihnen gar nichts mehr aus, dass die LKWs vor ihnen so langsam fuhren und laufend Staus verursachten. So sah es also aus, das Meer: blau, weit, unendlich, schön. Ein unbeschreibliches Gefühl von Freiheit hatte sie erfasst. Sie beide, die Freundinnen, fuhren endlich in Urlaub, konnten sich in die heiße Sonne legen, konnten junge Leute aus aller Herren Länder kennen lernen, konnten tanzen, flirten, feiern, genießen.

Urlaub, dieses Wort kannten ihre Eltern gar nicht, für so etwas hatten die Leute aus ihrem Dorf keinen Sinn. Selbst wenn sie die Zeit dafür gehabt hätten, hätte ihnen das Geld gefehlt. Monikas

Vater hatte zuerst den Kopf geschüttelt, als sie ihm vorsichtig von ihren Plänen, nach Spanien zu fahren, erzählt hatte. Dann gab es Wortgefechte:

»Dafür legen wir uns krumm, lassen dich zum Aufbaugymnasium, lassen dich studieren, und du schmeißt das Geld zum Fenster raus!«

»Vater, ich habe mir das Geld doch selbst verdient, jedes Wochenende serviert. Damit kann ich doch machen was ich will!«

»So lange du noch nicht volljährig bist, wird gemacht, was ich sage!«

»Ich kann diese Sprüche nicht mehr hören. Und außerdem, in zwei Monaten bin ich ja volljährig und Anni ist schließlich schon einundzwanzig.«

Wochenlang hatte Vater sich quergestellt. Natürlich hatte Mutter wieder einmal vermittelt. Sie, die es damals erreicht hatte, dass Monika das Aufbaugymnasium besuchen konnte. Sie, die immer eine Art Vermittlerrolle einnehmen musste zwischen Vater, Oma, Onkel und den Kindern.

In den letzten Jahren hatte es oft Konfrontationen gegeben. Monika war zu einer kleinen Rebellin geworden. Überall setzte sie sich für die Emanzipation der Frau ein, versuchte immer wieder, den Frauen in ihrem Heimatdorf klarzumachen, dass sie ihre eigene Meinung vertreten sollten anstatt immer nur die der Männer zu übernehmen. Sie animierte die jungen Mädchen dazu, eine Ausbildung zu machen, weiterbildende Schulen zu besuchen.

Nach und nach hatte sie sich immer mehr von den ländlichen Konventionen gelöst, wollte sonntags nicht mehr in die Kirche gehen, rebellierte gegen all die Sachen, von denen es einfach von jeher ohne Begründung hieß: »das gehört sich so« oder »das macht man nicht«. Sie trug hautenge Jeans und so kurze Pullover, dass man bei jeder Bewegung ein Stück Bauch oder Rücken sehen konnte, was ihre Oma immer wieder veranlasste, den Kopf zu schütteln und sich über die verdorbene heutige Welt zu äußern. »Du ziehst irgendwann auch noch mal ein Unterhemd an, erkältest dir ja alles«, sagte sie zu jeder Gelegenheit.

Über Themen wie Kirche oder gar Politik konnte sie sich mit ihrer Familie schon gar nicht mehr unterhalten, da gingen die Meinungen mittlerweile allzu weit auseinander. Einmal hatten sie über die umstrittene Frage der Unfehlbarkeit des Papstes diskutiert und

Monika konnte sich nicht mit ihrer Äußerung zurückhalten, dass doch kein Mensch unfehlbar sein könnte und dass der Papst besser daran täte, die Priester heiraten zu lassen und den Frauen zu erlauben, die Pille zu nehmen. Daraufhin war ihre Oma fast in Ohnmacht gefallen und musste sich ob dieser frevelhaften Äußerungen bekreuzigen. In Sachen Zölibat waren ihre Eltern eher offen und wegen der Pille machte sich wohl auch ihre Mutter so ihre eigenen Gedanken, konnte aber doch wegen ihrer Grundeinstellung zu Kirche und Moral Monika nicht offiziell Recht geben.

In Monikas Haus war man, wie bei den meisten Familien im Dorf, seit jeher CDU-Wähler. Wie hätte es auch anders sein können, wenn vor den Wahlen der Pastor den Gläubigen immer mit auf den Weg gab, auch ja christlich zu wählen. Schon allein durch den Drang, gegen alles Konventionelle zu sein, schlug sich Monika auf die Seite der SPD und hörte sich die Wahlreden von Willi Brandt an. Ihr Umfeld in der Abiturklasse und auch jetzt beim Studium bestand aus überwiegend oppositionellen jungen Leuten, die die Welt verändern wollten. Abende lang saßen sie zusammen, gossen sich Lambrusco aus den großen Zwei-Liter-Flaschen ein und diskutierten über den Vietnam-Krieg und die zustimmende Haltung der Bundesregierung dazu, die Notstandsgesetze, die große Koalition, die Studentenbewegung in den großen Städten. In Koblenz gab es keine größeren Strukturen von revolutionären Studenten. Der Uni-Betrieb in Koblenz dümpelte so dahin und die meisten Studierenden, die überwiegend aus den ländlichen Gebieten von Rheinland-Pfalz kamen, waren froh, es überhaupt geschafft zu haben, hier studieren zu können und dass die Wirtschaftlage es ihnen erlaubte, nebenbei Geld zu verdienen. Ein einziges Mal war Monika mit ihren Weltverbesserer-Kumpels nach Frankfurt zu einer Demonstration gegen den Vietnam-Krieg gefahren. Sie wollte mit ein Zeichen setzen, hielt sich jedoch angesichts der gewalttätigen Auseinandersetzungen mit der Polizei im Hintergrund. Schließlich hatte sie keine Lust, verletzt zu werden und am Ende noch im Knast zu landen.

Monika hatte sich ein dickes Fell zugelegt. Sie war ja nicht mehr so oft zu Hause, kam nur einmal im Monat mit dem Zug aus Koblenz mit einem Koffer voller Wäsche und verbrachte zwischendurch in den Semesterferien einige Tage oder Wochen zu Hause, wenn sie nicht an der Mosel servierte.

Auch Annis Mutti hatte wegen der Urlaubsplanungen ihrer Tochter wochenlang lamentiert. »Zwei junge Frauleut allein mit dem Auto soweit weg, das ist doch viel zu gefährlich, was da alles passieren kann!« Jeden Abend gab es Diskussionen und Anni musste Mutti versprechen, aus Spanien anzurufen, wenn sie ankommen sind. Tausend Maßregeln wurden ihr mit auf den Weg gegeben. Pass auf, tu dies nicht, tu jenes nicht. Dabei hatte Mutti doch gar keine Ahnung, war doch noch nie im Ausland gewesen.

Es war schon aufregend gewesen, als sie an der französischen und später an der spanischen Grenze ihre Ausweise vorzeigen mussten, die Grenzbeamten sie von oben bis unten musterten. An der spanischen Grenze mussten sie eine geschlagene Stunde warten, weil die Grenzbeamten so scharf kontrollierten. Monika wusste, dass dieser spanische Diktator Franco wohl Angst hatte, dass man gegen ihn intrigierte, denn dort hatte sich eine terroristische Organisation mit dem Namen ETA gegründet und auch im Land selbst wuchs immer mehr Widerstand gegen das diktatorische Regime. Spanien hatte durch den Tourismus in den letzten Jahren einen enormen Aufschwung verzeichnet. Touristen aus allen europäischen Ländern strömten in den warmen Süden, legten sich in die Sonne und badeten im Mittelmeer. Braun zu sein war modern.

Es war auch ein Erlebnis für die beiden Freundinnen, durch die großen französischen Städte zu fahren, die Landkarte zu studieren, und es war besonders spannend, als sie endlich in der Urlaubshochburg Calella angekommen waren und in den engen Gassen nach einer günstigen Pension suchten. Für beide war es das erste Mal in ihrem Leben, dass sie in einem Hotel übernachteten.

Sie genossen ihren Aufenthalt, sie liebten die Sonne, den Sand und das Meer. In ihren Holzlatschen, den superengen kurzen Shorts, den engen Rippenpullis trotteten sie morgens an den Strand und lagen dann in ihren neuen Bikinis auf ihren Sisalmatten, drehten in schöner Regelmäßigkeit ihre jugendlich attraktiven Körper mal auf den Bauch, mal auf den Rücken, so dass möglichst alle Hautstellen gleichmäßig gebräunt wurden. Ab und zu setzten sie sich in eines der Strandcafés, genossen die bewundernden Blicke der braungebrannten jungen Männer um sie herum und gönnten sich bei der Berieselung aus der Musikbox bei Lady Madonna, Massachusetts oder Hey Jude einen dieser köstlichen Drinks, Cuba-Libre, Lumumba, Sangria und wie sie alle hießen.

An manchen Tagen bildeten sich in diesen offenen Strandcafés Cliquen mit jungen Leuten aus ganz Europa. Sie lernten hübsche große blonde Skandinavier kennen, tranken mit laut grölenden Holländern und Engländern eine Flasche Champus für umgerechnet mal gerade vier Mark, konnten endlich einmal ihre Englischkenntnisse anwenden. Der Alkohol floss hier in rauen Mengen und gerade für die Skandinavier, in deren Ländern Alkohol nur rationiert und in speziellen Läden ausschließlich an Erwachsene abgegeben wurde, war Spanien das reinste Paradies. Sie lernten Typen mit langen Haaren kennen, die von ordentlichen Leuten mit »Gammler« abgetan oder als »Hippie« beschimpft wurden.

Abends saßen Monika und Anni auf einer der zahlreichen Terrassen unter den Palmen der Promenade, rauchten genüsslich die billigen Zigaretten und schauten sich die Leute an, deren Haut vom dunkelsten Braun bis zum knalligsten Rot variierte. Ab und zu sahen sie auch ein paar noch ganz weiße, von denen man vermuten konnte, dass sie erst angereist waren. Am späteren Abend statteten sie dann noch einer der angepriesenen Diskotheken einen Besuch ab, tanzten im schummrigen Licht, flirteten, lachten, und fanden das Leben einfach herrlich.

An ihrem letzten Abend, als sie schon Sonne satt hatten und ihre Haut schon ein wenig brannte, saßen sie wieder einmal in Kikis Bar. »Was machen wir denn heute an unserem letzten Abend hier?«, fragte Monika. Sie war ein wenig genervt, weil Anni immer so lange brauchte, um sich zurechtzumachen, zu schminken, die Wimpern zu tuschen, die Haare zu toupieren. Außerdem mochte sie es überhaupt nicht, wenn in ihrem Zimmer überall Sachen herumlagen. Zu allem Überfluss hatte die Etagendusche heute kein Wasser. Die Spanier bauten auf Teufel komm raus und dann fiel so oft die Wasser- und Stromversorgung aus.

Anni wollte unbedingt noch einmal in den Scotch-Club. Dort hatte sie am Abend zuvor so einen tollen Spanier kennen gelernt. »Ach lass uns noch ein wenig hier sitzen, der Spanier war sowieso viel zu alt für dich!«, versuchte Monika, wieder einmal ihren Willen durchzusetzen. Annis Augen bekamen einen verklärten Ausdruck: »Mmm, das war ein Mann! Hast du gesehen, wie viel Haare der auf der Brust hatte? Er konnte so herrliche Komplimente machen – und er wirkte so welterfahren, so fürsorglich und galant!«

»Anni, wach auf! Suchst du vielleicht eine Vaterfigur? Die wirst du gerade hier in Spanien wohl kaum finden.« Monika hätte sich auf die Zunge beißen wollen, aber nun waren ihr die Worte herausgerutscht. Sie wusste seit ihrer Kinderzeit, dass das Thema Vater für Anni ein heikles Thema war.

Anni jedoch hatte in diesen Urlaubstagen so viel Abstand von zu Hause und von dem Druck, den sie all die Jahre mit sich herumgeschleppt hatte, dass sie plötzlich ganz von selbst anfing, zu erzählen: »Weißt du«, sagte sie, »jetzt sind wir quer durch ganz Frankreich gefahren, ein riesengroßes Land, und irgendwo da lebt wahrscheinlich mein Vater. Ist schon ein eigenartiges Gefühl. Schließlich bin ich ja im Grunde genommen eine halbe Französin!«

»Möchtest du ihn denn nicht suchen? Weißt du eigentlich seinen Namen?«

»Mutti hat mir ja ganz lange nichts Richtiges erzählt. Wahrscheinlich wollte sie selbst alles verdrängen. Weißt du eigentlich, was Mutti damals mitgemacht hat in Unterfeldbach? Sie spricht heute noch nicht gerne darüber, deshalb frage ich auch nicht gerne so viel. – Sie weiß zwar seinen Namen, zumindest so wie er klingt, sie weiß nicht genau, wie er geschrieben wird. Aber suchen? Ich weiß nicht – nein. Ich bin ihm viel zu böse, weil er sich damals aus dem Staub gemacht hat und nie mehr etwas von sich hören ließ. Vielleicht war er ja schon verheiratet.«

»Na ja, ich kann mir genau vorstellen, wie damals die Leute mit Fingern auf deine Mutti gezeigt haben, die hatte es sicher nicht leicht. Kann froh sein, dass dein Onkel Paul ihr so viel geholfen hat. – Meine Oma hat ja auch immer so merkwürdig geredet. Heute sind die Leute zwar schon viel moderner, aber ich wette, wenn ich jetzt ein Kind bekäme – ohne Mann, dann würde mein Vater mich hochkantig daheim rausschmeißen. Stell dir vor, Wilfried hätte sich verkrümelt, dann würde es Regina jetzt auch nicht anders gehen.«

»Weißt du noch, am Anfang, als wir in die Schule gingen und wir drei uns angefreundet haben, da durfte ich nie zu Scholtens ins Haus gehen. Regina durfte zwar immer zu dir gehen, aber zu mir kam sie nur selten und mich wollten Scholtens wohl nicht im Haus haben, weil ich ein ›Bastard‹ war oder ein ›Franzuusen-Kind‹. Damals habe ich das ja noch nicht so registriert, aber ich war immer ganz neidisch, wenn du mit Regina nach Hause gehen oder mit ihrem Opa die Glocken läuten durftest und ich nicht. Und so im Nachhinein fallen mir dann schon so ab und zu Sachen ein, wie manche Leute mit mir umgingen oder Bemerkungen machten. Ist ein Scheißgefühl, wenn man sich so benachteiligt vorkommt. Aber mehr als für mich tut es mir für Mutti leid. Hat sie nicht verdient. Weißt du, heute kann ich mich viel besser in ihre Lage hineinversetzen!«

Der letzte Abend in Spanien wurde ein nachdenklicher. Die beiden lebenslustigen jungen Frauen dachten auch an ihre Freundin Regina, deren Bauch mittlerweile einen beträchtlichen Umfang angenommen hatte und die schon bald ihr Baby bekommen sollte. Weder Monika noch Anni hätten mit ihr tauschen wollen. Sie wollten erst einmal ihr Leben genießen, die Welt sehen, beruflich etwas erreichen und dann den richtigen Mann finden.

Köln, 15. August 1972

Liebe Monika,

Kannst du dich noch an meinen letzten Brief erinnern? Da war ich ganz traurig, weil ich mich in der Stadt so allein fühlte. Das ist jetzt alles anders, juhu! Alles ist so toll, ich schwebe im siebten Himmel!

Aber der Reihe nach. Nun bin ich also schon fast ein ganzes Jahr hier in Köln und ich muss sagen, es war nicht immer so, wie ich mir das vorher vorgestellt hatte. Mit der Firma hatte ich es ja gleich gut getroffen. Es war ja schon ein Riesenglück, aus den sechzig Firmen, die sich auf mein Stellengesuch im Kölner Stadtanzeiger gemeldet hatten, die richtige herauszufinden. Schließlich hätte ich bei allen sechs Firmen, bei denen ich mich vorgestellt hatte, anfangen können. Mein Chef ist wirklich so, wie ich mir einen Vater gewünscht hätte. Wir beide kommen sehr gut miteinander aus und mittlerweile weiß er auch, was er an mir hat. Ich bin ja hier so etwas wie eine Allround-Sekretärin, ich kenne mich jetzt in der Branche schon gut aus, mache vieles selbständig und darf auch neue Ideen mit einbringen, denn mein Chef bezahlt mir auch immer wieder Lehrgänge bei der IHK und Kurse an der Volkshochschule. Neulich sagte er mir noch, dass er gerne Leute aus der Eifel nimmt. Die sind noch ans Arbeiten gewöhnt und in der Regel sehr fleißig. Die Firma macht super Umsätze, und weil unser Boss ganz viele einflussreiche Leute kennt, bekommen wir viele Aufträge. Hier in Köln und rund herum wird aber auch gebaut wie verrückt. Es sind einfach zu wenige Wohnungen da.

Bei der Arbeit klappt also alles gut. An den Wochenenden war es dann aber oft auch ganz schön öde. Ein paar Leute hatte ich wohl schon kennen gelernt und war ab und zu mit durch die Diskos gezogen. Aber es kam auch vor, dass ich ein ganzes Wochenende lang mit keinem Menschen gesprochen hatte. Ist oder war das bei dir auch so?

Jetzt aber kommts: seit zwei Monaten ist jetzt der Juniorchef im Betrieb. Er heißt Kurt, hat Bauingenieur studiert und hatte vom Betrieb eigentlich noch gar keine Ahnung. Am Anfang fand ich ihn ganz schön hochnäsig. Es passte ihm wahrscheinlich gar nicht, dass er immer zu mir kommen musste, wenn er etwas wissen wollte. Ich weiß ja auch, wie das ist, wenn man noch nicht eingearbeitet ist, ich kam mir am Anfang auch ganz schön blöd vor. Wir haben also zusammen gearbeitet und ab und zu habe ich dann gemerkt, dass er mir heimlich Blicke zuwirft. Eines Abends machten wir beide Überstunden, um noch ein Projekt vorzubereiten, da saßen wir uns an meinem Schreibtisch gegenüber. Plötzlich, als ich ihm ein Blatt Papier hinüber schob, berührten sich unsere Hände und – es knisterte! Stell dir vor, ich war wie elektrisiert! Eigentlich fand ich ihn gar nicht so hübsch. Er hat blaue Augen, eine etwas große Nase, einen Schnauzer und trägt sein Haar modern bis über die Ohren und im Hals etwas länger. Auf jeden Fall haben wir uns dann tief in die Augen gesehen und fühlten, dass mit uns etwas geschah. Wir sind dann beide zuerst etwas auf Abstand gegangen, ja irgendwie sind wir uns fast etwas aus dem Weg gegangen. Ich wusste nicht so recht, wie ich mich verhalten sollte. Schließlich wird er mein zukünftiger Chef und es sollte nicht so aussehen, als ob ich ihn mir angeln wollte.

Bei ihm war es wohl ähnlich, er wollte auch nicht, dass sein Vater denkt, jetzt fängt er gleich etwas mit der Sekretärin an. Doch immer wenn wir uns sahen, flackerte irgendetwas zwischen uns auf. Und dann – vor zwei Wochen – passierte es. Wir waren wieder abends länger im Büro, die anderen waren schon alle weg, wir beide wissen selbst nicht, wie es geschehen ist, plötzlich lagen wir uns in den Armen und küssten uns. Und nicht nur das, ich schäme mich, es dir zu schreiben: wir liebten uns auf dem Teppichboden.

Seitdem schwebe ich im siebenten Himmel – und er auch! Kurt ist so ein lieber Kerl. Nur leider können wir das im Büro nicht öffentlich machen, sonst gäbe es Getuschel in der Belegschaft. Aber weißt Du, es ist ein Wahnsinns-Gefühl. Wenn er neben mir steht und etwas Geschäftliches mit mir bespricht, dann läuft es mir kalt und heiß den Rücken hinunter. Wenn er wie zufällig meine Hände berührt, knistert es, und wenn er mir schon nur kurz in die Augen sieht, schmelze ich dahin. Manchmal nehme ich mir einen Ordner und nur weil er ihn vorher angefasst hat, streiche ich mit meinen Fingern darüber. Ich komme mir vor wie ein verliebter Teenager. Morgens, wenn ich aufstehe, ist er mein erster Gedanke und abends vor dem Einschlafen denke ich auch nur an ihn. Letztes Wochenende konnten wir uns endlich alleine sehen. In seinem Karman Ghia sind wir am Rhein entlang bis zum Siebengebirge und dann mit der Zahnradbahn zum Drachenfels hinaufgefahren. Zu Fuß wäre ich da auch mit meinen neuen Plateauschuhen nicht raufgekommen. Es war wunderschön dort und Kurt und ich hatten uns so viel zu erzählen. Wir wussten ja noch kaum etwas voneinander.

Später hat er mir dann noch in Bonn das Bundesviertel gezeigt – Bundeshaus, Langer Eugen, Villa Hammerschmid und Palais Schaumburg, all die Gebäude, die man immer in den Nachrichten sieht. Später waren wir dann noch in Köln Pizza essen, hast du das schon mal probiert? Übrigens, hier gibt es ganz viele Gastarbeiter aus Italien, Jugoslawien und der Türkei. In unserer Firma haben wir auch schon einige. Wenn ich abends allein durch die Stadt gehe, dann pfeifen mir immer die Italiener nach.

Also, das mit Kurt, ich glaube, das könnte jetzt wirklich etwas Ernsthaftes werden. Du weißt ja, seit der Sache mit Bernie bin ich etwas arg vorsichtig. Drück mir die Daumen.

Hast du einmal etwas von Regina gehört? Bestimmt hat sie kaum Zeit zu schreiben. Ich habe sie das letzte Mal gesehen, als ich zu Hause bei meiner Mutter war, da war sie zufällig auch in Unterfeldbach mit ihren zwei süßen Kleinen. Sie war gar nicht gut angezogen und hatte keine ordentliche Frisur. Na ja, sie hat viel Arbeit und so kleine Kinder sind auch ganz schön anstrengend.

Wann warst du denn das letzte Mal zu Hause? Ruf mich doch mal in der Firma an, wenn du nach Unterfeldbach fährst, vielleicht können wir uns ja noch mal alle drei treffen. Meine Mutti ist immer noch ganz glücklich mit ihrem Günter, aber ich kann ihn nicht besonders gut leiden. Es ist schon ein eigenartiges Gefühl gegenüber dem Mann seiner eigenen Mutter, so einem Pseudo-Vater. Vielleicht bin ich auch nur ein wenig eifersüchtig auf ihn, obwohl er mir ja Mutti nicht wegnimmt. Sei froh, dass bei dir in der Familie alles in Ordnung ist.

Im Dorf hat sich nicht viel geändert, sie kehren immer noch samstags die Straße und waschen ihre Autos. Manchmal tut es mir leid, dass ich mein Auto verkauft habe, aber in Köln brauche ich gar keines, man kann überall mit Bus und U-Bahn fahren.

So, jetzt habe ich aber einen ganz langen Brief geschrieben und hoffe, von dir auch bald mal wieder einen zu bekommen.

Bis bald
Anne

PS: Wie geht es mit deinem Jack, ist noch alles ok?

München, 6. Sept. 1972

Liebe Anni,

Oder möchtest du jetzt lieber Anne genannt werden? Auf deinem Brief ist mir die Änderung des einen Buchstabens aufgefallen. Vielleicht hast du ja recht, Anni klingt so etwas wie eine Verniedlichung und als emanzipierte Frau – Anne klingt auf jeden Fall besser als Anna, wie die alten Frauen heißen.

Also erst einmal habe ich mich sehr über deinen Brief gefreut und darüber, dass du auf Wolke Sieben schwebst. Das sind ja mal gute Nachrichten. Nach deinem letzten Brief hatte ich mir schon Sorgen gemacht, er klang so deprimiert. Aber ich konnte es dir auch nachfühlen, diese Phasen habe ich auch erlebt. In einer so großen Stadt kann man manchmal ganz schön einsam sein. Ich erinnere mich auch an ein Wochenende, als alle meine Freunde und Kollegen etwas anderes vorhatten und ich ganz allein durch München gestreift bin und mit niemandem ein Wort sprechen konnte. Da habe ich mich in ein Café gesetzt und gehofft, irgendjemanden kennen zu lernen. Aber der einzige, der etwas mit mir sprach, war ein alter Opa, der sich zu mir an den Tisch setzte, weil sonst kein Platz mehr frei war.

Na ja, wenn man sich erst einmal einen Bekanntenkreis aufgebaut hat, dann kommt so etwas nicht mehr so oft vor und mittlerweile macht es mir auch nichts mehr aus, alleine zu sein.

Nun bin ich ja auch einmal gespannt, wie sich das zwischen dir und Kurt weiter entwickelt. Für uns älteren Fräuleins wird es ja so langsam Zeit und ich würde gerne noch einmal zu einer Hochzeit eingeladen. Ich wünsche dir viel Glück!

Bei mir – wie soll ich das sagen – mit Jack ist das alles nicht mehr so, wie es sein sollte. Ich hatte dir ja erzählt, dass Jack der tollste und liebste Mensch ist, der einfühlsamste Liebhaber, den man sich vorstellen kann, dass er mir allen Willen tut, dass er mich verwöhnt, mir Gedichte schreibt, mir manchmal eine Rose in den Briefkasten steckt oder einen Zettel mit den berühmten drei Worte, also wirklich ein Mann ist, wie man ihn sich nur wünschen kann. Ich weiß auch überhaupt nicht, was mit mir los ist. Mein Kopf sagt mir, einen besseren Mann kannst du nicht finden, aber meine Gefühle blocken irgendwie ab, mein Herz macht da nicht mehr mit. In einer gewissen Weise fühle ich mich wie erdrückt, ich kann nicht mehr atmen, er vereinnahmt mich zu viel. Zu allem Unglück (oder Glück) hat sich da auch noch eine erotische Spannung zwischen mir und meinem Rektor aufgebaut. Er ist natürlich verheiratet, also sollte ich eigentlich die Finger davon lassen. Vielleicht kann ich deshalb Jack nicht mehr lieben. – Verwirrung pur.

Das Schlimme ist nur, Jack tut mir so leid. Ich weiß nicht, wie ich es ihm sagen soll. Der Arme tut ja alles, um mir es recht zu machen und ich möchte ihn nicht so vor den Kopf stoßen. Was soll ich nur machen? Manchmal tut man einfach Sachen, von denen man schon vorher weiß, dass sie falsch sind, aber man tut sie trotzdem. Das Leben kann ganz schön verwirrend sein.

Hier in München steht ja jetzt alles auf dem Kopf. Hast du das gestern gesehen im Fernsehen, war das nicht schrecklich? Hast du eigentlich einen Fernseher? Ich habe mir einen winzig kleinen angeschafft. Also das war ja wirklich schlimm, wie die Terroristen diese armen Sportler überfallen haben. Es ist so schade, dass solche Leute die Olympischen Spiele so durcheinander bringen und dass so viele Leute dabei ums Leben kamen, aber Gott sei Dank gehen die Spiele weiter. Stell dir vor, diese Athleten haben die ganze Zeit trainiert und wegen solcher Terroristen würden jetzt die Spiele abgebrochen. Die Münchner Leute waren alle so happy hier, die ganze Stadt war in einer totalen Euphorie, und dann so etwas.

Ich war übrigens da, im neuen Stadion. Ist ja ein tolles Ding mit diesem komischen Zeltdach. Ich glaube, ich war noch nie irgendwo, wo so viele Menschen zusammen waren. Es war ein riesiges Erlebnis. Ich war ausgerechnet an dem Tag im Stadion, als Ulrike Meyfahrt den Hochsprung gewonnen hat – 1,92 Meter, das war so toll! Es ist schon ein Wahnsinns-Gefühl, mit all den Menschen da zu jubeln, da läuft es einem kalt über den Rücken. Endlich hatten wir Deutschen unsere Goldmedaille. Meistens schnappen uns die gezüchteten DDR-Sportler die Medaillen weg, was machen die bloß, dass die so viele gute haben?

Fast jeder, der in München eine Wohnung hat, hat jetzt irgendwelche Freunde und Bekannte einquartiert, die zu den Spielen kommen. Die Stadt ist so voll, Zimmer und Hotels sind schon seit langem ausgebucht. Ich hatte auch ein paar Mal Gäste in meiner kleinen Bude, die mussten dann im Schlafsack auf dem Boden schlafen. Zum Glück ist es im Moment nicht mehr so warm, denn hier oben im 4. Stock unterm Dach war es im Sommer kaum auszuhalten. Ich habe mir endlich einen gebrauchten Kühlschrank gekauft. Sonst musste ich immer meine Butter, Aufschnitt, Getränke usw. nachts in einer Plastiktüte aus dem Fenster heraushängen, damit sie etwas kühler wurden. Das hat irgendwann aber auch nichts mehr genutzt. Wenn ich mit meinen Einkäufen die Treppen der vier Stockwerke hochkam, dann war ich jedes Mal nass geschwitzt und oben in meinem heißen Zimmer konnte ich nur noch alle viere von mir strecken. Unter dem Schrägdach heizt sich das unheimlich auf. Wie ist es denn in deinem Zimmer?

Ich werde nächstes Wochenende noch einmal nach Hause fahren. Meine Wäsche nehme ich jetzt nicht mehr mit, ich gehe hier in einen Waschsalon. Früher habe ich immer noch einen Koffer voller Wäsche mitgeschleift, die Mutter mir dann gewaschen hat. Wäschst du auch im Waschsalon? Manchmal überfällt mich noch die Sehnsucht nach zu Hause. Mutter schickt mir ab und zu ein Päckchen mit ein paar Dosen Wurst oder einem selbst gebackenen Kuchen. Das ist sehr lieb von ihr, sie macht sich immer noch Sorgen um mich. Also werde ich noch einmal nach Unterfeldbach fahren und gucken, wie die Leute samstags die Höfe und Straßen kehren. Ich fahre immer gerne dahin, aber ich bin auch immer froh, wenn ich wieder wegfahren kann. Ist doch tiefste Provinz.

Regina hatte ich vor ein paar Wochen einen Brief geschrieben und sie eingeladen, nach den Olympischen Spielen, wenn hier wieder alles normal ist, einmal ein paar Tage nach München zu kommen. Sie könnte ja mal einen kleinen Urlaub gebrauchen, kommt ja sonst auch nicht raus. Ich habe noch keine Antwort. Ich frage mich manchmal, wann es denn bei uns beiden einmal so weit ist, dass wir Hausmütterchen spielen und Kinder haben. In unserem Beruf hören die meisten Frauen nicht auf zu arbeiten, wenn sie ein Kind bekommen. Sie nehmen sich entweder eine Haushaltshilfe für vormittags oder geben das Kind in einen Hort. Morgens, wenn ich zu Fuß zur Schule gehe – das sind ja nur fünfzehn Minuten – dann begegnen mir immer ein paar Frauen mit weinenden kleinen Kindern im Schlepptau. Die Kleinen tun mir jedes Mal furchtbar Leid, dass sie am frühen Morgen schon durch die Gegend gezogen und irgendwo abgegeben werden. Ich glaube, ich würde meine Kinder nicht gerne zu anderen Leute geben, würde sie lieber selbst großziehen. Wäre nicht schlecht, wenn der Ehemann genug Geld verdienen würde, dass man nicht mehr arbeiten müsste. Na ja, wenn ich Jack heiraten würde …, nein, es hat keinen Sinn, jemanden zu heiraten, wenn die Gefühle schon vorher nicht richtig sind.

So, meine liebe Anni – Anne! Ich muss noch eine Klassenarbeit korrigieren. Dann mach's mal gut und grüße mir deinen lieben Kurt. Ich wünsche dir, dass du weiterhin so verliebt bist – und treibt es nicht zu toll. Nimmst du übrigens die Pille? Ich habe eine Kollegin, die geht immer zu solchen Partys, wo sie Gruppensex machen. Manchmal nehmen sie auch Hasch. Das wäre nichts für mich. Ich habe letztes Jahr einmal Hasch probiert, da war mir hinterher ganz schlecht. Ich hätte auch viel zu viel Angst, süchtig zu werden. Außerdem sollte man sich als Lehrerin da besser nicht erwischen lassen. Ansonsten ist unser Kollegium auch ein ganz munteres Trüppchen. Es kommt öfters vor, dass wir noch im Lehrerzimmer sitzen und uns festquatschen, etwas trinken oder in eine Kneipe gehen. Die meisten sind unter dreißig, nur ein paar ältere Damen und Herren von über fünfzig, mit denen wir Jungen uns immer in die Wolle bekommen von wegen antiautoritärer Erziehung und so.

Ach so, noch etwas. Ja, auch hier in München gibt es jede Menge Gastarbeiter. In dem Viertel, wo unsere Schule liegt, wohnen auch ganz viele südländische Familien und sie haben fast alle viele Kinder. In meiner Klasse habe ich fast ein Drittel Ausländerkinder. Manche sind schon hier geboren und sprechen richtiges Bayrisch und andere kommen in die Schule und verstehen kaum ein Wort Deutsch. Da ist der Unterricht nicht immer einfach. Ich habe gehört, dass die großen Firmen regelrechte Delegationen in die Türkei schicken, um Arbeiter anzuwerben, weil sie hier nicht mehr genug Arbeitskräfte bekommen. Wenn man samstags hier in ein großes Kaufhaus geht, dann sieht man ganz viele Frauen mit Kopftüchern, und wenn ich morgens schon mal mit der Straßenbahn fahre, die zu der Zeit immer furchtbar voll ist, dann rieche ich immer diese Knoblauchfahne der dunkelhaarigen Männer mit den riesigen Schnauzbärten.

Einmal bin ich mit einer Freundin in so ein Lokal hineingeraten, in dem lauter Türken saßen – nur Männer. Wir wollten nur schnell etwas trinken, aber diese Männer sahen uns an, als ob wir vom Mond kämen. Frauen in einem Lokal, das war für sie wohl unmöglich. Wir machten dann auch schnell, dass wir rauskamen, war uns zu ungemütlich.

Ich war ja früher immer der Ansicht, dass es doch gut wäre, wenn alle Völker sich vermischten, so dass man nicht mehr stolz sein brauchte, eine Deutsche zu sein, dass vielmehr alle Völker die gleichen Chancen hätten und dass weiß, schwarz und gelb friedlich nebeneinander leben könnten. Mittlerweile aber habe ich festgestellt, dass das noch ein weiter Weg ist und dass die Völker doch noch alle ihre eigene Kultur haben und bewahren wollen. Aber das wäre ein abendfüllendes Thema. Jetzt muss ich doch endlich aufhören.

Nochmals beste Grüße
Deine Moni

PS: Ich war neulich zu einem Konzert mit Adamo! Stell dir vor, endlich habe ich meinen Lieblingssänger mal ganz nah gesehen, habe sogar ein Autogramm. Hatte eine Gänsehaut, als er »Inch-Allah« gesungen hat und als seine kleine Träne auf Reisen ging.

## Neujahr 2011

Durch den nicht mehr ganz so dichten Ascheregen kann man einen Hauch von Licht erahnen. Der Traktor tuckert langsam durch das gespenstische Treiben. Wilfried hat keine Ahnung, in welche Richtung er sich halten soll. »Gib mir ein Zeichen, lieber Gott, ich werde auch nie mehr ins Wirtshaus zum Kartenspielen gehen.« Wie die meisten Menschen in Notsituationen, versucht auch er, so einen kleinen Handel mit dem lieben Gott zu machen.

Die untere, ehemals feuchte Schicht aus Asche und Bimssteinchen ist mittlerweile fest geworden, darüber liegt eine pulvrige graue Ascheschicht. Das Zeichen des Himmels ist in diesem Fall der Bach, der plötzlich vor dem rechten Vorderrad groß, grau und träge dahin fließt und den die beiden Männer auf dem Traktor auf Grund der äußerst schlechten Sichtverhältnisse fast übersehen hätten. Anne hatte doch gesagt, dass das nächste Dorf im Tal liegt. Also orientiert sich Wilfried am Bach und fährt am Ufer entlang oder jedenfalls dort, wo man die pampige Fläche im Moment als Ufer bezeichnen würde. Denn der Bach wälzt Steinchen und Asche mit sich und sieht gar nicht mehr nach Bach aus, eher nach einem zähen Strom, der weite Teile des Tales ausfüllt.

»Pass auf!«, schreit Klaus plötzlich. Vor ihnen sehen sie gerade noch den obersten Draht eines Weidezaunes herausschauen und ein Stück des Pfahles, an dem er befestigt ist. Wilfried reagiert blitzschnell, reißt das Steuer des Traktors herum, macht eine fünfundvierzig Grad Drehung nach links und tuckert weiter.

»Werden kaum noch mal in Gang kommen, wenn wir anhalten müssen«, ruft er laut, um das Traktorengeräusch zu übertönen. Nun fährt er am Zaun entlang. Irgendwo muss die Wiese aufhören, und normalerweise ist dann dort ein Weg.

Hecken tauchen urplötzlich auf und ein paar Bäume. Vorsichtig, im ersten Gang, schleicht sich Wilfried daran vorbei. Einmal senkt sich der Traktor verdächtig weit nach rechts und Klaus muss sich an dem Geländer des Beifahrersitzes auf dem großen Hinterrad gut festhalten, um nicht herunterzufallen. Von dem Zaun ist nichts mehr zu sehen. Von einem Moment zum anderen spürt Wilfried, wie sich die Nase des Traktors vorne hebt und schon sind sie in einem dichten Gewirr von kratzenden Ästen gefangen. Unwillkürlich tritt er voll auf die Bremse und Klaus wäre um ein Haar vorneüber gekippt, hätte nicht das dichte Gestrüpp ihn zurückgehalten. Der Motor gibt gluckernde, erstickende Geräusche von sich.

»Verdammt«, schreit Wilfried, »das muss ein Waldrand sein, geht wohl hier den Berg hoch.«

Hektisch fummelt er am Schlüssel. »Wenn jetzt auch noch der Motor abgesoffen ist, wie sollen wir dann weiterkommen?«

Krrrrk, krrrk, macht es, die Dunkelheit umfasst sie wieder, weil auch die Scheinwerfer des Traktors erloschen sind. Klaus redet beruhigend auf ihn ein.

»Na komm schon, immer mit der Ruhe, du kriegst ihn wieder zum Laufen.« Verzweifelt dreht Wilfried zum wiederholten Male den Schlüssel nach oben. Endlich, beim fünften Mal spürt er, wie der Motor kommt, gefühlvoll tritt er aufs Gas. Es tuckert. Der Rückwärtsgang klemmt ein wenig, dann befreien sie sich mit einem Ruck aus dem Gestrüpp. Wohin nun? Irgendwie haben sie total die Richtung verloren.

Sie versuchen es mit einer leichten Drehung nach rechts, versuchen das Gestrüpp links von ihnen nicht aus den Augen zu verlieren. Dafür aber müssen sie sich nahe daran vorbeiwälzen. Wahrscheinlich ist dort der Waldrand.

Irgendwann – sie haben nicht registriert, wie lange sie schon unterwegs sind – ihre Nerven sind bis zum Zerreißen angespannt, stoßen sie auf eine Ansammlung von Häusern. Da man einen Weg oder eine Straße nur erahnen kann, fahren sie zwischen den Häuserreihen durch, bis sie am Fenster einer kleinen Kirche einen Lichtschein gewahren. Vor dem Eingang der Kirche hat wohl jemand einen Weg freigeschaufelt, so als ob man es hier mit Schnee zu tun hätte und nicht mit einer etwa dreißig Zentimeter hohen zähen Masse und weiteren zwanzig bis dreißig Zentimeter trockener Asche. Als die Geräusche des Traktors verstummen, hören sie aus der Ferne ein lautes Rumpeln und Gurgeln. Der Vulkan spuckt noch. Aus dem Inneren der Kirche vernehmen sie ein monotones Herunterleiern von Gebeten.

Klaus öffnet die Kirchentür, deren Quietschen gespenstisch durch den Kirchenraum hallt. Wilfried folgt ihm in das Gotteshaus. Etwa zwanzig Gesichter drehen sich ihnen zu. Augen weiten sich vor Schreck, eine Frau bekreuzigt sich: »Jesus, Maria und Josef«. Sie glauben, Geister zu sehen. Im Schein der vielen Kerzen schauen sich Klaus und Wilfried gegenseitig an. Kein Wunder, dass die Leute noch mehr Angst bekommen, als sie von der Situation her schon haben. Die beiden Männer sehen wirklich zum Fürchten aus.

Klaus ist in einen völlig verschmutzten, viel zu kleinen Mantel eingehüllt, der sicher einer der Frauen gehört, trägt Annes Fahrradhelm auf dem Kopf, von dem nur noch einzelne orange Stellen herausleuchten. Abgebrochene Zweige haben sich überall in der Kleidung verhakt. Wilfrieds dunkle Haare haben sich in ein Knäuel aus grauem Matsch verwandelt, die Mütze, die er sich im Schuppen geangelt hatte, ist ihm wohl abhanden gekommen. Sein Gesicht kann man gar nicht mehr erkennen.

»Ich bin ein Star, holt mich hier raus«, denkt Klaus in einem Anflug von Belustigung. So ähnlich sahen die doch damals auch aus in diesen merkwürdigen Fernsehshows.

Der Pfarrer, der zusammen mit den Leuten hier gebetet hat, kommt auf sie zu und begrüßt sie mit einem »Gelobt sei Jesus Christus«. Er denkt, sie gehören zu einem Rettungsteam, das den Menschen hier helfen soll. Wilfried und Klaus klären die Situation auf. »Wir brauchen dringend einen Arzt, wir haben wahrscheinlich einen Herzinfarkt-Patienten irgendwo da oben in einer Scheune liegen.« Der Pfarrer erzählt ihnen kurz, dass die meisten Menschen aus dem Dorf Richtung Süden geflohen sind, dass aber manche ihre Häuser nicht verlassen wollten. Ihr Telefonnetz geht noch, ansonsten ist die Stromversorgung zusammengebrochen.

Die Polizeistation in Trier hat ihnen den Rat gegeben, da zu bleiben, weil nach den neuesten Satellitenbildern der Ascheregen bis hinunter an die Mosel und weiter geht und durch leichte wechselnde Winde in weitem Umkreis bis nach Luxemburg und Belgien geweht wird. Wissenschaftler gehen aber davon aus, dass der Ascheregen bald aufhört, der Vulkan aber weiterhin kleine Mengen Lava ausspuckt. Ein Expertenteam ist mit Spezialfahrzeugen der Bundeswehr vor Ort.

»Dann lassen sie uns schnell telefonieren. Unser Freund braucht dringend ärztliche Hilfe und unsere Frauen haben nichts zu trinken in der Scheune.«

»Wo sind die, in dem Schuppen weiter oben am Bach? Das ist meine Scheune«, ruft ein alter Mann aus der dritten Bankreihe. Wilfried tritt näher an ihn heran. »Wir haben den Traktor genommen, wir wussten uns keinen anderen Rat.«

»Kein Problem, in solchen Zeiten muss jeder jedem helfen«, antwortet er, inspiriert von seinem Zwiegespräch mit Gott. »Sprang der denn überhaupt noch an? Den haben wir schon so lange nicht mehr gebraucht.«

»Ja, er war unsere Rettung, in dem Pääpes kann ja keiner mehr gehen.« Wilfried ist unwillkürlich in seinen Eifeler Dialekt verfallen. Er kommt sich absolut blöd vor, wenn Bauern unter sich hochdeutsch sprechen.

Mit dem Pfarrer stampfen die beiden zu dem neben der Kirche stehenden Pfarrhaus. Plötzlich dreht sich Klaus noch einmal um und eilt zurück zur Kirche. Flüsternd wendet er sich dem alten Mann noch einmal zu: »Da fällt mir gerade ein, der Hund hat aus einer alten Blechtonne irgend so eine schmutzige Brühe getrunken, wissen Sie zufällig, was das ist?« Der alte Mann überlegt. »Ach, das alte Blechfass, da fängt mein Sohn immer das Regenwasser auf und wäscht damit die Spritzgeräte aus.«

»Was meinen Sie, Pestizide oder Düngemittel oder so etwas?«

»Ja ja, das Zeug gegen Getreidekrankheiten, Kartoffelkäfer und was weiß ich.«

Klaus ist beunruhigt. Diese nette Gastgeberin von gestern Abend hat schon genug durchgemacht. Er möchte nicht, dass auch noch ihr Hund bei dieser Katastrophe sein Leben lässt. Er beeilt sich, Wilfried und dem Pfarrer hinterherzugehen, die an der Haustür des Pfarrhauses auf ihn warten. Im Flur gleich neben der Eingangstür zündet der Pfarrer eine Kerze an, um vorauszuleuchten. Die klebrige Masse hinterlässt auffällige Spuren im Flur und auf dem Parkettboden seines Arbeitszimmers. Schon im Gehen hat er erzählt, wie die Katastrophe im Dorf erlebt wurde. Die meisten Menschen haben schnell ein paar Sachen zusammengepackt und haben fluchtartig das Dorf verlassen. Fast alle haben nur nach ihren Familienangehörigen geschaut. Kaum einer dachte an die alten Leute, die kein Auto haben, die alleine leben. Einige, die gerade neu gebaut hatten, wollten ihre schönen Häuser nicht verlassen und harren nun dort aus. Der erste Zufluchtsort der übrig Gebliebenen war die Kirche. Sie haben die ganze Nacht über dort gebetet, einige sind auch zwischendurch eingeschlafen und jetzt schaffen es die älteren Leute nicht mehr in ihre Häuser.

Zwei jüngere Männer, die aus reiner Abenteuerlust geblieben sind und gleich in Richtung Vulkan aufbrechen wollen, sobald der Ascheregen aufhört, haben nun ein paar Wege frei geschaufelt und aus ihren Häusern Lebensmittel und Getränke in die Kirche gebracht. Sie haben gesehen, wie einige Dächer von älteren Häusern und Schuppen unter der Last der nassen Asche eingestürzt sind. Nun warten die restlichen Verbliebenen auf Hilfe von außen und harren dessen, was da kommt.

Die Notrufnummer ist besetzt. Sieben Mal muss Klaus die Wahlwiederholung drücken, ehe eine total gestresste Stimme sich meldet. »Hallo, wir brauchen dringend einen Arzt, wahrscheinlich Herzinfarkt.«

»Was glauben Sie, wie viele Leute einen Arzt brauchen, ich weiß nicht, wo ich noch einen hernehmen soll. Geben Sie mir bitte ihre Adresse, ich schreibe es auf. Aber ich habe keine Ahnung, wie lange es dauern wird, bis wieder ein Hubschrauber fliegen, geschweige denn ein Auto fahren kann.« Wie heißt denn überhaupt das Dorf hier? Klaus sieht ein, dass es sinnlos ist. Wie soll denn ein Arzt hierher kommen? Ein Hubschrauber kann bei diesen Bedingungen nicht fliegen. Adresse: Scheune irgendwo im Tal? »Ok, vergessen Sie's, ich melde mich wieder.«

»Was machen wir denn jetzt?«

»Du übrigens Wilfried, hast du eine Ahnung, wie sich Reste von Pestiziden auf Tiere auswirken?« Klaus erzählt ihm von der Regentonne. Doch ehe Wilfried ihm antworten kann, veranlasst ein lautes Brummen von draußen die drei Männer, zum Fenster zu treten. Ein großes Räumfahrzeug schiebt sich auf den Gemeindeplatz vor der Kirche. Schnell! Das wird eine Rettungsmannschaft sein!

* * *

Den ganzen Tag über war es nicht hell geworden. Nun, in den Abendstunden, hat der Ascheregen aufgehört und das graue Aschedunkel ist in das winterliche frühe Abenddunkel übergegangen. Im Schuppen harren die vier Menschen und der Hund immer noch ohne einen Schimmer Licht aus. Ihre Augen haben sich mittlerweile so an die Dunkelheit gewöhnt, dass sie sich gegenseitig erkennen. Alle leiden zunehmend unter einem starken Durstgefühl. Die Anstrengungen der letzten Nacht haben den Flüssigkeitsvorrat ihrer Körper total aufgebraucht. Vom vielen Sprechen sind die Lippen der Frauen noch trockener geworden. Hasso wird unruhig.

Er scharrt im Stroh herum und sucht wieder einmal den Durchgang zum Geräteraum.

»Jetzt trinkt er wieder das schmutzige Wasser.« Anne ekelt sich plötzlich nicht mehr davor. Mittlerweile würde sie alles trinken, was flüssig ist. »Jedenfalls hat Hasso das Wasser nicht erbrochen, und Bauchschmerzen scheint er auch nicht zu haben. He, sollen wir uns nicht auch davon etwas holen? – Warte Hasso, ich komme mit! Komm, zeig mir den Weg!« Anne sucht die leere Weinflasche und krabbelt ebenfalls durch die Öffnung.

»Aua«, sie ist mit dem Schienbein an irgendeinen Pflug gestoßen und muss die Luft anhalten, so weh tut es. »Hasso, bei Fuß!«

Da vorne erkennt sie den Umriss eines Fasses. Während Hasso hastig schlürft, tunkt Anne die Weinflasche in die Flüssigkeit, um sie zu füllen.

»In der Not frisst der Teufel Fliegen«, denkt sie. Wenn man so einen Durst hat, dann trinkt man einfach alles. Kann sein, dass sie sich jetzt eine Magenverstimmung einfangen. Ganz egal, Hauptsache etwas zu trinken. Hastig setzt sie die Flasche an den Mund und trinkt gierig ein paar Schlucke.

»Igitt, schmeckt das eklig«, denkt sie, doch gleichzeitig ist es ihr eine unendliche Wohltat, dieses kostbare Nass in sich aufzunehmen. Sie füllt die Flasche wieder auf und macht sich damit auf den Rückweg.

Auch Regina und Monika haben keinerlei Skrupel, das schmutzige Wasser hinunterzuschlucken. »Jochen, willst du etwas trinken?«, fragt Anne. Ihrer Meinung nach hat Jochen fast die ganze Zeit geschlafen und ihre Angst um seinen Gesundheitszustand steigt von Stunde zu Stunde. Sie lässt sich von Monika noch eine Aspirin-Tablette geben und legt sie Jochen auf die Zunge.

»Danke Anne«, auch er nimmt ein paar Schlucke aus der Flasche. »Anne, ich muss dir etwas sagen.« Er spricht leise, offensichtlich strengt ihn das Sprechen an. »Verzeih mir, ich war nicht ich selbst.« Dass er das ganze Gespräch der Freundinnen mit angehört hat, muss sie nicht wissen. Er aber hat dabei vieles erfahren, was Anne ihm vorher nicht so erzählt hatte. Seine Anne. Er dachte immer, sie nehme das Leben so leicht, er sei nur ein Spielball für sie.

»Anne, wenn wir das hier überstehen, willst du mich dann heiraten?« Anne weiß nicht, was sie sagen soll. Das ist nun doch etwas viel für sie.

»Jochen, mein Schatz, erst müssen wir dich mal in ein Krankenhaus bringen. Lass uns das später besprechen, ja?« Sie drückt ihm einen Kuss auf die Wange und streichelt ihm liebevoll über die Stirn.

»Anne, ich habe immer noch so einen Durst, kannst du die Flasche noch mal füllen? Bitte!« Die würzigen Essensreste, die Regina wie eine Verhungernde in sich hineingestopft hat, rächen sich. Fast hätte Anne gesagt, mach das doch selbst. Nach ihrem Gespräch von eben aber möchte sie Regina etwas Gutes tun.

»O. k., ich krieche wieder, aber hoffentlich wird uns nicht schlecht von dem merkwürdigen Wasser. Steht bestimmt schon länger in diesem Fass. Anne robbt zum zweiten Mal mit der leeren Weinflasche zwischen den Strohballen durch und tastet sich zu der Regentonne weiter. Hasso ist ihr gefolgt.

»Aua«, im Dunkeln stößt sie gegen einen Pfosten oder etwas Ähnliches. Im gleichen Moment hört sie ein ziehendes, scheppderndes Geräusch vom Dach her und spürt gleichzeitig, dass sich die seitliche Bretterwand wie in Zeitlupe auf sie zu bewegt. Unwillkürlich weicht sie zurück und fällt über einen dort abgestellten Pflug. Anne nimmt nur noch das Splittern der zerbrochenen Weinflasche wahr und spürt dann einen stechenden Schmerz in ihrem Fuß, als das Blechdach auf sie sinkt und ihren ganzen Unterkörper schwer bedeckt. »Hilfe!« schreit sie unwillkürlich, »Schnell, holt mich hier raus!«

Hasso jault laut auf, als das einstürzende Dach seinen Schwanz einklemmt. Er zerrt heftig, lässt einige Haare, kann sich aber befreien und gesellt sich laut bellend zu Anne. Liebevoll leckt er mit seiner Zunge in Annes Gesicht.

Hinter den Strohballen waren die Geräusche etwas gedämpfter zu hören, doch auch dort haben alle gespürt, dass es ein Problem mit dem Dach gibt. »Die Asche drückt das Dach ein, schnell unters Stroh!« Jochens Sinne sind geschärft, er selbst jedoch kann sich kaum rühren. Monika reagiert blitzschnell. Sie greift Jochen unter die Arme und zieht ihn von seinem Strohbett in die kleine Öffnung unter den Ballen. »Los Regina, komm schnell hierher neben uns.«

Wie die Heringe liegen sie dort und lauschen. Als Anne dann um Hilfe ruft und vom Dach her keine weiteren Einsturzgeräusche zu vernehmen sind, robbt Monika langsam weiter. Wenn dieser Nebenraum vorher schon dunkel war, dann ist er jetzt schier undurchdringlich. Sie hustet, bindet sich hastig ihren Schal, den sie wie eine Binde um ihr wehes Knie gewickelt hatte, wieder vor dem Mund, wie in der letzten Nacht. Alles ist voller Aschepartikel.

»Anne, wo bist du? Ist dir was passiert?«

»Hier, aua, mein Fuß, ich bin eingeklemmt!« Sie schreit ganz laut.

»Regina, komm mit, wir müssen sie da rausholen.«

Regina robbt ein Stück nach vorne. »Iih, hier krieg ich keine Luft«, sie verkriecht sich wieder unters Stroh, wo Jochen schwer atmend liegt. Monika tastet sich weiter in die Richtung der stöhnenden Anne. Nur dort, wo der Traktor gestanden hat, kann sie ein paar Schritte gehen. Überall sonst stehen irgendwelche landwirtschaftlichen Geräte herum. Sie stößt mit dem Fuß gegen etwas eisernes und muss dann plötzlich den Kopf einziehen, als sie – die Hände tastend vor sich her streckend – den Teil des Schuppens erreicht, wo das Dach eingestürzt ist. Durch einen Spalt spürt sie einen Hauch kalter Nachtluft von draußen, ehe sie Anne erreicht, die jammernd und stöhnend auf einem scharfkantigen Metall liegt. Monika tastet, sieht kaum etwas, bekommt jetzt auch Atembeschwerden, muss sich arg beherrschen, sich nicht in die Ecke zu setzten und Rotz und Wasser zu heulen. Haben sie noch nicht genug erlebt?

Wäre doch jetzt Klaus hier, der wüsste sicher, was zu tun ist, denkt sie und überlegt, wie sie Anne helfen kann. Erst einmal die Lage peilen. Wahrscheinlich hat die schwere Ascheschicht das Dach eingedrückt und die Asche, die da drauf lag, fliegt jetzt hier durch die Luft. Das Dach besteht aus Blechplatten, kann es sein, dass diese Platten jetzt nach und nach einbrechen? Wie kann sie Anne hier rausholen? Monika krabbelt neben den Pflug, schiebt sich von unten mit dem Rücken gegen die auf Anne liegende Blechplatte und versucht, sich von unten hochzustemmen und die Platte wegzudrücken. Sie hat keine Chance. Ihr Knie schmerzt zum Verrücktwerden, sie kann es nicht durchdrücken. Das eingestürzte Dach bewegt sich keinen Millimeter.

»Regina, du musst hierher kommen, ich schaff das nicht alleine!«, ruft sie sehr fordernd. »Ich kann nicht atmen, ich bekomme Asthma«, kommt es kläglich vom Strohballen her. »Dann zieh deine Bluse aus und binde sie dir vor die Nase, nun mach schon, oder willst du, dass Anne uns stirbt!«

»Gib mir die Hand, nimm mich mit«, haucht Jochen. Auf allen vieren bewegen sich die beiden Verbliebenen in den Nebenschuppen. Regina bindet sich tatsächlich ihre Bluse vor die Nase. Trotzdem hechelt sie, als ob sie gerade vor einer Entbindung stünde. Hasso, der immer noch jault, drückt Regina seine kalte Schnauze in die Hand. An ihm kann sie sich orientieren, um zwischen den Geräten in die hintere Ecke zu den Freundinnen zu gelangen. Es ist kein einfaches Unterfangen. Sie und Jochen im Schlepptau kriechen auf allen vieren über den Boden.

»Jochen, warum bist du nicht unter dem Stroh geblieben, du kannst doch in deinem Zustand hier nicht helfen!« Monika hat Angst, dass er jetzt ganz zusammenbricht. Jochen kniet sich neben die eingeklemmte Anne und streichelt ihr über die Stirn, versucht sie zu beruhigen. Ganz leise gibt er Anweisungen: »Ihr müsst eine Stange oder so etwas suchen und versuchen, das Dach hoch zu hebeln.«

Im vorderen Teil des Schuppens, dort wo man noch stehen kann, tasten sich Monika und Regina an den Außenwänden entlang. Sie erkennen, dass die Seitenwand aus Holzbrettern besteht. Die Bretter des hinteren Schuppenteiles sind nach innen zusammengebrochen, so dass das Dach nachgegeben hat. »Hoffentlich bricht nicht das ganze Dach ein. Wir müssen dringend wieder hinter die Strohballen. Wenn dort das Dach einbricht, kann es nur bis auf die Strohballen fallen.« Monika sucht verzweifelt nach einer Rettung für Anne, die stöhnend versucht, sich aus ihrer misslichen Lage zu befreien. »Helft mir doch endlich, es tut so weh!«

»Verdammte Scheiße, ich kann nicht mehr.« Monika fühlt, wie die Verantwortung auf ihr lastet. Nun ist auch bei ihr das Maß erreicht, sie kauert sich in eine Ecke, weint laut und lässt ihren Tränen freien Lauf.

»Ich hab was!« Regina, die sich angesichts der Schwäche ihrer beiden Freundinnen auf einmal ganz stark vorkommt, hat auf dem Boden ein paar Pfähle ertastet und schiebt einen davon zur Einsturzstelle. »Hier Monika, nimm mal. Wenn ich jetzt noch einen Hammer oder so etwas Ähnliches finde …«

»Hier ist ein Stück Holz, was willst du denn machen?«

Regina pfeift bei jedem Atemzug. Sie schiebt den Pfahl dicht neben Anne mit einem Ende unter das Dach und klemmt das andere Ende in den festen Naturboden ein. »Gib mal das Stück Holz her. »Monika, halt den Pfosten am Dach fest, damit er nicht abrutscht!«

»Anne, pass auf, wenn ich hier draufhaue, kann es sein, dass das Dach ein klein wenig hoch geht, dann musst du schnell das Bein rausziehen.« Regina klopft mit aller Kraft ganz tief unten gegen den Pfosten und weil dieser angespitzt ist, findet er Halt im Erdboden und schiebt sich bei jedem Schlag ein wenig weiter.

»Ich bin raus, aua, aua.« Anne hat blitzschnell reagiert, als das Dach ein klein wenig nach oben gehoben wird.

»Jetzt aber nichts wie hinter die Strohballen.« Regina reicht Anne ihre Hand, um sie von dem Pflug zu ziehen. »Du hast ja eine ganz nasse Hand, he, ich glaube du blutest!«

»Ach vielleicht hab ich mich auch noch an den Scherben der zerbrochenen Flasche geschnitten. Ich glaube, mein Fuß blutet auch, au.«

»Hasso, bei Fuß! Komm Hasso, führ uns ins Stroh! Wenn jetzt bloß nicht noch das ganze Dach einfällt! Los wir krabbeln jetzt, ehe uns noch mehr passiert.« Jetzt hat Regina die Oberhand gewonnen. Trotz ihrer Atembeschwerden spürt sie plötzlich eine nie gekannte Stärke. Sie hat Anne da rausgeholt. Sie ist die einzige, die noch keine größeren Blessuren hat. Sie zieht sogar Jochen mit einem Rettungsgriff über den Boden. Laut schnaufend liegen sie schließlich wieder alle hinter den Strohballen. »Bitte lieber Gott, hilf uns endlich!«

* * *

Die donnerähnlichen Geräusche des Vulkans waren den ganzen Tag über zu hören. Jetzt dringt ein anderes Geräusch an ihre Ohren, erst ein leises, dann ein immer lauter werdendes Brummen. Hasso rennt aufgeregt herum, springt am Tor hoch und kratzt am Blech.

»Wilfried kommt uns holen«, Regina drückt Monikas Hand. Monikas Herz macht einen Hüpfer. Schmetterlinge im Bauch? »Es geht jetzt um unsere Rettung«, versucht sie sich einzureden, in Wirklichkeit aber denkt sie nur daran, dass Klaus zurückkommt, dass ihm nichts passiert ist.

»Wir müssen das Tor aufmachen«, ruft Anne. »Falls das Fremde sind, wissen die ja gar nicht, dass hier jemand drin ist.« Sie aktivieren ihre letzten Kräfte und werfen sich gegen das Blechtor.

»Heei, es ist ja keine Asche mehr in der Luft, hmmm frische Luft!« Es sieht aus wie ein großer Laster, was da auf sie zukommt. Ja, es ist ein altes Straßenmeisterei-Fahrzeug, das mit dem Räumschild sonst eher Schnee wegschiebt und sicher noch nie im Leben Aschemassen mit Bimssteinchen geschoben hat.

»Hier sind wir!« Monika vergisst vor Aufregung, zu hinken. Der Adrenalinstoß verdrängt den Schmerz. Anne kriecht blutend über die fest gewordenen Masse, Regina versucht sie zu stützen und aufzurichten. Die obere Schicht mit der lockeren Asche ist vom Wind wie Pulverschnee zu größeren Ansammlungen zusammengeweht worden, die ein bizarres Bild der nächtlichen Landschaft entstehen lassen. Aus dem Inneren des Fahrzeuges kommen zwei in Anoraks gehüllte Menschen auf sie zu.

»Mama??« – »Jenny! Wo kommst du denn her?«

Jenny erkennt ihre Mutter nur an der Stimme. Die Gestalten, die dort im Scheinwerferlicht des Räumfahrzeuges vor der Scheune stehen, sehen aus wie Aliens. Die Gesichter sind so verschmiert, dass man sie nicht erkennen kann. »Mama, was ist mit dir? Oh Mama, ich bin so froh, dass du noch lebst.« Jenny drückt ihre mit Schlamm und Blut verschmierte Mutter an sich und ein paar Freudentränen tropfen der etwas kleineren Anne am Hals herunter. Ihre Tochter. Sie wäre wohl die letzte gewesen, die sie hier erwartet hätte.

»Jenny, mein Kind, wie kommst du denn hierher?« Wie eine Ertrinkende klammert sie sich an sie, glaubt, Halluzinationen zu haben. Dann aber greift Jenny nach ihrer Fototasche. »Bleibt mal genauso stehen!« Mit Gummistiefeln ausgestattet, quietschende Gehgeräusche verursachend, stapft sie herum, Blitzlichter von allen Seiten, immer wieder klickt der Fotoapparat.

»Jenny, jetzt hör aber auf, bist du gekommen wegen einer Story oder wegen deiner Mutter?« Anne, die sich gerade noch so gefreut hat, ihre Tochter zu sehen, wird böse. Aus dieser peinlichen Situation hier wird doch die eigene Tochter nicht noch Schlagzeilen wittern? Journalisten! Keine Moral mehr!

»Mama, ich habe so eine Angst um dich gehabt. Als ich gehört habe, was hier los ist, habe ich mitten in der Nacht von Rom aus das erste Flugzeug genommen. Ich wusste ja, dass du in der Hütte feiern wolltest. Was glaubst du, wie schwer es war, ein Fahrzeug aufzutreiben, das hier durch die Pampe kommt. Und was für ein Zufall es war, dass ich gerade in das Dorf kam, wo die zwei Männer mit dem Traktor hin fanden und ich dann auch noch zufällig hörte, dass hier in der Scheune ein paar Frauen warten. Ich bin so froh, dass ich dich gefunden habe. – Aber wenn ich schon mal hier bin, kann ich doch auch ein paar Fotos machen. Was glaubst du, was in der Welt los ist? Vulkanausbruch in der Eifel! Weißt du, wie viele Reporter darauf scharf sind? Morgen wird es hier nur so wimmeln von Journalisten aus aller Welt. Endlich mal etwas anderes als Krieg und Terror!«

Jenny sieht schon die Schlagzeilen vor sich: »Silvesterknaller in der Eifel« oder so ähnlich.

»Jochen muss dringend ins Krankenhaus, lass uns jetzt nicht hier herumstehen!«

»Wo ist mein Mann?« Regina ist noch gar nicht zu Wort gekommen und auch Monika muss ihre Enttäuschung verbergen, dass Klaus nicht mitgekommen ist.

»Ach, die beiden Opis, ich habe sie überredet, im Dorf zu bleiben, die stehen beim Pfarrer unter der Dusche! Wir hätten ja nicht alle hier hereingepasst. Außerdem waren die ja fix und fertig!«

Monika ist die erste, die anfängt, sich zu erbrechen. Das Wasser war wohl doch nicht so gut, hat auch irgendwie pelzig geschmeckt. Auch Hasso jault plötzlich und windet sich.

Mit vereinten Kräften heben sie Jochen ins Führerhaus des Räumfahrzeugs. Die drei Eifeler Freundinnen und Jenny liegen in Decken gewickelt auf dem Kastenteil, in dem noch ein Rest Salz zum Streuen der Straße lagert. Schließlich war das Fahrzeug noch am Silvesterabend wegen des Schneefalls unterwegs. Auch Hasso streckt sich dort aus. Vom Schaukeln des Fahrzeugs, vielleicht aber auch von all den Anstrengungen und Aufregungen, letztendlich aber wohl von dem fauligen Wasser wird nun auch den anderen schlecht.

Selbst jetzt hat Jenny keine Skrupel, ihre Mutter beim Erbrechen zu fotografieren. Das werden Fotos! »Überlebende eines Vulkanausbruchs aus Scheune gerettet.«

Jenny geht es wirklich nicht allein um die Story. Sie ist vom Flughafen Köln/Bonn in die Eifel gefahren, hat sich durch den Ascheregen gekämpft, hat trotz des ausgefallenen Navigationssystems die offiziellen Stellen konsultiert, den italienischen Vulkanologen in der Nähe des Vulkans abgesetzt und hat nicht locker gelassen, bis sie so nahe wie möglich an die Blockhütte ihrer Mutter herankam. Drei umliegende Dörfer hatte sie schon abgesucht. Dass sie in diesem Dorf dann zufällig auf die beiden Männer traf, die mit dem Traktor auf Hilfesuche gegangen waren, war reiner Zufall. Diesem Mann hier mit dem Räumfahrzeug hat sie eine stattliche Summe gezahlt, damit er die riskante Fahrt am Bach entlang unternahm. Wenn sie das alles nun schon einmal auf sich genommen hat, denkt sie sich, dann wird sie daraus auch eine Story machen dürfen.

* * *

Im Dorf herrscht trotz der späten Abendstunde hektische Betriebsamkeit. Nun, nachdem der Ascheregen aufgehört hat, sind endlich die Rettungsmannschaften eingetroffen. Die wichtigsten Zufahrtsstraßen sind einigermaßen geräumt. Auch einige der in der Silvesternacht hastig Geflohenen sind zurückgekehrt und bereits eifrig dabei, ihre Dächer und Häuser von der dicken Ascheschicht zu säubern. Die Stromversorgung funktioniert wieder, Straßenlaternen und Bewegungsmelder vor den Haustüren werfen ein gespenstisches Licht auf das unter einer schwarz-grauen Schicht versunkene Dorf. Wilfried und Klaus sehen wieder wie normale Menschen aus und stecken in sauberer Kleidung, die Dorfbewohner ihnen in reicher Auswahl gebracht haben. Sie stehen bei einem Grüppchen von Bundeswehrsoldaten, die nicht so recht wissen, wo sie in diesen Abendstunden etwas helfen können und was überhaupt zu tun ist. Endlich sehen sie vom nördlichen Tal her die Scheinwerfer eines Autos. Das kann nur das Räumfahrzeug sein.

»Gott sei Dank, sie kommen!« Wilfried wartet sehnsüchtig auf seine Regina. »Ist aber auch eine tolle Frau, diese Jenny, kommt extra von Italien hierher geflogen und setzt alle Hebel in Bewegung, um ihre Mama zu retten – super!«

»Hoffentlich kommt der Hubschrauber bald, hoffentlich stirbt Jochen nicht.« Klaus merkt allmählich auch, dass er in seinem Alter solche Aufregungen nicht mehr so einfach wegsteckt. Gerade jetzt fängt sein Puls wieder an zu rasen.

Als das Räumfahrzeug hinter den Bundeswehrfahrzeugen zum Stehen kommt, hört man auch schon das Rattern des gelben Hubschraubers, der sich einen Platz zum Landen sucht. Nicht nur Jochen hängt kreidebleich auf dem Beifahrersitz, auch die Frauen, die vorsichtig von der Ladefläche herunterklettern, sehen aschfahl aus im Gesicht.

War die Luft in der letzten halben Stunde einigermaßen klar geworden, so wirbelt der Hubschrauber bei seiner Landung noch einmal eine riesige Aschewolke auf, so dass sie erst einmal abwarten müssen, bis die Rotoren zur Ruhe kommen. Während das Ärzteteam des Hubschraubers Jochen versorgt, fängt Klaus die schwankende Monika auf und Wilfried, der so froh ist, seine Frau wieder in den Armen zu halten, fragt erschrocken: »Was ist denn mit dir los, Regina?«

»Ich – hab von dem Wasser aus dem Fass getrunken – ööh!« Heftige Übelkeit überfällt sie wieder.

Jenny, gewohnt schnell zu handeln, übernimmt die Organisation. Da im Hubschrauber nicht genügend Platz für den mittlerweile notversorgten Jochen und die drei Frauen ist, sucht sie die Leute vom Roten Kreuz, die im Dorf ihre Hilfe anbieten, aber nicht viel zu tun haben. Klaus aber berichtet dem Notarzt, was er über das verunreinigte Wasser weiß. Er hofft, dass die Auswirkungen der Chemikalienrückstände sich nicht allzu dramatisch auswirken.

Anne, Regina und Monika werden mit Militärfahrzeugen ins Krankenhaus gebracht. Jenny küsst ihre Mutter: »Tschüss Mama, ich komm dich morgen besuchen.«

»Kommst du denn nicht mit ins Krankenhaus?«

»Mama, mach dir keine Sorgen, ich muss zu dem Vulkan, ein paar Fotos machen.«

»Was ist denn mit Hasso, der kann doch nicht mit ins Krankenhaus?«

»Ich kümmere mich um ihn, kein Problem.«

Klaus und Wilfried lassen es sich nicht nehmen, die Frauen ins Krankenhaus zu begleiten. Monika fühlt sich so todschlecht, dass es ihr nicht einmal mehr peinlich ist, als sie vor den Augen von Klaus würgen muss. Das einzige, was sie noch registriert, ist die Hand, die er ihr reicht und die sie bis ins Krankenhaus nicht mehr loslässt.

## Juni 2011

Unter einem kleinen Pavillon vor der Blockhütte ist das prächtige Buffet aufgebaut. Bänke und Tische stehen auf dem Vorplatz, der früher einmal aus einer kleinen Rasenfläche bestand, jetzt aber wie geteert aussieht. Da, wo am Silvesterabend die Autos geparkt waren, erhebt sich etwa zwei Meter hohes schwarzes, erstarrtes Lavagestein in bizarren Formen. Eine kleine Lavamoräne hatte sich durch den Wald bis hinter die Hütte geschoben. Etwa zweihundert Meter weiter nördlich haben die Ablagerungen bedeutend größere Ausmaße. Hier hat der Vulkan ganze Arbeit geleistet.

Rundherum im Wald liegt immer noch eine dicke Schicht aus Asche und Bimssteinen, aber die Natur hat sich bereits einen Weg gebahnt. Jetzt zur Sommerzeit bietet der Wald mit seinem satten Grün einen starken Kontrast zu dem schwarzen Lavafeld. Laubbäume ragen aus dem schwarzen Untergrund heraus, als ob sie mitten in einer Asphaltfläche eingepflanzt worden wären. Umso mehr lassen sie ihre Blätter in den vielfältigsten Grün-Schattierungen leuchten. Tannen und Fichten haben an ihren dunkelgrünen Ästen hellgrüne Spitzen angesetzt. Auch Heidelbeersträucher, Brombeerhecken, Gehölze, Farne und Moose strecken ihre Köpfe aus der schwarz-grauen Masse heraus und entfalten ihre Blüten und Blätter.

Über den Feldweg südlich der Hütte trudeln nach und nach die Hochzeitsgäste ein und suchen sich einen Parkplatz zwischen den Bäumen. Der Feldweg gleicht einer geteerten Straße, dort hat man die getrocknete Ascheschicht einfach glatt gewalzt.

Sie wollten keine große Hochzeit. Still und leise haben Anne und Jochen sich auf dem Standesamt das Jawort gegeben und dann die engsten Familienangehörigen und Freunde in ihre Eifelhütte eingeladen, die von dem Vulkan gerade noch so verschont geblieben ist. Anne hatte sich vor ihrer Heirat mit ihren Freundinnen in Verbindung gesetzt und gefragt, was sie von einer Hochzeitsfeier in der Hütte halten.

»Es bricht ganz bestimmt kein Vulkan mehr aus«, hatte sie zu Regina gesagt, »... und wenn, dann würden die vielen Vulkanologen, die sich jetzt in der Eifel herumtreiben, uns mit Sicherheit früh genug warnen.«

So ganz wohl ist es Regina nicht in ihrer Haut, als sie die Szenerie jetzt nach so langer Zeit bei Tageslicht betrachtet. »Mein Gott, bis kurz vor die Hütte ist die glühende Lava geflossen?«

»Ja, nicht wahr, was haben wir für ein Glück gehabt.«

Die glücklich strahlende Braut in einem silberfarbenen, futuristisch anmutenden Kostüm, das ihre gute Figur noch unterstreicht, mit blondgefärbten Locken und mit einem dunkelroten Schimmer auf den Lippen begrüßt ihre Gäste. Staunend und äußerst interessiert steht eine Gruppe festlich gekleideter Leute mit Sektgläsern in der Hand vor der Hütte. Alle blicken zum Vulkan und Jenny, Annes hübsche erfolgreiche Tochter erklärt mit Begeisterung, wie das damals war, am Neujahrstag.

»Mama und ihre Gäste hätten eigentlich gar nicht weglaufen müssen. Das wäre doch ein Erlebnis gewesen, hier so nahe am Vulkan! – Na ja, ein bisschen gefährlich war es schon. Ein paar heiße Steine hatten das Dach beschädigt, alles war voller Asche, und wie leicht hätte hier alles in Flammen aufgehen können bei den vielen Bäumen hier rundherum! Ich zeige euch später die Fotos, die ich gemacht habe.«

DreiundzwanzigTage lang spie der Vulkan Feuer. Die Explosion beim Ausbruch des Vulkans war durch geringe Mengen Wasser entstanden, die mit glühendem Magma in Verbindung kamen. Dadurch stieg über der Öffnung eine riesige Rauchwolke Kilometer hoch in die Luft, die als Asche, und später in der Verbindung mit dem Schneeregen als kleine Bimssteinchen herunterregnete, zum Teil aber auch durch den leichten Ostwind zig Kilometer weit, ja sogar bis Luxemburg und Belgien hingetragen wurde. Es war nicht diese Art Vulkan, der ein Maar entstehen lässt, er war auch im Vergleich mit bekannten Vulkanen nicht allzu groß. Kreisrund war der neue Vulkan und er hatte hunderte von Kubikmetern Gestein aus seinem Inneren an den Außenrändern abgelagert, die Schlackenkegel stiegen höher und höher. Gegen Ende der Eruption flossen noch einmal größere Mengen heißer Lava heraus, die sich zähflüssig in Richtung der Täler schob. Da die Eifel nicht allzu dicht besiedelt ist, blieb die große Katastrophe aus. Ein paar umliegende Dörfer hatten Schäden durch die hohen Ascheablagerungen zu vermelden. Ein paar alte Häuser und weniger stabile Dächer waren eingestürzt. Nur das nahe gelegene Dorf im Tal wurde zur Hälfte von Lavamassen zugeschüttet. Mehrere Häuser gingen dort in Flammen auf.

Einige ältere Leute erlitten vor Aufregung Herzinfarkte, etliche Menschen trugen Brandverletzungen davon oder wurden von herunterprasselnden Steinen getroffen, was aber in den meisten Fällen ihr eigenes Verschulden war, weil sie mit ihrer Nase unmittelbar am Geschehen sein wollten.

Nie zuvor in der Geschichte stand die Eifel so im Mittelpunkt des Medieninteresses wie in den Tagen und Wochen zu Beginn des Jahres. Reporter, Fotografen, Fernsehleute aus allen Teilen der Welt bevölkerten den ganzen Umkreis der Vulkaneifel, Hotels und Gaststätten waren ausgebucht bis an Ahr und Mosel. Zwei Wochen lang war der Vulkanausbruch in der Eifel Thema Nummer eins in allen Programmen des Fernsehens, der Tageszeitungen und Wochenzeitschriften. Aber genau wie bei einer Hungersnot in Somalia, einem Krieg im Irak, einem Terroranschlag in New York oder einem Tsunami in Asien, irgendwann sind die Zuschauer und Leser von diesen Themen so zugedröhnt, dass sie nichts mehr davon wissen wollen, und die Medien gehen zur Normalität über. Schon als die Vulkantätigkeit erlosch, gab es im Fernsehen nur noch eine kurze Meldung.

In der Tourismusbranche jedoch ist der Vulkanausbruch für die Eifel der Durchbruch. Hat die wunderschöne Eifellandschaft mit ihren Maaren, ihren herrlichen unberührten Bachtälern, ihren sanften Hügeln und vielen touristischen Attraktionen schon immer ihre Liebhaber gehabt, dann kommen doch in diesem Jahr besonders viele Menschen aus ganz Europa, Asien und Amerika, um hautnah einen neu geborenen Vulkan zu sehen. Fieberhaft richten Familien Gästezimmer her und im nicht allzu weit entfernten ehemaligen amerikanischen Flugplatzgelände in Spangdahlem sehen die Politiker endlich eine Chance, die dort leer stehenden Gebäude für den Fremdenverkehr zu vermarkten. Investoren, nach denen man jahrelang händeringend suchte, stehen Schlange. Jetzt ist der Zeitpunkt da, den Bekanntheitsgrad der Eifel zu nutzen. Behörden haben alle Hände voll zu tun, Genehmigungsanträge für Frittenbuden, Getränkestände und den Verkauf von Lavasteinen im Bereich des Vulkans zu prüfen.

Monika und Klaus fahren vor. Hand in Hand betreten sie die festliche und gleichzeitig bizarre Szenerie am Fuße des Vulkans. Auch sie müssen sich erst einmal orientieren und betrachten mit Erstaunen die erstarrte Lava und den sich dahinter auftürmenden Schlackekegel. Es sieht aus, als hätte hier jemand eine Bombe abgeworfen. Umgestürzte Bäume ragen unter den Steinen hervor.

Überall sieht man noch kleine Rauchwölkchen zwischen dem schwarzen Gestein aufsteigen. Hasso springt zwischen den Steinen umher, merkt aber schnell, dass es ihm an manchen Stellen zu heiß wird und hebt immer wieder einmal einen Fuß hoch.

»Fühlt mal!« Jenny geht mit den Gästen herum und erklärt ihnen, wie heiß es noch zwischen den Steinen ist. »Hinten bei dem Dorf am Maar ist ein Bäcker, der jetzt Brot in die Vulkanerde eingräbt und dort backt, denn in etwa einem halben Meter Tiefe ist die Temperatur noch über zweihundert Grad. Der Bäcker hat jetzt alle Hände voll zu tun, jeder will Vulkanbrot essen. Er hat schon fünf Leute eingestellt und jetzt verkauft er sogar das Brot im Internet.«

»Ja, das habe ich auch in der Zeitung gelesen«, sagt Wilfried. »Aber jetzt hat er ein Problem mit den Behörden, weil die Landbesitzansprüche noch nicht geklärt sind und sie nicht wissen, wer für die Genehmigung zuständig ist.«

»Typisch deutsch!« Monika, die gerade dazugekommen ist, kann es mal wieder nicht fassen. Als sie auf den Westmänner-Inseln in Island war, hat man ihr auch erzählt, dass die Leute in dem zwanzig Jahre nach dem Ausbruch noch heißen Lavafeld ihr Brot und ihren Kuchen zum Backen vergraben. Kein Mensch würde da auf die Idee kommen, an Genehmigungen zu denken.

»Jetzt gehen wir aber erst einmal das Hochzeitspaar suchen, wir haben noch gar nicht gratuliert.« Zärtlich zieht Monika Klaus an der Hand in Richtung Hütte.

»Da seid ihr ja, – herzlichen Glückwunsch, ihr Lieben.« Glücklich umarmt Monika ihre Freundin Anne und dann Jochen.

»Lass dich anschauen – geht es dir wieder gut?« Klaus klopft seinem Freund auf die Schulter. Wochenlang hatte er ihn täglich im Krankenhaus besucht nach seinem Herzinfarkt, während er und auch Anne in Monikas Haus in Unterfeldbach eine Unterkunft gefunden hatten.

Es waren nicht die optimalen Voraussetzungen, sich für den Aufbau einer Beziehung langsam näher zu kommen. Jedoch diese langsame Annäherung war eigentlich überflüssig. Merkwürdigerweise hatten sowohl Klaus als auch Monika das Gefühl, schon ewig zueinander zu gehören. Sie waren so vertraut, so ein Herz und eine Seele, dass es schon fast beunruhigend war. Keiner von beiden stellte eine Beziehung überhaupt in Frage. Es war einfach selbstverständlich, dass sie zusammen waren. Monikas Schwester hatte ihre Mutter noch zwei Wochen länger im Hunsrück behalten und war sehr erleichtert gewesen, dass Monika nicht allzu viel passiert war. Das geschundene Knie wurde im Krankenhaus behandelt, ein paar Wochen musste sie auf Krücken gehen. Nur die Auswirkungen der Spritzmittel-Rückstände machten ihr noch monatelang zu schaffen.

Kurz nachdem Klaus seine Wohnung in Neuss aufgegeben und ganz bei Monika eingezogen war, hatte sich der Gesundheitszustand von Monikas Mutter so sehr verschlechtert, dass sie im Krankenhaus behandelt werden musste, und seit einigen Wochen zeigt sie keinerlei Reaktionen mehr. Monikas Gemütszustand ist daher zurzeit starken Schwankungen ausgesetzt. Heute versucht sie, sich gedanklich für ein paar Stunden von Mutter zu lösen, was ihr jedoch nicht ganz gelingt. Sie kann nichts tun, trotzdem glaubt sie, ein schlechtes Gewissen haben zu müssen, wenn sie sich hier amüsiert, während die arme Mutter so elend im Krankenhaus liegt.

Ansonsten aber hat sich Monika in diesem knappen halben Jahr, in dem sie mit Klaus zusammen ist, wieder in die lebenslustige, agile, muntere Frau verwandelt, die sie früher einmal war. Jetzt kann sie mit ihren Schulproblemen nach Hause kommen und hat in Klaus nicht nur einen liebenswerten Partner, sondern auch einen hervorragenden Ratgeber und Psychologen gefunden, der ganz auf sie eingeht. Sie merkt selbst, dass von ihr jetzt eine ganz andere Atmosphäre in die Klasse hereingetragen wird und registriert nach und nach eine spürbare Verbesserung des Schulklimas. Manchmal fragt sie sich, wieso sie es so weit hatte kommen lassen, dass ihr Selbstbewusstsein so den Bach hinuntergegangen war. Sie ist Klaus unendlich dankbar, dass er sie aus diesem Loch herausholte, dass sie mehr und mehr auflebt und wieder Spaß am Leben hat.

Jochen lässt zwei Gläser aneinander klirren, um sich Gehör zu verschaffen, aber das Grüppchen am Lavabrocken lässt sich nicht stören.

»Psscht, Jochen hält eine Rede!« Annes Onkel, Tante und Kusine, Jochens Sohn und Tochter, Jenny, ein paar Freunde aus Köln und Düsseldorf und die Freundinnen mit Männern schieben sich näher aneinander.

»Liebe Familie, liebe Freunde«, beginnt Jochen. »Ich kann mich erinnern, dass ich ganz am Anfang dieses Jahres einmal gesagt habe: nie wieder Eifel. Dieses Ereignis hier, dieser Vulkan, die Flucht von hier, das ganze hatte mich einfach umgehauen. Ich konnte nicht glauben, was da passierte. Dieses Ereignis hatte aber auch etwas Gutes. Es hat mir klar gemacht, wie schnell alles vorbei sein kann. Als ich in dem dunklen Schuppen lag und fast keine Luft mehr bekam und diese Frau hier neben mir meine Hand hielt, da habe ich plötzlich gemerkt, was Leben heißt. Seitdem habe ich einiges verändert in meinem Leben. Ich habe mich zur Ruhe gesetzt und meine Firma verkauft, ich habe eine Therapie gegen meine Platzangst gemacht und ich habe diese wunderbare Frau hier geheiratet. Wir haben zwar schon ein paar Falten im Gesicht, aber auch in unserem Alter kann man durchaus noch tiefe Gefühle füreinander empfinden. Wir lieben uns und haben beschlossen, uns den Rest unserer Tage so schön wie möglich zu machen.

Ich freue mich ganz besonders, dass auch mein Freund Klaus, den ich zugegebenermaßen schon oft ein wenig um seine Ruhe und sein überlegtes Handeln beneidet habe, durch diesen Vulkanausbruch eine neue Liebe gefunden hat. Ich danke ihm und auch unserem lieben Wilfried, und natürlich auch der lieben Jenny, dass sie durch ihren mutigen Einsatz mein Leben gerettet haben. Jetzt wollen wir alle miteinander feiern.«

Bei diesem herrlichen Sonnenschein finden es alle wunderschön, draußen zu essen. Nur Regina sucht Schatten unter dem Sonnenschirm. Sie bekommt leicht einen Sonnenbrand und mit dem hohen Blutdruck sollte sie möglichst nicht in der prallen Sonne sitzen. Außerdem leidet sie, die am meisten von dem verschmutzten Wasser getrunken hatte, immer noch unter einem undefinierbaren Hautausschlag.

Immer wieder lassen sich die Gäste die Vulkangeschichte erzählen. »Was ist denn eigentlich aus den Autos geworden?«, fragt einer der Freunde.

»Unseres haben wir ausgegraben.« Regina und Wilfried waren froh, dass außer ein paar Beulen im Dach das Auto noch ziemlich heil geblieben war.

»Meines habe ich auch gesucht, musste ich auch ausbuddeln.« Jochen lacht.

»Monikas Auto und der Mercedes von Mama sind da drunter.« Jenny zeigt auf den erstarrten Lavablock.

»Was? ganz weg? Das gibts doch nicht! Habt ihr denn etwas von der Versicherung bekommen?«

»Na ja, ihr wisst ja, wie das bei Versicherungen so ist, seit einem Jahr sind solche Naturkatastrophen nicht mehr mit versichert. Es gibt ja in den letzten Jahren immer mehr Überschwemmungen, Stürme, Unwetter usw. Muss man jetzt extra versichern, aber wer macht das schon? Man hat mir kulanzhalber einen Teil bezahlt.«

Monika blickt Klaus an und lächelt, die finanzielle Einbuße war es ihr wert.

»Meine Versicherung hat gar nichts anerkannt«, sagt Anne. »Schließlich ist das Corpus Delicti nicht mehr vorhanden – weg! Kann ja jeder kommen, haben sie gesagt – Auto unter der Lava eines Vulkans!«

Heiße Diskussionen entfachen sich. Fast jeder hat irgendein Erlebnis mit seiner Versicherung aufzuweisen.

»Weißt du«, sagt Monika zu Klaus und blickt gedankenverloren in Richtung Vulkan, »als ich das erste Mal in Island war und diese heißen Quellen, die überall aufsteigenden heißen Dämpfe und die blubbernden Schlammlöcher gesehen habe, war das für mich ein ganz eigenartiges Gefühl, wenn ich daran dachte, dass dort unter mir in der Erde so eine Hitze herrscht. Da schritt man über die Erde und rein theoretisch konnte plötzlich alles in die Luft fliegen. Das war für mich so fremd, so exotisch. Und jetzt sitzen wir hier zu Füßen eines neuen Kraters und ich habe genau das gleiche Gefühl, unter uns brodelt es. Damals konnte ich nicht verstehen, wieso die Menschen dort wohnen konnten, mit dieser Gefahr im Nacken. Und jetzt? Jetzt geht es uns genau so. Hier könnte doch im Grunde jederzeit wieder ein Vulkan ausbrechen und vielleicht viel größere Ausmaße haben und trotzdem glaube ich kaum, dass Leute aus der Eifel wegziehen.«

»Und ich ziehe sogar hierher!« Klaus zwinkert Monika zu. »Ich finde, die Eifel ist eine phantastische Gegend. So abwechslungsreich mit den vielen Wäldern, den Tälern und Höhen, den Maaren, der Natur, die sich gegen Asche und Bimssteinchen wieder durchsetzt. Wenn das Auf und Ab über Höhen und Tiefen einem zu anstrengend wird, dann ist man auch ganz schnell an der Mosel, kann dort Fahrrad fahren oder vom Schiff aus die steilen Weinberge bewundern. Ich bin froh, dass ich zu dir gezogen bin, mir gefällt es hier.«

»Na ja, ein paar Tage halte ich es hier auch aus.« Jenny, die auch um das leibliche Wohl der Gäste bemüht ist und mit einer Weinflasche hinter Monika tritt, hat die letzten Worte gehört. »Zum Urlaub machen könnte ich es mir hier in der Eifel auch vorstellen, aber wohnen? Ist doch ziemlich tote Hose hier. Tiefste Provinz. Nach meinem Vulkanbericht habe ich ja in der Zeitschrift, für die ich schreibe, noch einen Bericht über die Gegend hier nachgeschoben. Dafür musste ich ein wenig recherchieren. Arbeitsplatzmäßig sieht es ja hier wirklich düster aus. Die Stellen, die es hier gibt, werden schlecht bezahlt. Mit den Gehältern könnte man in der Stadt gar nicht leben. Die gut ausgebildeten und studierten jungen Leute wandern sowieso alle ab. Na ja, jetzt haben sie hier wenigstens den Vulkan. Können sie jetzt vermarkten, wenn sie clever sind.«

»Hoffentlich hält der Boom noch eine Zeit lang an, in diesem Sommer hier kann sich die Eifel ja kaum retten vor Touristen. Ist mir schon fast zu viel Betrieb, vor allem auf den Straßen.«

Monika, die sich an die allmorgendlichen Staus in die Trierer Innenstadt hinein schon gewöhnt hat, muss sich nun auch noch auf der Rückfahrt und besonders auf den Landstraßen rund um Unterfeldbach über die trödelnden Touristenautos ärgern.

»War doch eigentlich das Beste, was der Eifel passieren konnte, dieser Vulkan! Ach ja, ich wollte euch doch noch die Fotos zeigen.«

Mit einer ganzen Mappe voller Fotos kommt Jenny an und eifrig versammeln sich alle um sie herum, um die aufregenden Bilder des Vulkans zu betrachten. Hell leuchtendes Vulkanfeuer in dunkler Nacht, von weitem, aus der Nähe, aus verschiedenen Richtungen, das Dorf im Tal mit dem Vulkan im Hintergrund, die zähfließende Lava, Rauchwolken, Ascheregen. Feuerwehrmänner, die Hausdächer nass spritzen, damit sie nicht in Flammen aufgehen, ein Baggerführer, der eine Straße aufgräbt, damit die Lava nicht ins Dorf fließt, verlassene, teilweise eingestürzte Häuser. Dann der Vulkan bei Tag, Rettungsmannschaften, Schaulustige, Ascheablagerungen, eine Eifellandschaft unter einer dicken grauen Schicht, ein immer höher werdender Schlackenkegel um die Vulkanöffnung herum.

»Und jetzt könnt ihr mal schauen, ob ihr jemanden erkennt.« Jenny zeigt zuerst das Foto, das sie nachts in dem Asche übersäten Dorf vom Pastor und den beiden ihr damals noch fremden Männern gemacht hatte.

»Da hatten wir ja schon das gröbste runter.« Wilfried hatte dieses Foto schon in einer Zeitschrift gesehen und sich selbst kaum wiedererkannt.

»Na ja, von deinem Gesicht sieht man ja nicht allzu viel«, kichert Regina.

»Hier, das war dann vor dieser Scheune, das war vielleicht ein Anblick.«

»Gib mal her, oh nein!« In Regina kommt das Erlebte wieder hoch. Damals hätte sie nicht gedacht, dass sie irgendwann einmal über all das lachen könnte. Es sieht aber auch zu lustig aus. Diese kaum erkennbaren grauen Gestalten vor dem Schneeräumfahrzeug. Sie, Regina, die humpelnde Monika, die sich krümmende, blutverschmierte Anne, der aufgeregte Hasso. Wenigstens Jochen hat sie anstandshalber herausgehalten aus ihrer Story, die sie damals für viel Geld an eine Zeitschrift verkauft hatte und an der »Mr. Brummbär«, der italienische Professor, nicht ganz unbeteiligt war.

Auch um die Vulkanfotos und die Berichte über die Eifel hatten sich die Zeitungen gerissen. Dieser Vulkan hatte Jenny nicht nur die Kasse gefüllt, sie hatte sich auch einen Namen gemacht in Journalistenkreisen. Ihr Artikel mit der Überschrift »Silvesterknaller« hatte Furore gemacht.

»Dieses hier zeigst du aber nicht herum!« Das Bild mit den Gestalten, die sich erbrechend auf der Ladefläche des Schneeräumfahrzeuges krümmen, steckt Anne schnell in einen Umschlag.

»So war das also«, die Gäste aus Düsseldorf können es nicht fassen. Immer wieder betrachten sie eingehend die spektakulären Bilder. »Wie hast du es denn geschafft, in dem Chaos da überall hinzukommen?«

»Chaos, das kann man so sagen!« Jenny erzählt: »Dieser Mann mit dem alten Schneeräumfahrzeug war mir eine große Hilfe und auch ›mein Professorchen‹, den ich irgendwo im Dunkeln abgesetzt habe. Zuerst haben wir in irgendwelchen Dörfern rund um den Vulkan nach Mama gesucht. Ihr müsst euch vorstellen, man hat kaum die Hand vor den Augen gesehen durch den Ascheregen und man fand kaum noch die Straße. Die Katzenaugen schauten nur hier und da noch ein Stückchen aus der Masse heraus. Ich hatte meinen Laptop auf den Knien und ich habe laufend die Straßenkarte vor Augen gehabt und nach den Dörfern gesucht. Das Räumschild schob die Aschemasse beiseite, so dass auf dieser Spur hinter uns auch wieder Autos fahren konnten. In zwei Dörfern waren kaum noch Leute und in dem dritten haben wir dann zufällig diese zwei Männer und den Pastor getroffen. Pastor, na ja, vielleicht waren es ja auch höhere Mächte, die uns zusammenbrachten. Wurde auch höchste Zeit, die Batterien in meinem Notebook waren nämlich leer. Jedenfalls haben wir dann die Scheune in dem Tal gesucht – und – Bingo! Ist das nicht toll? Ich habe meine Mama und die anderen gerettet!«

»Jenny, du weißt, wie dankbar wir dir alle sind.« Jochen drückt ihre Hand, wie er es schon so oft getan hat.

»Ach Quatsch, so habe ich das nicht gemeint, außerdem habe ich ja noch davon profitiert.«

»Wie war das dann in den Tagen danach, hatten die Leute aus der Umgebung immer noch Angst oder kamen die alle den Vulkan angucken?«

Annes Freunde aus Köln hätten es ja auch nicht weit gehabt bis in die Eifel. Sie wussten aber, wie lästig diese Katastrophentouristen sein konnten, die immer beim Rheinhochwasser und den Überschwemmungen in der Kölner Innenstadt die Helfer behindern. Sie hatten sich das ganze im Fernsehen angeschaut und wussten gar nicht, dass Anne zu der Zeit mitten im Geschehen war.

Jenny ist ganz in ihrem Element, erzählt in allen Einzelheiten, noch ausführlicher, als sie es schon in ihren Reportagen geschrieben hatte.

»Als die Hauptzufahrtswege geräumt waren, strömten die Menschen aus allen Himmelsrichtungen, um den Vulkan zu sehen. Klar, hier gabs doch was zu sehen, etwas Spektakuläres. Ein Naturereignis zum Anfassen, anders als das schon zur Gewohnheit gewordene Hochwasser an Rhein und Mosel oder so ein dämlicher Verkehrsunfall, wo es was zum Gaffen gibt. Bei so einem Vulkanausbruch siehst du nicht nur das Feuer, die heiße Lava, du fühlst die Vibrationen unter deinen Füßen, du spürst die Kräfte aus dem Erdinneren, du erahnst, wie unendlich klein der Mensch ist in Bezug auf die Kräfte der Natur. Dieser Erdball unter uns birgt noch so viele Geheimnisse. Seit Jules Verne sind wir im Grunde genommen noch keinen Schritt weitergekommen. Wir können uns immer noch keinen Tunnel zum anderen Ende der Welt bauen.«

»Und wie war das, als hier alles voll Asche und Steinchen lag, wer hat das denn alles weggemacht?«

»Am Anfang war hier in der Eifel das reinste Verkehrschaos. So lange der Vulkan tätig war, strömten ja die gesamte Journaille und die Fernsehleute aus der ganzen Welt nur so hierher. Sogar CNN war hier. Die Eifel ist ja noch für viele Amerikaner ein Begriff. Ich hatte Glück, ich hatte noch einen Flug nach Köln bekommen, der Luxemburger Flughafen war zu der Zeit schon gesperrt wegen der vielen Asche. Die Frankfurter konnten froh sein, dass der Wind nicht wie gewohnt von Westen kam, sonst hätten die sogar dort noch den Flugplatz schließen müssen. Und dann waren natürlich auch die ganzen Straßen zu mit diesem Zeug. Hier sah es aus wie auf dem Mond. Alles grau in grau. Was glaubt ihr, was für eine Schufterei dann nach zwei Tagen losging. Von überall hat man Bagger und Räumgeräte hergeschafft, um Straßen wieder befahrbar zu machen. In den Dörfern wurden fieberhaft die Häuser gesäubert.

Und dann gab es noch etwas Tolles: genau wie damals bei den Überschwemmungen an der Elbe kamen freiwillige Helfer aus ganz Deutschland. Sie kamen mit Räumgeräten, Schaufeln und Rechen und die Eifeler Politiker, die sowieso schon mit dem ganzen überfordert waren, wussten nicht mehr, wo sie all diese Leute einsetzen sollten. Nur ein paar ganz clevere, die haben das Zeug im Internet angeboten und dann kamen aus ganz Deutschland, ja aus ganz Europa Lastautos, um billiges Material zum Straßenbau abzuholen, damit haben die sogar noch Geld gemacht.«

»Und was haben denn die Landwirte gemacht, um ihre Felder und Wiesen wieder bewirtschaften zu können?«, richtet sich Anne an Wilfried.

»Also bei uns in der Bitburger Gegend lag die Asche schon nicht ganz so hoch wie hier, aber wir hatten doch ein richtiges Problem damit. Im Frühjahr haben wir erst einmal die Äcker umgepflügt und das ganze Zeug untergebuddelt, ich bin gespannt, wie fruchtbar der Boden jetzt ist. Lässt wahrscheinlich das Wasser jetzt schneller versickern, so ähnlich wie bei dem Sandboden in Brandenburg, wo bei den heißen und trockenen Sommern schnell alles verdorrt. Die Leute von der Landwirtschaftskammer haben erzählt, dass wir noch großes Glück hatten. Es gibt so eine Art basische Vulkane, aus denen – ach ich weiß nicht mehr wie das heißt, Lapilli oder so ähnlich, und solche gläsernen Lava-Fäden ausgeworfen werden, die sich mit Gasen verbinden. Wenn das Vieh dann davon Gras frisst, geht es ein. Also wir können von Glück sagen, dass es nicht so ein Vulkan ist. Diese Asche hier soll ja sogar noch ganz fruchtbar sein. Die ist von Wissenschaftlern untersucht worden.

Aber zu deiner Frage: Auf den Wiesen liegt das Zeug zum Teil immer noch. Unser Christian hat einige Wiesen umgepflügt und neu mit Grassamen eingesät, der wächst jetzt gut. Aber hier sieht man auch noch viele Wiesen, wo nur ab und zu etwas Grün herausschaut. Ist schon interessant, wie die Natur sich wieder breit macht. Da werden vom Wind Samen überall hingeweht und schon wächst alles. Am schnellsten wächst natürlich das Unkraut.«

»Wem sagst du das«, wirft Anne ein, »Schaut mal da hinten am Zaun, da wachsen schon ganz viele Brennnesseln, sogar aus den Ritzen im Dach, wo noch Reste von Ablagerungen liegen, wächst Gras heraus.«

»Ach ja, wie hat es denn eigentlich hier ausgesehen, war denn die Hütte nicht ganz versunken?«

»Jenny, komm zeig mal die Fotos, die du gemacht hast, als wir beide das erste Mal wieder hierher kamen.«

So lange der Vulkan aktiv war, hatten sie keine Möglichkeit, zur Hütte zu gelangen. Erst Wochen später, als die Straßen und wichtigsten Wege einigermaßen geräumt waren und sie sich bei den Behörden eine Zugangsberechtigung hatten ausstellen lassen, hatten sich Anne und Jenny auf die Suche nach ihrer Waldhütte gemacht. Es sah schlimm aus. Fast meterhoch war alles mit Ablagerungen bedeckt, Fensterscheiben waren zersplittert, noch dampfende erstarrte Lava hatte die Autos verschlungen, aber die Holzhütte hatte alledem standgehalten.

Jenny hatte mal wieder organisiert und brachte eine Truppe von freiwilligen Helfern zusammen, die zunächst einmal das Dach von all dem Schutt befreiten, Dachplatten ausbesserte, das Umfeld räumte und dann auch half, das Innere der Hütte auf Vordermann zu bringen. Es hatte fürchterlich gestunken, denn die Reste des Silvesteressens hatten mittlerweile dicken Schimmel angesetzt und wäre es nicht Winter gewesen, wäre ihnen wohl eine Kompanie Maden entgegen gekrochen. Die ganzen Küchenutensilien konnten sie nur noch mit Gummihandschuhen anfassen und in den Müll befördern.

»Aber wisst ihr, was überlebt hat? Dein Gemälde mit dem Baum, Monika, und auch deine eingemachten Sachen, Regina.«

»Ach was, wirf sie weg, ich bringe dir noch mal neue mit«, antwortet Regina.

»Oh nein, die Sachen hebe ich auf, als Erinnerung an unser größtes Abenteuer!«

Die Helfer hatten gute Arbeit geleistet, die Hütte sah nach der Reinigung wieder so aus wie vorher und zum Dank gab es einen Report mit Fotos in der Zeitschrift, der Jenny auch schon zuvor die Vulkan-Reportagen geliefert hatte.

»Willst du die Hütte denn jetzt noch behalten, hier so nah am Vulkan?« Regina kann sich nicht vorstellen, wie man hier sozusagen auf dem Pulverfass sitzen kann. Sie ist froh, wenigstens vierzig Kilometer Luftlinie von der Vulkangegend entfernt zu wohnen, sonst hätte sie keine ruhige Minute mehr. Die Vulkanologen im Fernsehen haben nicht ausgeschlossen, dass so etwas noch einmal passiert.

»Was glaubst du, wie viele Angebote ich jetzt schon bekommen habe von Leuten, die mir die Hütte abkaufen wollen? Ich könnte damit jetzt richtig Geld machen. Manager, Vulkanologen, Immobilienmakler, die Leute suchen den Kick: wohnen auf dem Vulkan oder so ähnlich. Nein, ich verkaufe die Hütte nicht. Wir wohnen hier ja nicht immer, nur am Wochenende oder mal ein paar Wochen im Sommer.«

»Weißt du noch, Regina, wie früher dein Vater immer gesagt hat, wenn du nicht schnell genug gearbeitet hast? Ich mach dir Feuer unter den Hintern.«

»Ha, ha ha, ja, wenn der mich hätte sehen können, wie wir da durch die Asche gedüst sind.«

»Oh Mann, was hatten wir ein Glück, gell Klaus«, sie blickt ihm liebevoll in die Augen. »Wir haben uns ein Buch über Vulkane gekauft. Was man da nicht alles liest. Was hätte da alles passieren können, das haben wir damals ja gar nicht registriert. Es hätten z. B. pyroklastische Ströme entstehen können. Das ist eine Mischung aus heißen Gasen, Asche und Gesteinsbrocken, die sich stündlich um mehrere Kilometer ausbreiten können und durch die Lavablöcke, die mitgerissen werden und die voller Gase sind, explodiert das ganze. Die hätten uns mir nichts dir nichts noch in der Scheune erreicht. Wo diese Ströme hinkommen, ist alles Leben ausgelöscht.«

»Ja, das war ja meine Befürchtung, ich hatte irgendwie so einen Fernsehbericht im Hinterkopf«, sprach Klaus. Wie ein verliebter Jüngling streichelt er Monikas Arm.

»Oder wenn es so gewesen wäre, wie damals, als die Maare entstanden. Das wäre vielleicht eine gewaltige Explosion geworden, dann wären wir wahrscheinlich gleich alle mit in die Luft geflogen.« Klaus hat sich ausgiebig mit den verschiedenartigen Vulkanen beschäftigt. »Das Wort ist so ein Zungenbrecher: phreatomagmatische Dynamik, damit bezeichnet man so einen Vulkan, wenn Wasser mit dem Magma in Tiefen von hundert oder sogar tausend Meter in Verbindung kommt. Dann bildet sich so ein Druck, wie wenn man eine Sektflasche schüttelt, und es bildet sich ein trichterförmiger Schlot, der an der Oberfläche einen kreisrunden Krater bildet und rundherum aus Tuff umrahmt wird.«

»Nun ist doch die Wissenschaft auf so einem hohen Niveau und es gibt doch wohl so exakte Messgeräte, wieso hat kein Mensch diesen Vulkan vorausgesagt?« Jochen ist zwar jetzt froh, dass alles so gekommen ist, aber mit Sicherheit wäre er nicht in die Eifel gefahren, wenn man ihn frühzeitig gewarnt hätte.

»Das habe ich in einem Interview auch die Vulkanologen gefragt.« Jenny weiß genau Bescheid. »Zunächst war es so: Ein Vulkanausbruch in der Eifel stand überhaupt nicht zur Debatte. Es gab zwar in den letzten Jahrzehnten irgendwelche Plattenverschiebungen, die auch schon mal kleinere, kaum spürbare Erdbeben ausgelöst haben, aber kein Mensch hätte es geglaubt, wenn irgendjemand auf die Gefahr eines Vulkanausbruchs hingewiesen hätte.

Dann kam dazu, dass das ganze ausgerechnet am Silvesterabend passierte. Im Nachhinein gab man zu, dass die Erdbebenwarte eine leichte Erschütterung schon am Vormittag des Silvestertages registriert hat. Doch solch kleine Erschütterungen können im Extremfall auch von Knallern und Raketen, die oft von Jugendlichen an solchen Tagen schon frühzeitig losgelassen werden, entstehen. Also hat keiner etwas darauf gegeben. Schließlich wollten die Leute an diesem Tag ja auch selbst feiern.

Die meisten Leute, die nicht unmittelbar in der Nähe waren, haben ja dann in der Nacht noch gedacht, dass es etwas mit der Silvesterknallerei zu tun hat. Nun ja, die Eifel ist noch einmal glimpflich davon gekommen.«

Später, als die drei Freundinnen es sich bei einem Gläschen Sekt etwas abseits gemütlich machen, stellen sie alle drei fest, dass dieser Vulkanausbruch ihre Freundschaft nach langer Zeit noch einmal fest verschweißt hat. Jetzt können sie über ihre kleinen Schwächen und Stärken lachen.

»Wie geht es dir denn jetzt in Unterfeldbach – mit deinem Klaus? Was haben denn so die Leute gesagt?« Anne weiß noch von früher, wie die Dorfgespräche entstehen. Sie weiß, dass Monika sich nie diesen ungeschriebenen Gesetzen einer Dorfgemeinschaft gebeugt hat. Sie ist nie in die Kirche gegangen, nur um dort gesehen zu werden. Sie hat nie die Jalousien morgens um halb acht hochgezogen, weil »man« nicht bis zehn schläft und sie hat nie an bestimmten Tagen ihr Haus geputzt, sondern dann, wenn es schmutzig war. So wird sie sich auch nichts darum scheren, was die Leute reden, wenn sie als vierundsechzigjährige mit einem Freund zusammenzieht.

»Du weißt doch, dass mich das gar nicht juckt, was die Leute so sagen. Ich kann dir nur sagen, dass der Klaus jetzt schon ganz beliebt ist in Unterfeldbach, es kommen sogar schon Leute zu ihm, wenn sie Probleme haben und fragen ihn um Rat.«

»Ich war neulich mal bei meinem alten Onkel Paul zu Besuch. Unser gutes Unterfeldbach hat sich ja wirklich sehr verändert gegenüber früher. Keine Misthaufen mehr, es watscheln keine Hühner mehr in den Höfen, die Bürgersteige sind ausgebaut, die Häuser schön angestrichen, alles viel schöner als früher. Trotzdem, irgendwie macht mich das traurig, dass meine Heimat gar nicht mehr existiert.« Anne spürt, je älter sie wird, umso mehr kommen alte Erinnerungen in ihr hoch. »Ich glaube, die Kinder- und Jugendzeit prägt einen Menschen doch enorm.«

»Vor allem wird mir immer mehr bewusst, dass wir so nach und nach selbst genau das machen, was wir an unseren Eltern gehasst haben: von früher erzählen, die guten alten Zeiten viel schöner in Erinnerung zu haben als sie wirklich waren, mit den neuesten Techniken nicht mehr zurecht kommen und uns über die junge Generation beklagen.«

Monika, die keine Kinder und Enkel hat, denen sie mit den alten Geschichten auf die Nerven gehen kann, hat in der letzten Zeit an sich selbst die Beobachtung gemacht, dass solche nostalgischen

Momente immer öfter auftreten, dass ihre Schulklasse, ihre Bekannten und neuerdings besonders Klaus für ihre Ergüsse herhalten müssen und dass sie sich mehr als einmal auf die Zunge beißen muss, um nicht Gefahr zu laufen, das ein oder andere Histörchen doppelt oder dreifach zu erzählen.

Regina findet das gar nicht schlimm: »Meine Enkelkinder fragen mich ganz oft: ›Oma, wie war das damals?‹ Es ist doch gut, wenn noch jemand das alles weiß von früher. Wir gehören nun mal jetzt zu der älteren Generation.«

Anne nippt gedankenverloren an ihrem Sekt: »Eigentlich sollten wir dankbar sein. Wir wurden doch in eine Zeit hineingeboren, in der es aufwärts ging. Wir waren nun gar nicht verwöhnt mit materiellen Dingen und konnten uns viel mehr freuen, wenn wir gespart hatten und uns etwas kaufen konnten. Ich weiß noch, wie ich mir von meinem Lehrlingsgehalt ein tragbares Radio gekauft habe, was habe ich mich darüber gefreut! Wie ich jeden Groschen auf die Seite gelegt habe für mein erstes Auto. Wir hatten Arbeitsplätze, die Löhne stiegen und die Arbeitszeiten wurden kürzer. Wir hatten unsere Musik und diese Musik wurde ja sogar in unseren späten Jahren noch einmal modern. Heutzutage ist es umgekehrt, die jungen Leute haben alles, vom DVD-Player über Dig-Cams bis zum Fernseh-Handy oder zum tollsten Auto, nur keine Arbeitsplätze und keine Aufbruchstimmung. Die Arbeitszeiten werden länger und die Löhne niedriger.«

»Nun ja, das einzige, worum wir uns noch Sorgen machen müssen, ist unsere Rente und unsere Gesundheit. Mit den kleinen Wehwehchen müssen wir uns auch erst einmal anfreunden.« Regina bekommt schon rote Flecken am Hals von dem bisschen Sekt und merkt, wie ihr die Hitze ins Gesicht steigt.

»Aha, endlich sind wir beim Thema Wehwehchen angelangt. Darauf habe ich gewartet.« Das ist die unangenehmste Veränderung, die Monika im Freundeskreis, im Kollegium, bei Nachbarn und Bekannten wahrnimmt. Hatten sich die Gespräche vor zehn Jahren um Gott und die Welt gedreht, hatte man sich um Politik und Gesellschaft geschert, die neuesten Bücher und CDs besprochen oder nur Koch- und Backrezepte ausgetauscht, so ist man in letzter Zeit fast immer innerhalb von zehn Minuten beim Thema Krankheiten angelangt. Unübersehbares Zeichen von Alter.

»Es gibt doch diesen schönen Spruch von Nestroy«, meint Anne, die in punkto Sprüche und Redensarten in die Fußstapfen ihrer Mutter tritt. »Lang leben will jeder, aber alt werden will kein Mensch. – So ist das. Wenn wir hier so zusammensitzen und ich die Falten in euren Gesichtern sehe, dann kann ich es kaum fassen. Die Zeit ist wie im Zeitraffer vorbeigegangen. Gestern noch Kinder und heute schon alt. Dabei haben wir so vieles erlebt, sogar einen Vulkanausbruch.«

»He, he, jetzt mach aber mal langsam. So alt sind wir nun auch noch nicht. Wir können immerhin noch zwanzig, dreißig Jahre leben. Und einen Vulkanausbruch können wir durchaus auch noch mal erleben. Vielleicht war dieser hier ja erst der Anfang, so wie damals in Urzeiten. In der Eifel hat sich schon so vieles verändert, seit wir auf der Welt sind, sogar ein Teil der Landschaft. Wer weiß, vielleicht bekommt die Eifel ja noch mehr Augen.«

Nichts im Leben ist so beständig,

wie die Veränderung!